陌上走笔

张　怡／主编

济南出版社

图书在版编目（CIP）数据

陌上走笔 / 张怡主编 . -- 济南 : 济南出版社 , 2016.1
ISBN 978-7-5488-2006-2

Ⅰ . ① 陌… Ⅱ . ① 张… Ⅲ . ① 散文集 – 中国 – 当代
Ⅳ . ① I267

中国版本图书馆 CIP 数据核字（2016）第 018474 号

陌上走笔　张　怡 / 主编

责任编辑 / 戴梅海　装帧设计 / 孙茹雯 · 戴梅海　责任校对 / 林小溪

出版发行　济南出版社
地　　址　济南市二环南路 1 号 250002
网　　址　www. jnpub. com
电　　话　0531- 86131726
传　　真　0531- 86131709
经　　销　各地新华书店

印　　刷　济南黄氏印务有限公司
开　　本　710×1000 毫米　1/16
印　　张　14.5
字　　数　270 千
版　　次　2016 年 1 月第 1 版
印　　次　2016 年 1 月第 1 次印刷
定　　价　58.00 元

发行电话　0531- 86131730 / 86131731 / 86116641
传　　真　0531- 86922073

《陌上走笔》编委会

序

张　怡

这本由专家、校长、教师以及教育局教科室人员等不同身份的作者共同撰写的以叙事为主，兼有论文、散文意蕴的集子，从不同角度并以多种呈现方式勾画了槐荫区近十年来教育改革与发展的基本面貌，概括了由外延扩张为主转向以内涵发展为主的“转轨”过程，比较准确地挑明了促进“转轨”的“拐点”，着眼教育宏观背景，立足教育现状，总结了全区教育内涵发展的成效、经验、矛盾与问题，放眼教育改革大趋势，明晰了继续提高质量和效益，强化特色的基本思路、途径和措施。

这本《陌上走笔》，是出自一线实践者之手的“草根集”，是自己的土壤、自己的根、自己的养分、自己的茎叶和果实，在很大程度上是独立自主、自力更生、“自己救自己”的探索与实践。其思维、经验、感悟及表述，都是“根对绿叶的诉说”，也是“绿叶对花朵的衬托”，说的是接“地气”、有“血肉”、有“脉搏”的话，说的是心里话。在说的过程中逐渐学会了说，在做的过程中逐渐学会了做。我想：这大概是本书的特色吧。

我作为一线教育的管理者，同“草根们”同居一个根系，看到土壤肥沃，根深叶茂，硕果累累。其欣喜之情，犹如吾根生枝干，吾枝生绿叶，吾叶衬红花，得其所哉，不亦乐乎。

我同学校的管理者和教师，既然同居一个根系，当然是命运的共同体。我们的命运同万千学子和家庭命运连在一起。通过读书而逐级升学深造来改变自身和家庭命运，是绝大多数学子和家庭的朴素梦想。那么，帮助“草根”追梦，是我们的一份使命和担当。时代在前进，社会在进步，平民百姓的梦想也在逐步升级。他们不再满足于获得入学机会，而是追求成功的机会，迫切渴望优质教育。这是教育面临的新课题、新挑战。就当今情势而言，破解这一难题的关键环节是提高教育教学质量，最终落脚点是提高学生的整体素质，促进他们全面发展、个性发展。

如何提高教育教学质量？该书就指导思想、路径、策略、重点、难点等关键问题做了全面阐述。就我的观察和体会而言，以下三点，尤为重要。

一是精神状态。用通俗的话说，就是精、气、神。“精”者，精神、思想、梦想、追求之谓也。“气”者，气质、气魄之谓也。“神”者，神采、神韵之谓也。精为髓，气为脉，神为表。一个人有了精、气、神，必定魂牵梦萦、朝气蓬勃、干劲十足。一个团队有了精、气、神，必定目标远大、凝神聚力、奋发进取。纵观各校办学之差异，首先是精、气、神上的差异。从“执政”的角度说，是守成求稳，不求有功、但求无过？还是革故鼎新、奋发有为、开创新局面？从教育教学的角度讲，是固守思维定势、沿袭陈规老套？还是变革图存、创造新常态？一些底子较好的学校，靠积淀、靠经验、靠常态，也可以在升学等方面保住质量，但不免停留在“高级平庸”的层面上。不少人认为，我们这样做，顺路顺茬，效果良好，为什么要变？变得不好，反而费力不讨好。这种守成求稳的精神状态，严重阻碍了办学水平的优化升级。相反，一些底子薄弱的学校，比较容易放下包袱、轻装前进，以变革求生存，反而在教改方面搞得有声有色，在某些方面取得了重大突破。凡是这类学校，都有良好的精、气、神。教育界经常出现职业倦怠现象，主要不是生活清贫、工作劳累，而是终日沿着陈规老套机械重复所致。一些全局性的重大改革，为什么校与校之间存在明显差异？究其原因，主要不是不知道怎样做，而是有些单位明明知道怎样做，却不想去做，或一般化的去做。改革上的差异，并非改革本身，而是精神状态上的差异。

二是变革能力。改革既需要精神，更需要能力。单靠干劲十足，未必能搞好改革，说不定还会陷入盲目蛮干、反复折腾的窘境。课程改革是一场涉及理念、课程、教材、教学方式、学习方式等重大问题的综合性改革，不具备较高的专业能力，是无法驾驭的。在校长治校中，我们经常见到一种“温室效应”：有的校长爱京剧，他所在学校的京剧特色课程就开展得颇有深度；有的校长擅长书法，他所在学校的书法特色课程就开展得高人一筹。其重要原因之一是校长自身有“特色”，指导他熟悉的课程有底气，有能力。如果校长不熟悉课程改革或完全是“门外汉”，听课，听不出门道儿，评课，评不到点子上，对学科改革，提不出思路与举措，就很难取得对课程改革的话语权。有鉴于此，校长必须做一个有思想、有一定专业能力的校长，能够行走在教改前沿，能对学校整体改革进行顶层设计，能敏锐地发现问题，及时提出破解之策，甚至能够执政实验课，现身说法。校长提高自己，除了爱学习、勤思考、有敏感度之外，最有效的途径是“在行走中学会行走”。有些校长做课题研究牵头人，介入实验过程，边学边思，边做边悟，甚至执笔撰写实验报告。经历一个实验周期，他竟能在教改的“深水区”游刃有余，其课程管理能力，令人刮目相看。课程改革的现实告诉我们：一所教改搞得好的学校，必定有一位有思想的校长。

三是教师专业能力。教师是学校教育教学主力军，是课堂教学的灵魂和主宰。一位教师要有效地改革自己的学科教学，必须对所教学科有整体把握，必须深入了解课程标准，必须具有较为广博的知识储备，必须对教材具有一定的整合能力，必须具有教学悟性。凡教学效果较好的老师、开展课题研究较深入的老师，无不具备上述基本素质。我们观摩许多教师执教的实验课，不同人执教同一教材、同一内容，效果迥异。有的课充满智慧和灵动，有的课富有节奏和韵味，有的课则僵化呆板、死气沉沉，以致路线混乱，看不出目标引领。还有些教师对教材迷信到连明显错误都看不出来的地步。有些教师的习惯养成到了反复矫正都无济于事的程度。要搞好教学改革，必须大力促进教师的理念转变和专业发展。促进发展的有效途径，仍然是在“行走中学会行走”。有些学校的教学改革，由专家、校长、教师一起出题目，进行专题探索，经历过程，历练提高，非常有效。比如小学如何基于中小学衔接确定培养目标？如何基于课程标准确定学段、年度和单元教学目标？如何精选一节课的教学目标？如何基于目标选择教学内容、重点、难点和行走路线？这些都是当前教学中亟待解决的重大问题，必须尽快寻求破解之策。事实证明，许多教师破解了难题，也必然破解制约自身发展的“瓶颈”。打铁还靠自身硬。教师业务娴熟，甚至冒尖，开展教学改革，必定顺畅、高效。更多教师通过历练，即使是毛尖草，定能扎根三尺；即使是毛竹，定能生长数仞，即使是栾树，定能合抱成荫。

本书共分五大部分，分别取名“毛尖草之歌”“毛竹之韵”“沙柳之舞”“栾树花语”和“流苏之颜”，极具神韵，颇为得体。愿我们的教学改革犹如毛尖草、毛竹、沙柳和栾树，少一些呆板，多一些灵动；少一些乏味，多一些意蕴；少一些浮华，多一些根基；少一些平庸，多一些新意。

2015 年 10 月

（本序作者系济南市槐荫区教育局局长）

目录

CONTENTS

序／张　怡

第一篇　毛尖草之歌

一、科研，教育根基的选择／3
二、课堂，根系沉潜的方向／6
三、质量，蓬勃生命的追求／15
四、选择，根深蒂固的智慧／23
五、梦想，突破土层的力量／30

第二篇　毛竹之韵

一、思考，沉潜的智慧／41
二、变革，破土的勇气／51
三、推进，拔节的脆响／61
四、延展，葱茏的风景／72

第三篇　沙柳之舞

一、萌发，让根系攀着问题前行／83
二、初生，让稚芽在思索中茁壮／87
三、成长，让茎叶在践行中繁茂／98
四、潜润，让活水成就革故鼎新／111
附录一　济南市槐荫区教育科学研究课题管理办法／118
附录二　槐荫区教育科研优秀成果、先进单位及优秀管理者评选奖励办法／123

第四篇　栾树花语

一、春绿纤条映翩红 / 129
二、蓬冠苍穹更庇荫 / 140
三、蔓枝绿叶簇碧黄 / 156
四、硕果盏盏挂灯笼 / 175

第五篇　流苏之颜

一、捧得芝兰嗅芬芳 / 189
二、桃李有言花更红 / 196
三、桂花绽放十里飘香 / 211
四、听花儿芳香吟唱 / 217

跋 / 陈培瑞 / 222

第一篇

毛尖草之歌

你知道吗？

在最初半年里，毛尖草几乎是草原上最矮的草，你甚至看不出她在生长，哪里有将来“称王”的任何迹象?!

可是，等到数月后雨季来临，毛尖草便以每天一尺半的速度疯长，像被施了魔法一样。三五天时间，她便窜到了近两米的高度！“草地之王”由此诞生！

难道最初的半年里她不曾生长？

当然不是！

长达六个月时间，在我们看不到的土壤中，毛尖草将自己的根足足伸展到二十八米！于无声无息中，她为自己的将来做着准备呢！

默默吸收和蓄积，一旦条件适合，勃勃生机便一发而不可收。

这是一种怎样神奇的草啊？

她以坚忍拓展深度，以沉默应对喧哗。

靠着发达的根系，她迎来了欣欣向荣。

没有扎实的基础，何来厚积薄发？

不经历风雨，哪里有奇迹和辉煌？

槐荫教育的“毛尖草之根”已深深扎进了这片充满绿意和希望的热土——教育科研“一把手工程”、区域教育综合改革、校长教师立足实际对教育教学的专业思考和行动……

延展了促进可持续发展的“庞大根系”，槐荫教育如何不枝繁叶茂?!

浩荡的春风中，我看到了毛尖草顽强的身姿！

探索的征程上，我听到了槐荫教育的最强音！

一、科研，教育根基的选择

毫不起眼的毛尖草最终成为非洲大草原的独宠，其勃发源于平素的沉潜。槐荫教育因地制宜，于实实在在处下功夫，在事业发展根本处积蓄力量。我们为“槐荫教育之根”在这片热土的沉潜所做出的选择，就是紧紧抓住兴教之根本——科研。

槐荫区是山东省会济南四个中心城区之一，位于济南市西部。由于受基础条件、区位规划等因素影响，多年来，槐荫发展受到极大制约，“有铁路没有车站，有机场没有民航，有黄河没有大桥”曾经是槐荫区基础现状的真实写照。2009 年，在济南西部新城建设加快推进的重大历史发展机遇面前，槐荫区委、区政府在科学分析、正确判断形势任务基础上，提出“立足当前，着眼长远，抓住机遇，乘势而上，全面赶超，跨越发展，实现槐荫五年大变样”的奋斗目标。

如今，这一目标在我们眼前已成为现实。“五年大变样”进程中，“五年大变样”的槐荫教育为槐荫经济的发展注入了活力，而槐荫经济社会发展目标的实现，又有力推动了槐荫教育的大发展。

回首来时路，槐荫教育发展进步的背后，彰显出的是教育科研在推进学校特色发展、在打造一流教师队伍、在营建校园文化等方面的突出作用。一系列教科研制度纷纷出台，区、校、师三级教科研网络迅速建立。以教育科研为槐荫教育内涵发展的选择，奠定了槐荫教育发展的扎实根基。

曾经，我们的教育科研承受着“务虚不务实”的指摘；

曾经，我们的学校教育科研停留在各类计划总结中；

曾经，学校教育科研只是管理者挂在嘴边的时髦名词……

就在那不远的过去，我们在学校实际工作中还难以找到真实教育科研的影子。学校对于各项工作及问题的解决，缺乏探究求索的科研意识，又疏于整理归纳各种材料，主动开展教育科研活动的很少。在一些学校管理者的模糊认识中，教育科研不过就是“课题研究”，其状况可概括为 12 个字：不懂不做，做了不知，想做不清。

有鉴于此，2009年3月28日，为实现槐荫区“五年大变样”的目标蓝图，区教育局启动“教育科研一把手工程”，在区域内选取科研先进案例推广宣传，启发、引导、推动各学校教科研工作的发展。我们的目标是：提升日常工作中的自觉思考，使之成为最贴近学校的教育科研，使教育科研的意识与方法渗透、落实到学校工作的方方面面，使教育科研真正成为学校工作的创新点和着陆点。

现代教育改革要求校长成为改革的带头人、教育科研的专业引领者，校长素质高低是课程改革、素质教育能否顺利实施的关键。槐荫区现有市区、乡镇各级各类学校60余所，在学校地域文化、教学设施、办学理念、治校方略、专业水平等方面存在较大差异。

近年来，中小学校长培训工作逐步走上了制度化、规范化的轨道，促进了校长的专业发展。但调研发现，促进校长专业化发展中定位目标还比较模糊，培训模式还比较单一，培训的针对性、实效性还有待进一步加强，特别是理论与实践脱节、学习与工作的矛盾，一直没有得到根本的解决。在素质教育环境下如何使我区校长以科研的意识、运用科研的方法解决管理实践中的问题，培养一批科研型、专家型校长，打造一批品牌学校，成为促进槐荫区教育快速发展的重要议题。

在国家、省、市知名培训机构和教育专家支持帮助下，区教育局制定发布了《槐荫区打造科研型校长五年规划（草案）》，初步确立了包含七大步骤的立体培训模块，力争以务实多样的方式促进校长专业化发展，促进学校走内涵发展之路。

正如区教育局张怡局长所指出：槐荫区教育发展战略就是要以科研作为深扎教育根基的选择，科学规划，培植亮点，引导校长逐步提炼、挖掘具有鲜明特色的办学理念，通过三至五年的系统提升，协助每一所学校构建具有地域特色的学校文化，实现校长思想境界、专业素养、办学水平的显著提高，打造区、市、省乃至全国的多层次、多类别的知名校长和学校。

在学校文化的培植、涵养过程中，校长一定要把教育科研“放在心上，抓在手上，落在实上”。

二、课堂，根系沉潜的方向

毛尖草之所以能成为“草中之王”，在于它发达的根系。在旱季，它的根系努力在土壤里生长，为了寻找水分，根系深度竟然可以达到28米。毛尖草之所以能够疯长，在于它的沉潜功夫了得。槐荫教育以坚忍拓展深度，以沉默应对喧哗，将根系沉潜的方向确定为教育的主阵地——课堂。

2010年2月26日，在全区教育系统工作会议上，张怡局长做了题为《质量与特色双轮驱动，全面提升槐荫教育整体水平》的报告，为深化全区的教育改革指明了方向：

我们在这里举行新学年教育系统领导干部会议，主要任务是深入学习贯彻党的十七大和十七届三中、四中全会及中央和省、市、区有关会议精神，总结回顾2009年的工作，安排部署2010的重点任务，动员全区教育系统广大党员干部群众，进一步坚定必胜信念、增强忧患意识，深化工作思路、突出工作重点，加强作风建设、提高素质能力，抢抓历史机遇、加快科学发展，努力争夺“槐荫教育五年大变样”开局之年的全面胜利。

回望2009，槐荫教育人用“不甘落后、奋发拼搏、勇于探索、大胆实践”的精神在槐荫教育发展史上写下了浓墨重彩的一笔；展望2010，美丽的发展蓝图和千载难逢的发展机遇将更加激发起我们的坚定信念和昂扬斗志。今年是迈向槐荫“五年大变样”奋斗目标的第一年，是高铁西客站片区建设全面铺开、深入推进的第一年，是市委、市政府全力实施“西进”战略的第一年，三个“第一年”注定了今年将是槐荫发展史上具有里程碑意义的一年。

三个同样至关重要的“第一年”，使得2010年对槐荫教育来说，也将成为波澜壮阔的一年！今年是我们争创省级教育示范区的开局之年，是区域推进课堂教学改革的第一年，是实现槐荫教育“五年大变样”奋斗目标的第一年。做好今年的工作，对于巩固槐荫教育发展成果、保持良好发展态势、增强持续发展后劲、确保“五年大变样”开好局起好步，具有特别重要的意义。

然而，2010 年又是一个机遇与挑战并存、压力与动力共生、矛盾与困难交织的年份。任务越艰巨，局面越复杂，越要认清形势。我们要清醒地认识到在新的一年里我们的机遇和优势在哪里，我们的困难与挑战是什么，我们该如何应对。

（一）发展的机遇与优势

1. 宏观机遇——创新人才的培养问题，使教育发展受到了前所未有的高度关注

当前教育作为关系国计民生的重要内容和社会热点问题，越来越受到人们的关注。著名科学家钱学森在温家宝同志探望他时，多次谈到教育，认为“创新型人才不足是现行教育体制的严重弊端，也是制约科技发展的瓶颈”，“中国现在没有发展起来，一个重要原因是没有按照培养科技发明创造人才的方式办学，没有自己独特创新的东西，培养不出杰出人才”，“一个有科学创新能力的人不但要有科学知识，还要有文化艺术修养”，这些看法获得了温家宝的深切认同。在钱学森生前最后一次见到温家宝的时候，提出的“为什么我们的学校培养不出杰出的人才？”的“钱学森之问”更是刺痛了教育人乃至全体国人的神经，引发了全国上下对教育前所未有的高度关注。

关心教育，提高教育质量，有大量工作要做，我们究竟该从哪里着手？2009 年教师节前夕，温家宝在北京三十五中听了一上午课，并主持了接下来的评课。温家宝为什么坚持听 5 节课？因为他深知，学校工作虽然千头万绪，但都以教学为主，而教学工作又是以课堂教学为主阵地的。课堂教学集中反映了教育教学工作改革发展的实际。因此，深入听课就抓住了学校工作的中心环节，犹如牵牛牵住了牛鼻子，就能取得事半功倍的效果。温家宝用自己的行动，告诉我们要脚踏实地，关注课堂，研究课堂，了解课堂所需，了解教学改革所需，才是当前教育改革和发展最不可回避的重要问题。

2. 本地机遇——槐荫经济社会的快速发展，为教育发展创造了千载难逢的机遇

2009 年是槐荫区经济社会快速发展的一年，全区地方财政一般预算收入、全社会固定资产投资、社会消费品零售总额、服务业增加值、高新技术产值占规模以上工业总产值比重 5 项经济指标增幅居全市第一，地区生产总值、农民人均纯

收入 2 项经济指标增幅市内四区第一，全区 GDP（国内生产总值）达到 184 亿元，可支配财政收入达到 8 亿多元。经济社会的快速发展，带动了包括教育在内的社会事务的快速发展，高铁西客站“山东新门户、泉城新商埠、城市新中心”的发展蓝图，使槐荫区在全市的整个格局中发生了巨大变化，这种变化为槐荫教育的大发展创造了千载难逢的机遇。根据规划，西客站片区建成后规模相当于再造一个槐荫区，入住人口将达到 30 万人，与之相配套将建设更多的中小学和高中。5 年后，槐荫区的 GDP 将达到 400 亿元，可支配财政收入将达到 20 亿元。作为社会事业重要组成部分的教育，与经济的发展息息相关，经济发展会使教育发展的后盾更坚强，基础更雄厚，区域教育投入更有保障。

3. 现实机遇——区委、区政府的高度重视，为教育发展提供了坚实有力的支持

区委、区政府对教育的发展高度重视，把争创“省级教育示范区”的目标明确地列入到今年的政府报告中。同时，区委、区政府的领导还为我们下一步的发展指明了方向，提出了槐荫教育要从特色教育向全面提升教育质量转变的明确要求。指出从区域经济发展来说，教育是核心竞争力，要做大做强，没有教育的支撑，没有教育的“五年大变样”，也不会有槐荫的“五年大变样”。

此外，区委、区政府在资金相对紧张的情况下，优先解决教师待遇问题，班主任费、13 个月的工资、取暖费和绩效工资的全额发放，使教师们得到了看得见、摸得着的实惠，也使我们真切地感受到了政府对教育发展提供的强有力的支持。

4. 自身机遇——团结奋进的干部教师队伍，为教育发展营造出干事创业的良好氛围

团结奋进的优秀队伍、干事创业的良好氛围，是槐荫教育发展的前提和保证。我们有一支热爱教育、无私奉献的干部队伍，这是过去、现在和未来做好工作最重要的人力资源。我们有一批扎根基层、任劳任怨的教师队伍，用他们辛勤的付出赢得学生、家长和社会的满意和认可。我们还有一种宝贵的“不甘落后、勇于探索、竞争合作、和谐向上”的槐荫教育精神：各项工作力求卓越、追求第一，表现了我们的“不甘落后”；敢于向改革的深水区、困难区迈进，表明了我们的“勇于探索”；兄弟学校资源共享、相互取暖、共同发展的合作伙伴关系，反映了我们“竞争合作、和谐向上”的良好氛围。这是一种不掺杂任何矫饰和做秀的真氛围，这种氛围来之不易，值得我们加倍珍惜和维护。

（二）面临的困难与挑战

1. 课改面临新的挑战

我们决定把课堂改革作为推动新一轮槐荫教育快速发展的重要引擎，希望通过改革课堂教学模式和方法，提高课堂教学效率，进而促进学生的科学发展。但是，课堂教学改革之路既非一帆风顺，也不可能一蹴而就。过去长期形成的思维定势和“教师讲、学生听，满堂灌、一言堂”的课堂教学模式仍困扰和束缚着大部分的教师，他们自觉不自觉地成为改革阻力的一部分。任何改革都有风险，怕影响升学率，也成为部分学校领导和教师的思想负担。原有的教师学生评价等一系列学校管理制度随着课改也要进行不断的创新和变革，课改过程中，师生两个方面不同层次的矛盾问题不断涌现，必然会让课改之路充满探索的艰辛和苦斗的悲壮。

2. 人事制度改革交织新的矛盾

今年岗位聘任、分级分岗，一部分人取消 10% 的待遇，绩效工资改革深入等一系列人事、职称、工资制度的改革，使得各种与教职工切身利益密切相关的新矛盾、新问题纠缠交织在一起，势必会牵扯我们的精力，增加我们的管理难度。这些矛盾问题将与课改的问题交织在一起，相互影响，既可能相互促进，也可能互相掣肘，这也在考验着校长们的管理智慧和驾驭全局、处理复杂问题的能力。大家要多做铺垫工作，把困难和问题讲得严重一些，为教职工做好全面的心理准备和较强的心理预期；多做耐心细致的思想工作，让大家心畅气顺地接受改革带来的变化。

3. 校舍安全工程带来新的压力

2008 年汶川地震发生后，温家宝同志说要把学校建成最安全的地方。国家规定学校校舍要按照 7 级防震建设标准设计，可是我们过去的学校都是按照 6 级防震建设标准设计的。这就带来了过去建设的学校校舍加固和新建学校建设预算成本大幅增加的问题。据初步估算，全区仅用于加固校舍的资金就需要 5500 万元，建设资金压力巨大。为此，我们将积极多方筹措资金，分期分批完成建设和改造任务。

（三）采取的对策与措施

机遇总是与困难并存，没有干事创业的激情，也不会抓住面临的大好机遇，也就不会遇到工作的压力和挑战。面对机遇我们要抓要抢，面对困难我们不能迟疑彷徨，我们要做的就是坚定信心、科学谋划，拿出切实可行的应对措施，争取在新的一年里占得先机、拔得头筹。我们要采取的对策与措施主要有三个：

1. 坚定不移地推进课堂改革，努力提升核心竞争力

课改决定成败。在新的一年里，我们要聚精会神搞课改，一心一意搞课改，以课堂改革为突破口，有效改造课堂教学，努力提升槐荫教育发展的核心竞争力。

（1）我们为什么要课改？

学生在学校三分之二的时间是在课堂上，课堂是教育教学活动的源头和根本，是教育教学活动开展的主要阵地！谁抓住了课堂，谁就抓住了教育成败的关键；谁提高了课堂教学效率，谁就掌握了教育发展的核心竞争力；谁先建设起高效率的课堂，谁就能在这一轮学校发展重新洗牌的过程中占得先机！

最近有一本全景式记录我国改革开放三十年经济建设历程的畅销书，名为《激荡三十年》。书中讲到改革开放之初，地处穷乡僻壤、经济基础薄弱的温州和石狮，“穷则思变”的内在驱动力促使他们充分发挥“边缘效应”，最终杀出一条血路，成为改革开放三十年经济社会发展最快的地区，发展速度远远超过了比自己经济基础雄厚很多的北京、上海等大城市。

温州和石狮的经验对我们很有启发。虽然近年来在教育系统广大干部教师的共同努力下，槐荫教育得到了较快的发展，但是我们也清醒地认识到槐荫教育整体水平与历下、市中等先进兄弟区县相比还有较大的差距。同志们想一想，我们在传统教育教学模式下，校长和老师们不是不努力、不敬业，学生们也不是不配合、不用功，该想该用的办法都想了用了，为什么十多年来收到的效果与我们的付出这样的不成比例呢？沿着老路旧辙推碾拉磨，换来的是一个惨痛的教训——我们再也不能继续这种高投入、低产出的低效教育教学运行模式了！必须改弦更张、另辟蹊径！槐荫教育要发展，必须冲破制约发展的瓶颈，进行课堂教学模式的彻底变革！以我们在全市的教学成绩排名，我们没有也没必要背什么包袱，完

全可以抛开所有顾虑，大胆进行改革，“边缘效应”的奇迹也会发生在我们的身上。只要我们拿出壮士断臂、破旧立新的勇气和破釜沉舟、背水一战的信心，我们就能在改革的阵痛过后迎来凤凰涅槃的浴火重生！

（2）我们要怎样进行课改？

槐荫教育要发展必须进行课堂教学改革，课堂教学改革成败的关键是我们如何进行改革。我认为，我们进行的改革应当是“科学化、本土化、制度化”的改革。

所谓“科学化”，就是尊重和遵循教育教学规律，以科学严谨的态度和方法进行改革，认真研究课程实施、教材整合、集体备课、教学环节、质量评价、随堂检测等各个环节的问题，大胆设想、小心求证，对问题多做预案、反复研究论证，在操作层面积极探索实践、及时反思修订，万万不能不讲科学、不计后果的“想当然、一阵风”。

所谓“本土化”，就是必须与学校实际相结合，不能照搬照抄地机械模仿。我们党之所以取得革命的胜利也是坚持了马克思列宁主义与中国革命实际相结合的原则，我们奉行的是本土化了的马克思列宁主义。对教育教学来说，道理也是一样的，洋思中学的“先教后学、当堂训练”、东庐中学的“讲学稿”、杜郎口的“小组合作学习”的教学模式改革，提高了课堂的效率、促进了学校的发展。于是一些学校的校长纷纷去取经学习，在自己学校的教室里也安上三面黑板，学生分成小组搞“讲学稿”“小组合作学习”，但这些在洋思、东庐和杜郎口发挥神奇作用的模式，在他们的学校却并未奏效。由此看来，再好的教学模式，都必须经过一个学习借鉴、消化吸收、本土改造、优化提升的过程，才能实现为我所用的目的。

所谓“制度化”，就是高度重视学校课程管理制度建设，任何改革要想深入持久的开展，就必须要有配套制度的有力保证。因为在改革过程中，我们会遇到重重阻力和种种困难，新问题、新矛盾会不断出现，问题和矛盾的出现会干扰甚至阻碍改革的进程，这时配套的管理制度就成为指导规范改革行为，保障推动改革顺利进行的关键要素。我们只有及时建立起课程决策、设计、实践和评估等的课改相应制度，才能做到程序合理、职责分明、运行有序，才能保障课改的深入开展和有效运行。

（3）课改中我们要注意哪些问题？

中小学课改应当区别对待。中小学由于学生年龄、心理特点、教学周期、教材容量、管理模式等的不同，教学方法也有很大的不同。课堂教学改革应当秉承科学的态度，不能将中小学混为一谈，搞“齐步走、一刀切”。对于初中学校，我们要求初一到初三所有年级、班级全面推开。对于小学，我们建议根据学校实际按照学生年龄和身心特点，分学段进行试点。可以先选择年龄较大的某个高年级学段或者某些学科，进行一些课堂教学模式的改革创新和有益探索，转变教师的教育观念和一味灌输的教学模式，鼓励学生自主学习；科学整合教材内容，将学习过程前置，合理安排课前预习、课堂答疑、随堂检测和课后复习的比例和关系，形成学习过程的良性循环，进而使学生掌握牢固的基础知识、学会科学高效的学习方法、养成良好的学习习惯，为今后初中、高中、大学乃至终生的学习打下坚实的基础，真正达到“教是为了不教”的最终目的。

课改要具体深入。课堂改革不同于以往任何一份工作，它要求校长们必须俯下身子亲力亲为，要亲自深入到课堂了解掌握第一手资料，要亲自制订改革方案、谋划改革措施，要亲自与干部教师深入交流、统一思想提高认识，要亲自思考预设会出现的问题及解决方案。而在这一系列的工作中，校长都扮演着无可替代的重要角色。因此，同志们一定要秉承科学严谨的态度和脚踏实地的作风，多做具体深入的工作，少做表面形式的文章。

课改要有坚定的信心和持久的耐心。一个了不起的想法，真正做出成果来是相对较长、较痛苦的过程。任何改革都不会一帆风顺，教育教学改革也必然会遇到各种各样的困难和挫折，甚至犯错误、走弯路，因此要深入开展课堂教学改革，校长要有正确的认识、坚定的信心、务实的精神、扎实的作风，更要有面对困难时的坚强勇气和持久耐心。改革不可能一蹴而就，教学质量也不可能一朝一夕提升起来，教育就是这样一个投入产出周期较长的特殊行业，它需要耐得住寂寞，需要坚持的定力和乐观的心态。

教育局允许各学校根据自己的实际情况大胆地进行课堂教学的改革实验，可以犯错误，但绝不可以坐着不动。下半年适当时机，将组织课改成果和高效课堂展示活动，对课改工作进行研讨，及时总结推广经验，反思得失积极推进。

2. 持久深入地推进软件建设，提高科学管理的效益

2月10日的《中国教育报》上，刊登了袁贵仁部长在教育部2010年度工作会议上题为《继续解放思想，坚持改革创新，努力开创教育事业科学发展新局面》的讲话。袁部长在讲话中也谈到了加强教育管理的问题，他说：“事业越是发展、改革越是深化，越是需要加强管理、改进管理。要牢固树立向管理要质量、向管理要公平的理念，坚持一手抓改革发展，一手抓科学管理。要切实改进

管理缺位、管理越位、管理错位的状况，切实解决工作中不敢管、不愿管、不会管的问题，切实做到管理及时、有力、到位。”

记得在去年暑期读书班上，我们跟大家讲过提高学校领导科学管理水平和效益的问题。在这里，我想再重申一遍，要想促进学校的发展，必须深入持久地推进学校软件建设，向管理要效益，向管理要质量。学校领导要不断增强修养，提高驾驭全局、科学管理、知人善任和应对突发事件等各项管理能力。要通过洞察全局、正确决策、组织协调各方来保障工作的健康有序开展。对影响学校发展的重大问题及管理过程中遇到的问题，要及时了解情况，快速做出反应。要善于激发内部活力，把全校教职工的积极性充分调动起来，使其各负其责地开展工作，从而形成上下一心、团结一致的良好工作氛围，合力干好工作。要建立科学高效的管理机制，建立和完善各项管理制度，使学校各项工作有章可循，有条不紊。

3. 切实有效地加强作风建设，狠抓各项工作的落实

心态决定状态。我们一些干部在面对困难、问题和矛盾时，就摆不正心态、放不平心绪，由此生出种种“抱怨”来：一是怨条件。怨办学条件不好，永远缺乏资金、永远人手不足、永远资源有限；怨精神条件糟糕，没有待遇、不给提拔，缺少激励。对条件的要求可以无限上升，一旦有了失误，再好的条件都说是条件还不够好。“条件”就是个筐，失误都可以往里装。二是怨生源。怨生源质量差，学习差、难管理，一级不如一级，教学质量差是应当的。由此，我可以得出这样一个结论：好学生就出好成绩，差学生就出差成绩，成绩的优劣与学校管理无关、与教师教学无关，只与学生自身有关。那么依照上述结论，这所学校的校长和老师的作用为零，可有可无。三是怨师资。有些校长工作出了问题，出不了成绩，不问具体情况，只是一味怨老师观念陈旧、不善学习，缺乏执行力、没有原动力；忘记了自己的决策责任、领导责任、组织责任，把过失都记在下级的账上。积极的心态有良好的暗示功能，能使人面对复杂、艰苦环境仍能处之泰然；相反，颓废恶劣的心态则会搅扰我们的情绪，即便在安逸舒适的环境里也会寻到不平和烦恼。我们大家都要做智慧的有心人，要善于调节舒缓不良心态，多换几个角度考虑问题，少些抱怨多些思辨。

当今时代大潮汹涌澎湃，只有顺应时代潮流，才能拥有未来。教育改革波澜壮阔，势不可当。“历史拒绝旁观者，机遇垂青弄潮儿。”我们必须跟上时代大潮，在课改的大潮中向潮头立，做引领者、弄潮儿。大江奔腾咆哮，必然泥沙俱下；长河归入大海，自是千回百转。课改是大势所趋，但肯定也不是波平浪静、一帆

风顺的，挑战与机遇往往共生并存。我区区域性整体推进课堂改革是经过慎重考虑，结合全国基础教育发展的大形势提出的，不要再争论改不改的问题了，而是解决怎么改、怎么才能改好的问题。因为只有保持思想上的坚定性，才能有行动上的坚定性。在实际工作中，要定一件、干一件、成一件，切忌“大呼隆、一阵风”；要实实在在抓落实，要“踏石留印，抓铁有痕”。

加强领导干部作风建设，是保证各项工作落实、促进科学发展的必然要求。今年，我们要根据区委杨峰书记提出的“勤奋好学、学以致用，雷厉风行、马上就办，敢为人先、争创一流，真抓实干、务求实效，迎难而上、攻坚克难，坚忍不拔、永葆激情，敢于负责、勇于担当，纪律严明、令行禁止，精诚团结、和衷共济，廉洁勤政、风清气正”的“十大作风”，在全区教育系统干部教师中大力开展“十大作风”的建设活动，进行一场触及灵魂的思想洗涤和脱胎换骨的观念革命，使大家能够以崭新的状态、蓬勃的激情、昂扬的斗志投入到实现槐荫教育“五年大变样”的伟大实践中去！

在新的一年里，让我们坚定不移地按照“围绕一个目标、打造两支队伍、搞好三大建设、明确四抓方向”的既定工作方针，保持蓬勃朝气和昂扬锐气，认准道路不动摇、坚定目标不松懈，按照规律办事不折腾！让我们发扬“万众一心、众志成城、团结协作、无私奉献、不畏艰险、敢打必胜”的新槐荫精神，发挥教育质量和特色工作的比翼齐飞、双轮驱动效应，全面提升槐荫教育整体水平！让我们努力办人民满意的教育，用辉煌的教育教学成绩，上交一份无愧于区委、区政府高度重视和关注，无愧于社会、家长信任和期待的合格答卷！

三、质量，蓬勃生命的追求

只有靠着发达的根系，毛尖草才能生长得欣欣向荣；只有靠着深厚的基础，教育发展才能实现厚积薄发。槐荫教育要扎下深根，打牢基础，蓬勃生命，铸就辉煌，我们的追求就必然定位于教育的根本和生命线——质量。

2010 年 11 月，在全区初中教学工作会议上，李卫东副局长热情洋溢地发表了《落实〈教育规划纲要〉深入推进课堂教学改革 全面提高教育教学质量》讲话，就如何进一步全面、持续地提升教学质量，提出了具体的要求：

（一）质量与特色双轮驱动，学校办学水平稳步上升

“教育的核心和关键点是什么？什么是教育的命门？”这是张怡局长在今年教育系统领导干部暑期读书会上给我们提出的问题，张局长强调：“教育质量是教育的根本和生命线，其他方面工作固然重要，但如果质量上不来，很难称得上人民满意的教育、人民满意的学校，社会和老百姓就不会认可我们。刚刚颁布的《国家中长期教育改革和发展规划纲要（2010 — 2020 年）》（以下简称《纲要》）也把教育质量提到战略高度来认识，把提高质量作为五项工作方针之一。”他同时指出，“我们在提高教育教学质量方面的各种举措，基本符合了《纲要》提出的要求。我们以科学的教育质量观为指导，要求教育系统干部教师以素质教育为价值取向，追求学生身心的全面发展、全体学生的共同发展和教育全过程的可持续发展。”这些话句句切中肯綮，进一步明确了我区学校工作的指导思想，“狠抓教育质量不放松”的观念更加深入人心。一年来，在大家的共同努力下，我们取得了一个又一个的成绩：

在 2010 年济南市初三学业水平考试中，我区再次实现了中考质量连年攀升的目标。区总分均分超出济南市总分均分 22.61 分（2009 年超出济南市 17.69

分），“一分四率”（平均分、及格率、优秀率、巩固率、开课率）均超市平均水平，再次为济南市整体教育教学水平的提高做出了贡献。

11所中学进一步趋于均衡发展，全区有7所学校总分均分超过400分，8所学校总分均分超过济南市总分均分。

初二地理学业水平考试合格率93.54%，全区9所学校达到教育局提出的超过90%的目标；生物学业水平考试合格率96.86%，11所学校均达标。尤其是济微中学两科合格率均达到99.60%（仅有一名学生不合格），名列市区中学前茅。

在教学质量稳步提高的同时，我们不断加强学校特色品牌创建工作，努力打造槐荫教育的新亮点，在教育局大力倡导的“一校一特色”活动中，各校积极开发学校课程，努力做到使每一个学生都能学到一种专长，为学生综合素质的提高奠定坚实的基础。2010年，我们在体育、艺术、科技等诸多领域继续创造辉煌。槐荫区获“全国阳光体育先进县”称号，区教育局被区委、区政府授予“特殊荣誉奖”；槐荫中学、二十六中、三十中、育华中学和济微中学等学校充分发挥各自特长，在国际、国内多项竞赛中摘金夺银，提升了学校的知名度，展示了其良好的社会形象。可以讲，以办学特色谋求学校发展已成为我区教育的一大亮点，我们需要不断挖潜和探索，打造更多有特色、有亮点的学校，以保持我区的特色教育建设在全市的领先地位。

（二）科研引领，行政助力，课堂教学改革稳步推进

2010年是槐荫区区域推进课堂教学改革的第一年，3月30日，教育局召开区域推进课堂教学改革动员大会，出台了《关于区域推进课堂教学改革实施意见》，要求各中小学要把课堂教学改革作为推进新一轮槐荫教育快速发展的中心工作，改革课堂教学模式，探索解决教、学二元分离的有效方法，提高教学效率，促进学生全面发展。

1. 科研引领，校长当先，迅速掀起教学改革的热潮

我区自2009年3月启动了槐荫区教科研“一把手工程”以来，从领导高度重视到宣传发动教师全员参与，学校形成了较浓郁的教科研氛围。科研兴校、科研兴教的理念已深入人心。今年，我们启动课堂教学改革，更是以教科研为纽带，申请立项了山东省十一五重点课题“基于目标的课堂教学改革：区域推进研

究”，张怡局长为课题总负责人，身体力行教科研“一把手工程”。我们充分认识到校长是学校管理的核心，也是学校改革和发展的领路人。校长的意识、能力决定了课改能否顺利实施。今天我们听了陈树洪校长的发言，了解了三十中学一年多开展课堂教学改革的收获，敬佩之余，我们会发现，学校发展到今天，与陈校长敢为人先的魄力、破釜沉舟的勇气以及他的领导班子强大的行政助推力密不可分。无独有偶，正是在学校校长的带领下，课改已在我区初中学校蔚然成风。一批又一批的老师南下东庐、东去青岛，三进、四进杜郎口；陈康金、张素兰、李景龙、史正红、吴正宪，一个个专家被请到槐荫区，走进我们的学校。大家聚在一起，观摩、交流、研讨、改进，热情高涨。课堂教学改革已在我区掀起了一场还学生学习自主权的“课堂革命”。

2. 聚焦课堂，探索“两案制”教学，尝试“小组合作”学习方式

区教研室和学校共同研究，在借鉴南京东庐中学、青岛四十四中“讲学稿”和杜郎口开放课堂教学经验的基础上，探究了符合槐荫区课堂教学实际的“两案制”教学。“两案制”即教案和学案双轨运行，简称“教学案”，有人称之为“导学案”，亦或是“讲学稿”。各学科教研员结合学科特点，充分调动学科骨干教师的积极性，与老师一起研讨编写学科讲学稿，提供一定的范例，供学校参考。

尝试学生“小组合作”学习。逐步搭建在课堂教学中师生和谐、互动、发展的平台，抛弃教师独霸讲坛的授课方式。积极尝试班级小组合作学习制，合理分组，优化组合，力求组内异质、组间同质，实现动而有序。

“两案制”教学和“小组合作”学习目前已进入多数学校的课堂之中，虽然只是在探索阶段，且更多的还是一种形式上的模仿，但教师教学行为的改变终究会渗透并逐渐影响到他们的思想，潜移默化、循序渐进的法则同样适用于我们的课堂教学改革。

（三）抓教研，促教学，教师专业素质稳步提高

众所周知，高质量的教育离不开高素质的教师队伍，而教师的专业素质在提高教学质量中起决定作用。审视我区几年来教育发展的历程，一个不争的事实就是，教师队伍的整体素质左右了教育发展的速度和水平。11 所中学教学质量存在着差异，与 11 所学校教师队伍专业素质的高低是成正比的。我区高度重视教

师队伍建设，培训中心、教研室、教科室、电教部门四位一体通力合作，开展了形式多样、行之有效的教师培训工作。其中教研部门充分发挥出引领、服务的功能，为提升全区教师队伍的专业素质起到了核心的作用。

1. 重心下移，服务学校、服务教师、服务课堂

我们提出，教研员的工作岗位主要在学校，要与教师“亲密”接触，开展“零距离”教研。每周一是固定的集体下校教研活动，教研员们深入课堂，广泛听课并开展课堂质量检测；融入教研组和备课组，参与教研活动，检查教师的备课、学生的作业，争取最大限度掌握学校教学的第一手资料，有的放矢地为教师的教学活动把脉。每学年教研员听课多达千余节，累计批阅检测试卷近 3 万余份；翻阅学生作业万余本册。

我们倡导教研员始终以服务者的姿态对待工作，教研员经常去学校，很多都是一头扎进教研组，了解一线教师上课、备课的实际情况，倾听老师们对教材、对教法的观点，解疑答问，细致入微；对教师在教学各个环节上出现的问题精心指导，严格要求，毫不客气。

作为服务学校的一项重要举措，目前，各学科在积极推进“学科教研实验基地”的建设。教研员选取 1—2 所学校作为本学科的教研实验基地，承担基地建设的具体指导工作，深入课堂、深入教学实践，开展针对学科教研基地实际的课堂教学小专题研究。基地学科教师全员参与，逐层研究，把具体问题研究深、研究透，把教学规律转化为教学行为。经过一定时间的实验实践，将在实验基地积累的成功的经验进行推广，有效地带动全区，从而推动校本教研的深入开展。

2. 重视教研组建设，发挥团队作用，提高教学成绩

随着教育改革的不断深化，教育发展中出现的新情况和新问题对教师提出了新要求，教师必须与时俱进，不断提升个人的专业素质，才能适应当前的工作。专业素质如何提升？仅靠个人单打独斗我看不行，必须走校本教研的道路，即通过“专业引领”“同伴互助”和“自我反思”来实现教师的专业化发展。而校本教研最基本的组织单元就是教研组。区教研室一直以来非常重视校本教研，强化学校教研组建设，2008 年 4 月，出台了《槐荫区关于开展校本教研工作的实施意见》，评选出济微中学语文组、第九职业中专电气组、营东小学英语组为槐荫区学科教研示范组，并予以表彰。鉴于我区开展校本教研工作的实际情况，同年，济南市初中校本教研研讨会在济微中学召开。到今天，越来越多的学校更加重视

学校教研组建设，尤其是推进课堂教学改革以来，出于“两案制”教学等方面的需要，老师们更加自觉地参与到校本教研中来。

（四）当前我区教学工作中存在的主要问题及打算

1. 校际间发展不均衡，面向全体学生任重道远

前面我讲过，2010年初三学业水平考试，我区11所中学进一步趋于均衡发展，是说明我们有进步，但是校际间的差距也是触目惊心的。第一名与第十一名总分均分之差达到75.7分，有3所学校总分均分低于全市平均水平，4所学校的合格率低于全市平均水平，6所学校的合格率低于75%。克服校际间不均衡的指标主要看合格率，明年，在试题难易系数保持在7∶2∶1不变的条件下，初三学业水平考试合格率达到80%的学校将会受到教育局的表彰！为什么要提出这个指标，我想大家都明白，提高合格率就意味着大面积提高教学质量，意味着我们要面向全体学生，不让一个学生掉队。对如何面向全体学生这一问题，我们还缺乏深入细致的分析和研究，导致在抓普及与提高方面缺乏系统性、层次性，尤其是在抓后进生和边缘生的转化方面还缺乏切实可行的对策。

2. 深层次推进课堂教学改革还需要付出更大的努力

目前，区域推进课堂教学改革只是进行到初级阶段，问题很多，主要表现为：表面性、随意性、个体性、机械化和低效化。

表面性：主要是对课堂教学改革的重要性和必要性认识不够或者是不接受，思想不通则行动不力，别人搞，自己不搞不好，但又不认真去研究怎么搞，只好偶尔运动一下，应付差事，私底下依然是我行我素。

随意性：不是以科学的审慎态度对待改革，虽然也摸着石头下了河，但是不会归纳和总结经验以修正自己的方向，没有明确的阶段性目标和长远打算，走到哪儿算哪儿。这种状态的结果最终是半途而废。

个体性：就一个区域而言，虽然有敢立潮头的勇者，但多数是持一种观望的态度，他们问题总比办法多，以至于勇者成为孤家寡人，难成气候。

机械化：多数是拿来主义者，一味模仿，以为在别的地方行得通的，到了他那儿也会行得通，缺乏思辨，不会扬弃，拒绝创造。其结果是捡了芝麻丢了西瓜，别人的东西没学好，自己的长处也丢掉了，只落得邯郸学步，不伦不类。

低效化：以上种种表现最终都会表现为效率低下，付出和结果不成比例，理想和现实差距很远，甚至于为了改革而以牺牲教学质量为代价。

这些现象都是改革在初级阶段可能或是必然出现的。面对它们，我们应该冷静分析，泰然处之，但绝不能回头！我们应该有解决问题的办法：

第一、坚定信心，知难而进。

区域推进课堂教学改革是教育局领导班子在区委、区政府提出“槐荫五年大变样”的历史背景下，为突破我区现阶段教学发展的瓶颈，大面积提高教育质量，经过充分研究而提出的目标任务。课堂教学改革是实施素质教育、提高教学质量的主要阵地和基本途径。自20世纪80年代以来，我国的课堂教学改革一直都在持续不断地进行，在教学实践中也涌现出了一批像情境教育、愉快教育、成功教育、创新教育、生命教育等重视学生生动、活泼、主动地学习，重视学生成功与发展的好的教改典型。但是，从总体上说，我国的课堂教学改革尚未取得实质性和根本性的进展。教师的教学方法单一，学生被动学习、个性受到压抑等顽疾未能从根本上得到有效医治；过于强调被动接受学习、死记硬背、机械训练的状况依然普遍存在，很多时候，我们对此都是熟视无睹。我们深知，改革绝非易事，也绝不是开一次动员会、做一场报告、下一个红头文件就能办成的。对今后的课改工作的艰辛和困难我们要有充分的思想准备。也正因如此，需要大家一定要坚定信心，现在不是讨论需要改不改的问题，改是一定的！

第二、明确目标，做好规划。

新颁布的《国家中长期教育改革和发展规划纲要》(以下简称为《规划纲要》)首次提出以人才培养体制改革为核心推进教育体制改革。把课改主要目标定位在教师指导下启发学生学思结合、知行统一，使课堂成为学生主动学习、学会学习的学堂。反观我们今天的课堂，正是在学思结合、知行统一方面存在较大的问题。比如，我们在听课过程中发现，一堂课下来，除了授课老师提问让学生回答之外，学生自主提问的现象非常少见。我认为，学生根本就没有养成质疑、提问的习惯，也可以说是我们的课堂根本就没有营造让学生独立思考、自由探索、勇于创新的良好氛围。学生始终处于被动学习的状态。孔子几千年前提出“学而不思则罔，思而不学则殆”的思想早被我们抛弃了。再看“知行统一”，《规划纲要》中提出，“开发实践课程和活动课程，增强学生科学实验、生产实习和技能实训的成效。”单从学科实验这一个方面来说，刚才教研员王鲁梅老师已做了专题汇报，问题还是很多的，我们在听课中发现，学生特别喜欢做实验，可有些老师自己不做演示实验，也不愿组织学生做实验。我们花钱购置的实验设备有好多是闲置不用的，浪费不说，影响了教学，甚至耽误了孩子的一生也说不定。

目标找准了，第一步就是做好规划，做规划应注意以下几点：

其一、我们的课堂教学改革，必须立足本校实际，立足于对课堂教学现状的困惑与分析，立足于学校办学的理想。要发扬怀疑的精神，审视当前的课堂教学，找出制约教学质量提高的主要问题，要深刻、要辩证。可以借助专家的力量，点破我们的迷津；但也不要唯专家论，从某种意义上说，一线老师就是专家。所以，我主张，要发动一线教师的主观能动性，充分发扬民主，如果没有民主参与，规划就很难落到实处。

其二、我们的课堂教学改革是一项整体工程，要求加强领导，严密组织，相互支持，形成合力，稳步推进。

其三、我们的课堂教学改革是一项开创性工程，它牵涉到多方人员的参与，教师观念与行为的到位是保证改革运行的前提。所以，一定要开展全员培训，使大家的思想与行为高度统一。对内要充分发挥教研组的作用，对外，要开展好校际间的交流，决不能闭关自守。

第三、典型带动，辐射全体。

推行新事物，必须要有人肯带头、能带头，让大部分人看到好处，才能逐步接受新事物。我们要依靠典型人物和先进团队的带动辐射作用，推动课堂教学改革的深入开展。

第四、制度立校，渐成文化。

深化课堂教学改革，不仅要冲破观念上的障碍，而且要冲破管理上的障碍，改革教学管理，解决管理滞后改革的问题，建立适应新课程、服务新课程的教学管理运行机制。首先是建立和落实教学管理制度。制度就是一种激励结构，好的制度可以激励人们发挥他们的创造力，提高工作效率。目前，我区各中学都十分重视建章立制，从集体备课到教学常规检查，从课堂诊断到考试分析，从绩效考核到教师聘任，我们制定了大量关于教学管理的文件、规定，但是，在落实方面，存在着较大的差异。比如，集体教研制度，我们在下校听课时发现，有些学校虽有集体教研的各项规定，但那只是挂在墙上给别人看的，执行起来就是另外一码事了。这说明，第一、领导首先不重视，人治大于法治的思想还没有彻底根除；第二、不能持之以恒，平时不抓或只抓某个环节，忽略了制度的一贯性与整体性；第三、教研组长的能力或责任心不强；第四、制度不完善，缺少必要的评价奖惩机制。种种现象说明我们的制度管理还不规范，下一步，教育局将对学校教学管理的规范性进行督导检查，不仅检查制度规范，更要检查执行规范。

当然，制度管理的更高境界就是文化管理。学校发展如同爬坡的球，受到来自外部的竞争和内部教职工惰性而形成的压力，如果没有一个止动力它就会下滑，这个止动力就是制度管理。我们要不断追寻我们的“止动力”—— 制度管理，以及我们的“牵引力”——文化管理，把制度管理和文化管理结合起来，制度规范行为，行为形成习惯，习惯培育传统，传统积淀文化，文化润泽制度。制度是刚性的，而文化就是让制度潜移默化成为人们的自觉行动。

3. 倾力打造师德高尚、业务精湛的师资队伍

这个话题我们已经谈过多次，这里，关于师资队伍建设的意义和做法我不想多讲，针对教育局、教研室近期出台的两个文件，做一下强调：一是《槐荫区教育局教研室关于征集阶段性学业水平考试学校自主命题试题库及试题评价的办法》，二是《济南市槐荫区中学教师教学素质大赛实施方案》。

我区教学成绩继续稳步提升，课堂教学改革全面推开。国家《规划纲要》的出台，让我们的工作思路更加清晰；槐荫城市建设的大发展，使我们的工作热情更加高涨！“今朝花胜去年好，料得明年花更红”，让我们进一步解放思想，坚定信念，克服困难，勇于创新，推动我区教育教学水平再攀新高，为“槐荫五年大变样”做出应有的贡献！

区教育局决定把课堂改革作为推动新一轮槐荫教育快速发展的重要引擎，希望通过改革课堂教学模式和方法，提高课堂教学效率，进而促进学生的科学发展。

以“基于目标的课堂改革探索”为龙头，努力提高教育科研整体水平，通过五年奋斗，力争取得有较高学术价值、推广价值和具有较大影响力的研究成果；初步构建起体系完善、运转灵活、内涵发展的教育科研体系，培育一批“科研兴校、科研强校”的名校长和名学校，实现“教育科研氛围浓厚、教育科研制度健全、教育科研管理有力、校本研究整体推进、课程改革成效明显、高效课堂初步建立、教学质量大面积提升、教育科研水平位居济南市前列”的基本目标。

四、选择，根深蒂固的智慧

毛尖草的“扎根”精神深深影响了槐荫教育这片充满绿意和希望的热土。“一把手工程”两年多的实践已经初见成效，为了在新的起点上进一步优化升级，槐荫教育将内涵发展和区域推进作为深化教育改革的智慧选择。

2011 年 1 月，“一把手工程”两年实践在初见成效之际，槐荫区提出大面积提高教育教学质量、推进义务教育全面优化升级的区域推进行动计划。为什么要对教育教学改革进行区域推进？为什么又把此项改革确定为“一把手工程”？我们的区域推进，重点推什么？怎样处理区域推进与学校自主发展的关系？对于这些教育的重大问题，张怡局长做了细致的分析：

(一) 内涵发展 区域推进是义务教育的必然选择

1. 对义务教育发展阶段的基本判断

任何事物的发展都是有阶段性的，都必然经历一个由量变到质变、由初级到高级的发展变化过程。对阶段性做出正确判断，科学确定阶段性目标和任务，正确实施阶段性过程，必定取得预期的阶段性成果，这既是事物发展的必然规律，也是衡量决策水平的重要标志。

改革开放三十多年，槐荫区已经在规模、师资、设施等方面实现了“普九”(普及九年义务教育)。学校布局基本合理，师资配备的数量与质量具有较好基础，办学设施达到基本要求，适龄儿童少年都“有学上”。按照“普九”基本要求，已经实现了初步的均衡发展。如果把义务教育划分为“前义务教育阶段”和“后义务教育阶段”两个阶段，槐荫区已经实现了“前义务教育阶段”的目标和任务。有专家认为，我国义务教育特别是发达地区的义务教育，以 2003 年我国科学发展观提出和全面实施为转折点，开始转向内涵发展，以《国家中长期教育改革和发展规划纲要》为“拐点”，已经进入了内涵发展、优质均衡的后义务教育阶段。优化升级、深度公平、高位均衡、特色发展、“有好学上”，是国家、社会、家庭对义务教育共同的价值取向和战略选择。在新的宏观背景下，义务教育必须坚定不移地转向以优化结构、改善管理、建设高水平教师队伍、提高教育教学质量为重点的内涵发展轨道上来，这是实施“后义务教育”的关键所在。

2. 区域推进内涵发展是尽快实现区域教育优化升级的重大举措

县区是我国行政区划的基本单元。在这个“基本单元”里，面积、人口、差异较比“上位单元”（省市、市地）相对较小，有利于统筹和区域推进，这已是被实践证明了的真理。就教育内涵发展而言，相同相近的教育情势、价值取向有利于区域推进。同时，客观存在的市区与城乡结合部之间、城市与农村之间以及学校与学校之间发展的不平衡性也亟待通过区域推进实现相对均衡发展。实践证明，缩小学校与学校之间的差距，依靠学校自身的努力仅是一个方面，另一个重要的方面是通过区域“领导力”大力推进教育资源的优化配置。

3.“一把手工程”有利于学校教育教学改革的整体推进

众所周知，“一把手”是筹划、决策、管理、协调等方面的核心人物，是领导团队中的“首席”，既有不可替代的“首发力”，又有不可替代的“给予力”。反之，也可能“不发力”“不给力”，甚至“用反力”。“成也萧何，败也萧何”，往往体现在“一把手”身上。

随着义务教育的阶段性提升，内涵发展的重要性愈见凸显，这是一项“练内功”的系统工程，需要整体谋划、统筹协调、加强决策、强力推动。在此背景下，槐荫区教育局不仅把教育教学改革列为教育局领导团队的“一把手工程”，同时把学校的教育教学改革确定为学校的“一把手工程”，确定了目标任务、改革重点，明确了工作思路。自2008年以来，各校一把手变压力为动力，主动深入课程、教材、教学、教师专业发展的“深水区”，率领团队克难攻坚，涌现出一批“攻坚校长”。

（二）区域推进内涵发展的基本策略及工作重点

1. 加大投入，整体提升硬环境

“工欲善其事，必先利其器”，内涵发展是以必要的硬环境建设为条件的。同是内涵发展，在不同的条件下会有不同的结果。犹如跳水比赛，有些运动员在现代化的跳水设施里进行比赛，而另一些运动员在石崖、池塘进行比赛，其效果肯定大相径庭。

槐荫区大体有三类区域：市区、城乡结合部、农村。历史原因导致三类地区差异明显，优质资源大部分聚集于市区的少数学校，地处城乡结合部特别是农村的学校大都设施简陋。三类地区的内涵发展，明显不在同一起跑线上。为在城乡之间以及学校与学校营造大体相近的硬环境，近年来，槐荫区统一调度人、财、物力，针对农村、城乡结合部及市区薄弱校“三大薄弱部位”，加强了整体提升的强度。

（1）提高农村中小学生均公用经费标准

从 2003 年起，槐荫区各级财政预算支出中，教育经费特别是中小学公用经费已按市定标准纳入了区级财政预算，并足额及时拨付学校。2009 年我区农村生均公用经费实际达到小学 415 元，初中 625 元，较 2008 年分别增加了 30 元、85 元，分别比省定标准高 70 元 、130 元。同时，区政府设立了专项资金，对农村贫困家庭学生免费提供教科书并补助寄宿生生活费。

（2）充实学校内部设施

经过几年的不懈努力，2008 年初，槐荫区“两镇四办”全部通过济南市教育示范乡镇的验收，闫千户小学、大饮马小学、大金小学、周官屯小学、小饮马小学、美里湖一小等一批农村学校的办学条件得到极大提升，为农村孩子享受优质教育提供了基础和保障。2009 年又进一步改善了农村学校办学条件。顺利完成美一小和美二小的旱厕改造项目以及槐荫中学、周官屯小学的沼气治污项目；农村教学仪器更新工程和特教学校仪器配备工程已累计投入 370 万元；2010 年投资 500 万元为槐荫中学建设一处 3200 平方米的体育馆；投资 80 万为古城中学进行教学楼装饰；投资 272 万元为部分农村学校达到市级规范化学校标准增加了设备设施。目前区内农村学校硬件设施已全部达到并超过部颁二类标准，有 6 所学校达部颁一类标准，占农村学校数量的 23%。全区的农村教育工作取得了前所未有的发展。

（3）加快城市薄弱学校提升改造步伐

在西客站建设、棚户区改造等重点项目带动下，以新一轮城市发展为契机，不断加快学校建设。2007 年至今，高标准完成了槐荫中学综合楼、济微中学综合楼和钢结构教学楼、营乐小学综合楼、机场小学综合楼等一批校舍建设；为新建的阳光 100 小学、泉城花园小学、新世界小学等学校高标准配置教育教学设施；

将经二路小学整合并入纬十路小学，槐南小学整合并入营东小学；达到国内一流标准的槐荫中学地掷球训练场地已经竣工并投入使用，为三十中、明星小学、济微中学等学校的运动场地进行了改造和塑胶场地建设；兴济小学综合教学楼以及昆仑小学和槐荫中学的综合体育馆建设已经竣工。对全区中小学的实验室和信息化建设进行了补充完善，2010年已投资500多万元为所有初中学校专任教师配齐了人手一机，实现了班班多媒体。目前，面向全体小学的信息化工程已进入招标程序，预计总投入700多万元。

2. 目标引领，面向全体抓质量

这是一个很大的范畴和极为复杂的问题，既涉及教育观、教学观问题，又涉及课程、教材、教学问题。对于这项复杂的改革进行区域推进，必须从中选择带有共性的东西予以提炼概括，进行相对统一的大范围推进。槐荫区根据有关课程改革文献精神，结合本区实际，选择课程建设、教育教学、教学模式三大重点，进行目标引领下的区域推进。

（1）建立以国家课程为主干、以校本课程为补充的课程体系

国家课程体现国家统一意志，以法律形式予以规范，带有强制性和相对的统一性，在基层主要是落实问题。部分学校及教师受“应试教育”的影响，往往弱化被视为“副科”的政治、历史、地理、音乐、体育、美术等课目教学。部分学校因师资不齐全、设施不完备等客观原因，也弱化了上述学科的教学。针对这种情况，槐荫区把开齐国家课程、开足课时、保证质量作为学校课程建设的重点，通过充实师资、设备，音体美教师“走教”，督导检查等措施，保证国家课程的全面实施。

开发校本课程是学校在“预留空间”自主开发、各展其长、大有作为的一项课程建设，它是学校课程体系建设的重要组成部分。槐荫区对各学校的校本课程开发的指导，本着“统筹与放开”相结合的原则，提出了“一个基于”（基于课程目标的校本课程开发）、“三个有利于”（有利于满足学生的多样化的需求，有利于促进学生个性发展，有利于促进学校特色发展）的总体要求。各学校遵照这一总体要求，自主开发校本课程，彰显各自的特色。

据初步统计，全区各学校开发的特色课程大体分为三大类30余门，可分类概括为：阳光运动类（乒乓球、篮球、武术、轮滑等），艺术涵养类（花艺、陶艺、茶艺、声乐、管乐、古筝、舞蹈、书画、文学等），科技创新类（果树栽培、生态研究、机器人、发明创新、多米诺骨牌、车模研究等）。济南营市东街小学、

济南市机场小学、济南经七路第一小学、济南阳光100小学、济南第十九中学等学校的特色课程规模大、设施完备、门类多达20多种，形成“文化长廊”“文化一条街”壮丽景观。多个领域的特色课程为学生创设了一种动态的、开放的、生动的、多元的、研究的学习环境，促进了学生的个性发展。

（2）深入探讨基于目标的课堂教学改革

教学是一个充满问题的专业领域，“为什么教”（目标）、“教什么”（内容选择）、“怎么教”（路径、方法）、“教到什么程度”（检测与评价）是该领域的四大核心问题。搞不准确“为什么教”（目标不明），就很难确定“教什么”（内容选择陷入盲目性），“怎么教”“教到什么程度”更无从谈起（无效教学）。现实教学中“为什么教”和“教到什么程度”是两大“软肋”。许多教师确定教学目标缺乏依据，只是生硬照搬图解新课改“三维目标”，更不会检测“教到什么程度”。

针对这种情况，槐荫区通过专题研究、专家指导、选点实验等方式，紧紧围绕课堂教学的“四大核心问题”进行探讨。从探讨各学段的育人目标入手（这个学生怎样教），着重探讨学科教学的整体目标（这本书怎样教），聚集到单元教学目标（这个单元怎样教），根据“三层目标”选择内容、路径与方法，尝试以科学方法检测“教到什么程度”。

济南市阳光100小学，在山东师范大学教育学院专家团队的引领下，潜心研究，根据各学段教学目标，构建“阳光课堂”。例如语文学科高段课堂构建策略是：①创设支持与对话的心理场。一是教师有意识地营造学习氛围，利用语文教材情感性和思想性来吸引学生。二是形成场效应，师生在课堂上就都会有成就感、投入感，此时的相互感染使师生进一步交融，场的依存性就愈加凸显。②凸显体验和智慧的力量。体验、理解，使师生沟通心灵，变作者情感为自己情感，变他人感悟为个人心声，让表达更富说服力和感召力，让智慧灵动表现。③蕴含文化与审美的情趣。语文的这一特质决定了“阳光课堂”的文化与审美并存，知识与情趣共进。而老师们也基于此，加强了对课程文化的把握与研究。④关注能力与习惯的培养。语文是人们表情达意的工具，阳光课堂在注重理解的基础上重视培养学生的语文学习能力和学习习惯：一是教学生学习一类知识的方法；二是培养学生的提问能力和习惯；三是培养学生积累语言的能力、习惯；四是培养学生的表达能力。

（3）以学思结合、知行统一，因材施教为重点，创新教学模式

教与学的真髓是学思结合、知行统一，教学方式的真谛是因材施教。学有所思、学思结合，方能主动认知、学会学习。知付诸于行，知行统一，方能学到完

整的知识，形成真正的能力。学生的学与思、知与行是有差异的，因差异而实施“差异教学”，为之因材施教。学思结合、知行统一、因材施教是构建各种教育教学模式的三大支点。

各学校以多元视角，分别从尊重学生主体地位、发挥教师新主导作用、课堂结构、教学流程等方面提炼概括的种种“模式”，尽管有若干值得推敲之处，但值得肯定的是他们共同的探求精神、对生命的尊重、对教学内涵的再认识和对育人规律的新觉醒。

3. 任务驱动，面向校长、教师抓培训

涉入“深水区”的教育改革区域推进，涉及诸多理论和实践问题。如，义务教育的阶段论，基于课程标准的教学、课程建设、育人及教学目标的厘定、教学效果检测与评价、学思结合、知行统一等问题，都是区域推进和“一把手工程”涉及的重大理论和实践问题。涉足“深水区”的“舵手”和“划桨者”，只有明确方向、路径，才有可能到达理想的彼岸。有鉴于此，区教育局以“专题研究”“现场研讨”“专家诊断”“校长论坛”“教改动态”等形式开展教育理论与实践的普及与提高工作。专家们对基层进行“理论救济”、实践指导，“草根们”在探究中“自我寻根”，相互“救助”，目标引领，任务驱动，促使校长、教师在学习中学会了学习，在实验中学会了实验，在行进中学会了行进。

（三）科学把握、正确处理区域推进中的若干重大关系问题

1. 正确处理科学引导与行政推动的关系

我国教育行政管理带有命令、强制、大一统、小一统、整齐划一性质的色彩，这可能是教育行政管理的可靠选择，但也有“大一统”“小一统”以致把基层“统死”甚至“统”出全局性失误的弊病。区教育局深深懂得，那些应该纳入全局予以区域推进的重大改革和举措，不去推进必然坐失良机，贻误全局；那些不应当纳入全局视野而去胡乱行政干预，必定剥夺学校自主发展、个性发展的空间，“统”得“万马齐喑”、了无生气。

2. 正确处理区域推进与学校特色发展的关系

槐荫区的45所小学、11所初中分布于不同的区域。文化背景、社会场域、

办学传统各不相同，差异发展，各有千秋。在当今教育管理框架制约，学校自主改革和发展空间极为有限的情况下，维系学校的空间，促进其特色发展，是使一方教育焕发生机和活力的关键所在。槐荫区的区域推进重在指引大方向、大目标、大路子，确定大政策、大举措，进行宏观管理。学校自主办学、各展其长领域不做硬性要求，不予行政干预。尊重差异、张扬差异，才能促进学校特色发展。

3. 正确处理区域推进与分类指导的关系

“一刀切”“齐头走”，在教育管理中并非个别现象。实行区域推进更容易出现此类倾向。硬性的统一要求，对于“冒尖”学校来说是一种束缚，对于后进学校来说是一种苛求，“一刀切”只会“削峰”而无法“补谷”。为了避免此类倾向，槐荫区在区域推进中十分注意分类指导。我们不仅对学校进行了区域性划分（市区、城乡结合部、农村），而且对同区域内的学校进行全面评估，把握短长，还注意把握学校的“学段”特征（小学、初中），分别提出普适性要求和梯次性要求，注意总结不同类型和梯次的典型，予以推广。

槐荫区旨在义务教育优化升级的区域推进和“一把手工程”，在整体提升、优质均衡等方面取得了明显成效。农村学校整体水平明显提高，薄弱学校管理和教育教学质量明显提高，特色学校竞相涌现。校长管理能力明显提高，教师素质明显提高，学生学习能力和学业成绩明显提高。一个个教学成绩和奖项，从某些角度和层面提供了有力的论证。

清代张维平有诗云：“造物无言却有情，每于寒尽觉春生。千红万紫安排着，只待春雷第一声。”这首诗的意境与槐荫区的教育意蕴颇有相似之处。多年来，槐荫区区委、区政府及教育系统的有识之士在济南市的“欠发达地区”，以真情、真心和智慧一点一点地改变着基础薄弱的教育，由基本“普九”到“阶段提升”，由局部推进到区域推进，由“点点红”到“满山红”，激荡着一声声春雷，迎来一个个教育的春天。

五、梦想，突破土层的力量

根基沉潜于土层中探索的毛尖草，如何度过漫漫长夜？是渴望阳光的愿望，是拥抱蓝天的梦想，成为它们发展壮大的力量。槐荫区的校长们在科研引领下，苦苦探索“深扎根”“广扎根”，追求学校内涵发展，创造出槐荫教育的“毛尖草奇迹”。一切皆因——梦想！

（一）为了理想的教育

教育不仅仅是捧上一批批高一级学校的录取通知书，还是捧出一个个有鲜明个性的活生生的人；教育不仅仅是追求百分之多少的升学率，还是追求每个学生生动、活泼、主动的发展；教育不仅仅是汇报时的总结，评比时的数据，还是教师与学生共度的生命历程，共创的人生体验。

1. 个性发展，释放潜能

“以人为本”就是要在办学中重视、关怀和尊重人，一切基于人，一切依靠人，一切为了人。“追求卓越”不是追求高不可攀的目标，而是基于教师和学生实际，帮助他们找到适合的发展道路和方向，创造条件，促其进步提高，实现自我超越。当学生在品德、学业、体育、艺术等各方面有新的进步时，我们就认为学生实现了一次卓越发展，重在“追求”的过程。在这种办学理念的引领下，学校关注学生的全面发展，追求师生的可持续发展，让学校成为师生共同成长的乐园，成为师生共有的精神家园。

济南第十二中学把“明志、律己、博学、拓新”作为自己的校训。“明志”提醒学生要明确人生的奋斗方向，树立远大目标，为自己成功发展负责；“律己”是告诉学生学会约束自己，与他人和谐相处，实际上是对自己、对他人、对社会的责任感的体现；“博学”是希望学生努力学习，博览群书，广泛涉猎，用知识

武装头脑；“拓新”是要求学生贴近社会发展趋势，敢于创新，勇于实践。他们的种种主题教育实践活动正是在“以人为本”理念的指引下展开，使学生达到“明志、律己、博学、拓新”的目标。

槐荫实验小学的苏传亮校长将“实·验”精神作为学校的第一精神。学校确立了“知之以实·验之以行”的教学理念，在这个理念的指导下，实践着“知行结合，成就实验师生；求实求真，铸就实验品牌”的办学宗旨，在学生中倡导“以学为乐，善知会问”；在教师中倡导“以生为本，善思会研”；在课程建设上，坚持“给每一个孩子参与的机会，给每一个孩子目标的希望，让每一个孩子有开阔的视野”；在教师评价、学校管理等重大问题上坚持“完善制度抓落实”“一切以数据说话”的基本方式方法。在全体师生的共同努力下，逐步形成了团结合作、科学长效的管理机制。

培养具有“科学精神、人文情怀；视野宽广、能思善做；人格健全、身心健康”的现代实验学子是实验小学的育人目标。围绕这一目标，学校开展了五项特色工作：体育，强健了学生的体魄；经典，积淀了学生的文化；柔道，健全了学生的品格；科技，培养了学生的创新精神；艺术，提高了学生的审美能力。在特色工作中，学校践行着育人理念，努力培育全面发展的实验学子。

前苏联著名教育实践家和教育理论家苏霍姆林斯基曾经说过，“我们手中掌握的是世界上最宝贵的财富——人。我们如同雕刻家雕刻大理石那样在塑造人……只有相信人的人，才能成为真正的教育能手”。我们正是相信尽管每个孩子潜力不同，兴趣不同，但他们都有巨大的发展潜能，只是需要合适的教育去开发。我们愿意去做出这样的努力和尝试。

纬十路小学的安士刚校长秉承“关注生命主体，促进个性成长”的教育理念，强调教师应当眼中有学生，要时时刻刻意识到我们面对的是有思想、有尊严、有独立人格的人，我们给予学生或学生得到的是文化，而不仅仅是知识。只有始终坚守着对人的尊重，才能办出有生命的教育。

2. 爱智共育，情智共生

济南市阳光100小学建校之初，就致力于打造阳光教育品牌，确立了“一体两翼”的工作思路——“一体”即打造“阳光教育”品牌，“两翼”就是“阳光课堂”和学生“阳光品行”的打造。

“阳光教育”可以诠释为一种温暖的教育、爱的教育、光明的教育、智慧的教育。于是在“阳光教育”的理念中，“阳光”便有了两个最基本的内涵：爱和智慧。其中，爱是基础，是学生成长所需的空气；智慧是雨露，是滋养学生成长的营养。因此，“阳光教育”实质上是一种“爱智共育，情智共生”的教育。“阳光课堂”是阳光教育实施的主渠道。让课堂充满人性的光辉，成为智慧孕育的所在，是阳光100小学办特色化学校，走内涵式发展道路的首要追求。在这种爱的温暖和智慧的引导下，达成学生人文素养和科学素养的和谐发展，成就阳光少年：拥有健康的体魄、阳光的心态、灵动的智慧、丰满的个性，既有民族情怀，又具世界眼光。

为了创设与“阳光课堂”相适应的氛围，在教育环境的设计上，阳光100小学努力营造阳光普照的人文环境，使阳光教育不仅成为一种理念，一种思想，更是植根于师生心田的文化。

流连于走廊，犹如打开一本本文学经典，走进一个个充满趣味与思考的新奇空间；漫步教师工作区，“思维体操”“艺趣时光”“启蒙驿站”……各学科特色蕴含于这些别有趣味的工作室名称之中。信手推开“丽娜绘画坊”，你会看到一帧帧稚嫩的作品中流溢着雅拙、纯真的美，一张张笑脸上洋溢着创作、收获的真。“丽娜绘画坊”是美术教师田丽娜工作和教学的专有空间，学校将她的版画专长纳入校本课程。版画这一手工制作和绘画的综合艺术成为了我们美术课堂上一抹亮丽的色彩，像这样的工作室还有很多，“思源舞蹈厅”“谢昕音乐室”等等，一个个以教师名字命名的专用教室，不仅让老师在其中享受到职业的归属感和责任感，更为学生营造了充满阳光文化的学习氛围，感受到品牌教师的人格魅力和艺术修养。

完全开放式的“阳光书吧”是独享宁静读书时光，聚首教研团队沙龙的书香小筑；“休闲一隅”则是教师、学生及家长随时倾心交谈的温馨角落；“阳光讲坛”成为点燃智慧、包容真爱的自由天地……在我们的校园里，处处感受到的是清新高雅，温暖灵动，真情呵护，智慧引领，在阳光校园里，阳光文化无声地浸润着师生的心灵，滋养着师生的品行，这一切都成为构建阳光课堂的坚实根基。

如果说阳光校园的构建是物化的阳光教育，是阳光课堂的有力支撑，那么师生阳光心态的形成就是阳光课堂得以生存发展的心理基础。具体到课堂，阳光般的心态就是教师能够感受到学生的需要和喜爱，学生能够感受到教师的引领与尊重，这些都是师生向上的不竭动力。另外教师要有敏锐的洞察及唤醒的意识，引导每个学生参与到课堂上来，体验学习的成功乐趣和自我实现的价值。当课堂成为师生共同向往的地方时，师生在课堂上都有成就感、投入感时，阳光心态、阳光文化内涵就会渐渐地融入每个人的心中——对自己：自信、坚强、上进；对他人：理解、信任、鼓励；对学习、工作：乐观、认真、执着。这样的阳光心态，使学校充满生机与活力，成为祥和温馨的阳光家园。有益的活动是课堂的外延与生成，更是塑造阳光心态的重要组成部分。走进“太阳岛”心理咨询室，参加阳光亲子采摘节、运动会，登上“阳光记忆笑脸墙”，徜徉“阳光成长花园”，尽情的倾诉，有序的竞争，公正的评比，为情智共生健康成长奠定良好的心态基础，成为阳光教育、阳光课堂的有效延伸。

（二）为了理想的课堂

创建激发富有生命的、高效的课堂，让课堂开放、自由、和谐、智慧，让课堂提升教师和学生的生命质量，这是我们理想中的课堂文化。我们期待这种课堂文化能凝聚一个班、一个学校的风貌和风气，从而聚合为学校文化，引领学校走向民主、情趣、高效的境界，让校园成为学生、教师向往的生命成长乐园。

“一个好校长就是一所好学校。”校长对教育，对课堂教学的看法，将会影响我们教育改革的方向。我们校长心中理想的教育，理想的课堂是什么样的呢？

课堂教学蕴含着无限的精神财富，课堂是一片诗与谜共生的天空，魅力重重，神秘重重，问题重重。因之，课堂教学的研究与改革是一种无可回避与抵挡的魅惑。课堂教学中蕴含着无限的可能、无限的意味、无限的将来，每一位教师都要以自己的全副身心来创造属于自己又属于学生的课堂形态。一名无法创造令学生为之兴致勃勃甚至终身难忘的学习场景的教师，无论如何也不能说是一名优秀的教师；一名无法让学生体验到思考的艰辛与愉悦，不能点燃学生探索世界第一颗火星的教师，无论如何也不能算是一位真正的教育者；一名无法让学生在课堂生活中领悟到知识的奥秘、生活的意义、人生价值的教师，无论如何也不能称之为学生的导师。学生生命的价值与方向在很大程度上也维系于课堂教学。不思改革的课堂必然水波不兴，死水一潭；不思创造的教学必然机械刻板，浅薄乏味。永葆课堂教学创造性与有效性的根本在于对课堂教学坚持不懈地进行改革与思考。

新课程改革的根本出发点是为了学生的发展，而改革的最终落脚点终究是在课堂上。我们的课堂教学是否真正体现了新课改理念？我们的课堂教学究竟存在哪些问题？我们应如何立足课堂，彰显课堂魅力？我们该怎样变革教学，转变教学方式和学习方式？这些都是需要所有教育工作者共同关注、思考并解决的课题。我想，我们所追求的就是致力于促进学生主体的回归和学习能力的提高，关注学生的成长过程和生活质量，激发学生的内在动因，并最终促进学生的全面、主动发展。

课堂教学改革改什么？怎么改？这是每一位学校领导和老师需要认真对待的“大事情”。因为课堂教学改革的成功与否，将直接影响到学生学习的质量。如何展开学校的课堂教学改革，需要教育者的“大智慧”。

1. 课堂是师生共历的生命历程

学生 80% 的时间要在课堂上度过，课程 80% 的内容要在课堂上传授。课堂教学是人才培养的主渠道，主阵地，课堂教学改革是教育改革中最关键的环节，最核心的领域。审时度势，济南市光明街小学决定以教科研为总抓手，以课堂为主阵地，以数学学科为龙头全面推进课堂教学改革，共同打造令人欢欣鼓舞的高效课堂。研究中他们发现，如果研究视角局限于课堂 40 分钟，教师就会忽略许多影响学生自主学习成败的因素。光明街小学要求教师树立全方位、立体课堂观，研究视角要关注学生自主学习的全过程，研究内容不仅要关注导学策略，更要关注自主小组的建设、运行机制、评价手段等。

2. 建设高效课堂，师生共同成长

什么是“高效课堂，有效学习”？怎样才能实现学生自主学习？实现小组自主合作探究？面对着种种不解和疑惑，济微中学从思想、制度上解决了问题。

“用心关注每一个学生健康主动发展”，“得课堂者得天下”，以“建设高效课堂”为使命，以提高教师师德素养和业务水平为核心，以提升教育教学质量为主线，努力构建“问题引领，合作学习”教学模式下的“高效课堂”，扎实开展校本研究，形成了济微校本研究特色。

参观学习，聆听专题讲座，把握高效课堂的内涵和特征。“请进来”，针对学校教学改革的实际，请相关专家对课堂教学的高效性进行专题讲座，全面提升教师对高效课堂的认识。“送出去”，结合课堂教学改革的现状，有针对性地选拔和组织骨干教师赴课堂教学改革先进地区、学校取经学习，切实解决课堂教学改革中遇到的实际问题，促进学校课堂教学改革向更具操作性和高效性发展。充分发挥名师、骨干教师的引领作用，通过专题讲座、论坛、上示范课等多种形式，为全校教师提供学习的样板，用最本土化的典型事例，带动全体教师的发展。

认真学习，提高素质。“高效课堂”对老师业务素质提出了更高的要求，怎

样才能够使老师具有过硬的业务素养，进而培养学生们的“独立人格”“自主意识”“批判精神”和“创新勇气”，成为学生、家长满意的教师呢?

（1）让生命与使命同行

教师成长本身就是为了让生命更饱满，更有诗意，让人生更有价值。正如李镇西老师所言：要站在人生的高度审视教师工作，看待教师成长。

“让生命与使命同行”是教师人生的最高境界！一所好学校就应成为生命的乐园，好的管理应是对生命的焕发，刚柔相济。如果老师愉快地为生命价值的实现而工作，学校就成功了！教师的修养不是靠管出来的，而是靠悟出来的！

济南市明星小学从工作实际出发，加强团队建设，凝聚团队力量，引导教师在团队建设的活动中相互欣赏、携手合作、共同分享。如在师徒结队活动中，注重年轻教师的培养，为青年教师成长搭建平台，为青年教师的茁壮成长奠定基础。

优秀不止一种表现形式，在学校的各项教育教学活动中，“大家不同，大家都好”，在教师、孩子成长的路上多一句鼓励、多一声赞许——是牡丹，让她展现华丽和富贵；是小草，就让她尽情舒展生命的翠绿与顽强！

（2）风物长宜放眼量

改革的难点在观念，重点在管理，关键在师资。推进课堂教学改革，首先要更新观念。让教师在摸索中实践，在实践中总结，在总结中反思，在反思中更新观念，在尝试中发现问题，在模仿中体会实质，在反思中改进方法。魏书生老师在“有效的学校管理”中提出：“要民主，要科学”，“一件事有一百种做法，但目的只有一个，就是达到民主和谐的境界”。

课改过程中，我们注重赏识教育理念的升华、人文精神的践行，更注重发挥优秀骨干教师作用为学校发展注入的活力。优秀教师们以自己的课改经验引领思考，在亲身实践中实现我们对于教育发展的崇高追求。

教育的本质即是生命教育。雅斯贝尔斯说：“教育的本质意味着：一棵树摇动另一棵树，一朵云推动另一朵云，一个灵魂唤醒另一个灵魂。”

那么——

把课堂还给学生，让课堂充满生命活力；

把班级还给学生，让班级充满成长气息；

把创造还给老师，让教育充满智慧挑战！

把“人的教育”写在我们的旗帜上，让学生在自主、合作、探究的过程中体验生命的快乐，培养学生的优秀品质与健全人格，通过课堂变革促进整个教育的变革与突围，是用课堂做支点推动整个教育的发展，让学生成为具有人文精神的人，包括具有崇高精神和理想的人，成为庄严站立着的铁骨铮铮的人，成为有科学素养的人。

这应该就是我们苦苦追寻的理想的教育吧！

这也应该就是我们教育改革的原点和归宿吧！

既然——

“毛尖草”已在槐荫教育这片沃土中形成了“庞大根系”，那就让我们一起见证她枝繁叶茂，姹紫嫣红的奇迹时刻！

第二篇

毛竹之韵

你见过毛竹吗?

你看——

一片片绿意葱葱、干体粗壮、挺拔秀伟、卓雅风韵、四季常青。在这繁茂竹林的点缀下，优美山川平添了道道神韵……

你可知道毛竹的成长经历?

毛竹的生长过程可谓自然界一大奇观。它一旦钻出头，就节节攀升。郑板桥赞之曰“咬定青山不放松，立根原在破岩中”。它能在常温下茁壮，也能耐零下20度的极端气温，且是典型的速生常绿植物。实生毛竹的竹高生长发育进程较快，5年生平均竹高达793.7厘米，最大竹高达980厘米。年均增高120厘米以上。这神奇的成长速度，怎能不让人惊叹?

积极向上的人生恰如这节节拔高的，毛竹——在我们身边，在槐荫教育的热土上，也有这样的人，有这样的团队。

伴随着课改春风，教育科研“一把手工程”不断深入，槐荫教育迈入了区域推进课堂改革的阶段。各校课改如火如荼，心怀教育理想、锐意教学改革的领导、教师不断涌现，宛如雨后毛竹，日见其长，日见其上，势不可当。

人生当如竹!

张扬的生命活力，奋力向上的追求，总是那么令人惊叹……

一、思考，沉潜的智慧

思考着的人是美丽的，善于思考的人是睿智的。作为教育者，要想进行课堂改革，首先应思考的是学习的基本元素：谁学习？学什么？怎么学？如果不进行这样的哲学思考，改革一定是肤浅的。“一个肤浅的工作者可能是好的工作者，也可能是坏的工作者。但是，好也好的有限，而坏则每况愈下”。

没有比脚更长的路，因为路程再远，也要从脚下的第一步开始，要勇敢地迈出第一步，直到抵达所要到的地方。槐荫区的课堂改革就是从善于思考的校长中开始的。作为课改先锋，他们的思考是从首先叩问学生学习的基本元素开始的。

2009 年 3 月，槐荫区教科研“一把手工程”启动，各学校逐渐形成了较浓郁的教科研氛围。2010 年，区教育局启动课堂教学改革，更以“基于目标的课堂教学改革：区域推进研究”为题直接申报立项了山东省教育科学“十一五”规划重点课题，区教育局张怡局长为课题负责人，身体力行教科研“一把手工程”。

这是一场学习方式的变革。先行者们边学习、边思考、边实践，一批又一批的老师南下东庐、东去青岛，三进、四进杜郎口；陈康金、张素兰、李景龙、史正红、吴正宪，一个个专家被请到槐荫区，走进槐荫的学校。大家聚在一起，观摩、交流、研讨、改进，热情高涨。课堂教学改革就这样在槐荫区掀起了一场还学生学习自主权的“课堂革命”。

这就如同毛竹破土，预告着学校调整管理思路后的迅猛长势——因为其“粗”生长，在竹笋出土即已基本定型；因为其“高”生长，从出笋到成竹一般只需要 50—60 天——槐荫教育热土上的“春笋”亦然。

迈出这第一步，需要不懈的努力；

迈出这第一步，需要明确的方向；

迈出这第一步，明丽的蓝天等着你！

（一）行走在个性与共性之间

办好一所学校，首要目标就是要为孩子们的成长提供优质的服务，服务于学生的发展、服务于家长对教育的需求、服务于社会对人才的要求。“学生在心中，质量居首位”这十个字，对于营东小学的教师而言，真是再熟悉不过了。这十个字说来轻松，真正落到实处是需要每个营东人静心思考的。房彩霞校长经常思考这样一个问题——应该把我们的学生培养成什么样的人才？如何才能够让学生的发展行走在共性与个性之间？于是，在“为每个生命撑起一片多彩的天空”这一办学总目标下，营东小学又确立了学生发展的两个分目标：其一，打牢扎实基础，为人生填涂浓重底色；其二，搭建自由发展平台，为人生增添绚丽色彩。以此分别满足学生共性发展及个性发展的需求。

1. 打牢扎实基础，为人生填涂浓重底色——满足学生共性发展的需求

每个走进营东校园的孩子，都有一个丰富而斑斓的梦想，要想美梦成真，他们在成长过程中需要多方面地汲取。在营东，老师们力图让每个学生意识到：学习是一个人实现梦想的第一需要。而作为教育工作者，面对这些生命，他们要为学生做的便是打牢扎实的基础，为学生成长的天空涂上浓重的底色。房彩霞校长始终认为，当营东的孩子们走出校园以后，无论他们从事什么职业，营东小学为他们打下的扎实基础，是会伴随他们一生的，是永远涂抹不去的底色！

“扎实的基础”应该是什么？小学六年应该给予学生什么？仅仅是课本上的那些知识吗？答案当然是否定的，除了这些知识，更应该是良好的学习习惯和必备的学习能力！近几年来，营东小学在课程设置以及改变学生学习方式、提高学生学习能力方面，且思且行，进行了诸多尝试。

如果对“分数”与“能力”进行排序，越来越多的老师会选择让“能力”居于首位——有了能力，成绩一定不会太差，反之则肯定不同。培养能力的主阵地应该在课堂上，为了培养孩子的能力与习惯，让学生在课堂上真正实现“学与思的结合”，营东小学努力打造高效自主课堂，力求在训练过程中充分发挥学生的主动性，让学生自己发现问题，通过小组合作学习的方式，经历一个探究的过程，从而发现规律，进而达到共同提升的目的。在这样的课堂上，我们能够看到颇具深度的课前质疑、各抒己见的语言表达、思维灵感的现场生成、学习方法

的灵活应用，这才是真正吸引学生的课堂！在槐荫区教研室组织的自主课堂展示中，许多听课的领导和老师给予了他们这样的评价：在课堂上，营东的孩子很漂亮！

为了让学生能够及时收获自己的所得，学校专门设计了“能力训练册”，如“计算试验”的计算能力训练册，“一手好字天天练”的写字能力训练册，英语学科的“脱口秀”“神笔高手”“书香伴童年”的读书能力训练册等。在“书香伴童年”这本册子后面，学校还设计了“读书小盘点”，用来盘点一学期学生的读书情况，房校长在扉页上写了这样一段寄语：“亲爱的同学们，作为你们母校的老师，我衷心希望在你们每个人的身上能看到一种美丽，这种美丽是源自内心的自信，是溢于言表的修养，这种美丽从何而来？从读书中来！腹有诗书气自华，这句话也许有的同学今天还不懂，但是终有一天你会感悟到：读书真的可以让你变得更加美丽！”

为了给孩子们提供展示的空间，学校还定期开展素质“展能日”“展能周”“展能月”活动。如“经典诵读展能周”“写字展能日”“陶艺展能周”“计算能力展能日”“英语口语展能日”“剪纸展能周”等，给学生更多展示的机会。

2. 搭建自由发展平台，为人生增添绚丽色彩——满足学生个性的发展需求

“把鱼儿养到大海里，想让它小都难呢。”房彩霞校长很喜欢这句话。它不是出自什么巨著，而是出自一位小学教师之口。无独有偶，也有人说过这样一句话：你为学生搭建的舞台有多大，他发展的空间就有多大。每个人都希望有表现自己的舞台，每个人都希望展示自己的才华，每个人也都希望能够被欣赏，生命也正是因为被欣赏才变得美丽。房校长真心希望每个学生都有成为焦点的那一刻！为此，学校甘做为学生搭建舞台、拉开大幕的人，为孩子们搭设更宽的舞台，推开更多的天窗。

（1）“小环境”中的“大课程”——无限延伸的“文化一条街”

为满足学生个性化发展的需求，营

东小学一直致力于特色课程的开发。在营东的校园，一位又一位富有特长的教师成就了学生喜爱的一门又一门特色课程：爱看星星的韩军主任成就了我们的天文课程，让校园里多了一群爱数星星的孩子；精通书画艺术的杨晓丹、齐立民老师成就了营东的国画与软笔书法，让营东的校园翰墨飘香；擅长乐器演奏的老师们成就了民乐、手风琴，让我们的校园里到处琴韵悠扬……一门又一门的课程成就了一批又一批的孩子，营东的老师与孩子们一起走上了越来越宽广的营东“文化一条街”！

（2）大家不同，大家都好——评价让个性张扬

个性化的评价是实现学生个性化发展的助推力。房校长始终相信：好的评价方式会让人变得越来越优秀。“大家不同，大家都好”日本诗人金子美铃这句诗就形象表达出多元评价的魅力。这种欣赏眼光既能满足共性的需求，又可以让师生的个性得到尽情地张扬！

给他一个恰当的评价，他也许会一生珍惜！不错，事实证明，脱离了单纯的评判意味的评价，带给师生的将会是一种由衷的快慰，这种感觉值得他们一生珍惜体味！

为了进一步促进学生的个性化发展，营东小学将“校园吉尼斯”作为传统项目定期举行。“校园吉尼斯”两年一届，每届活动历时近两个月，共设知识类、体育类、创新类、文艺类、书画类、娱乐类等四十多种比赛项目！学校举行这次活动的初衷就是：丰富学生的知识，锻炼学生的技能，发散学生的思维，发现学生的潜能，在活动中“张扬个性，炫出自我，经历拼搏的过程，享受成功的喜悦”。

学校还推出了“感动明星——不同的笑脸奖给不同的你”这一凸显个性化的评价。每周，每位教师手里都有两张小笑脸，送给身边表现突出的学生。老师们都有这样的感觉：手中的这一张张阳光灿烂的笑脸，让校园里突然多了许多双欣赏发现学生的眼睛。当老师们轻轻弯下腰，把“不同的笑脸奖给不同的你”这句话连同小笑脸儿一起奖给学生时，他们竟意想不到地收获了无数的

感动……如果本周得到了小笑脸儿，学生就可以把它们贴在自己的《成长》手册中；如果没有得到，则要在《成长》手册中提示自己还需要在哪些方面继续努力。这种个性化评价很重要，因为个性化的评价才是针对每个学生个体成长的“积优卡”与“错题集”，而且这样的评价对学生的触动很大！

（二）让每一朵花都灿烂绽放

如果说房彩霞校长的课程改革是自上而下的大手笔，渗透到了管理的各个层面，那么泉城花园小学则是巧妙地找到了一个切入点，“四两拨千斤”，融入了管理者的智慧，使得特色课程的开发带动了课堂的改革。

泉城花园小学的徐子春校长是音乐出身，她把艺术的浪漫与审美融入到了课程的管理与开发中，巧妙利用自身的优势，与济南市儿童剧院、文化传媒公司等多家单位和部门进行了广泛而深入的交流，建立了深厚的友谊，邀请相关的专业人员和学者进校园，对教师进行文化传播与建设方面的培训与展示，与教师共同面对面的讨论学校的发展愿景。同时学校将符合学生发展内在需求，有利于促进学生健康成长的“儿童剧”作为学校课程，并成立了省内首个济南市儿童艺术剧院实践基地，聘丁晓秋院长为名誉校长，为课堂改革提供了现实的土壤。学校将儿童剧表演因素引入各科课堂，构建了童趣盎然的生态课堂，让学生在身心愉悦的动手操作和表演体验中成长，让学生的兴趣在课堂生活中扎根，取得了初步成效。

1. 表演，让快乐走进课堂

林梦婷老师在教学《难忘的泼水节》一课时，讲到“周总理一手端着盛满清水的银碗，一手拿着柏树枝蘸了水，向人们泼洒，为人们祝福。傣族人民一边欢呼一边向周总理泼水，祝福他健康长寿”时，她和同学们扮演了一回周总理和傣族人民。林老师模仿课文插图中的周总理，一手拿着柏树枝，一手端着碗，蘸了水就向“人们”泼洒。同学们看了，对她的表演有意见了。有的同学说：“老师，你笑得还不够，应该再开心点。”当同学们认为她笑得可以了，她又重复了一次周总理的动作。可是，同学们还是有意见。一位同学说：“老师，我觉得你泼水的动作太快了，应该慢一些，边泼水边祝福。”“不错，你说得对！总理的心是真诚的，泼水的动作是不该太快。”说着，林老师再次做了总理泼水的动作。可是仍有同学说：“总理泼水的时候应该嘴里说些祝福的话，老师你怎么没说呢？”“对，对，对，我还应该为‘人们’祝福，谢谢你的提醒。”林老师很感谢大家的建议，但又发愁地问：“该说些什么？你们帮我想想”。学生又纷纷发表自己的意见，有的说：“祝您老人家健康长寿！”有的说：“祝小朋友好好学习，健康成长。”有的说：“祝你家庭幸福美满。”……林老师按要求边泼水边祝福。这回，“傣族人民”是满意了，可是林老师又不满意了，“课文中的傣族人民是一边欢呼一边向周总理泼水祝福，你们该怎么做呢？”同学们也许是忘了自己的角色，经林老师这么一提醒可就来劲了。他们围到林老师的身边一边做着泼水的动作，一边祝福。有的还模仿插图中的小男孩跳跃着，欢呼着……在这样的情境中，总理与傣族人民心连心，傣族人民敬爱周总理，这朴素而伟大的情感还需要做苍白的说教吗？快乐在教室的每个角落流淌。

2. 表演，绽放了儿童的天性

作为泉城花园小学的英语老师，刘瑜老师觉得让儿童剧表演因素走进我们普通的英语课堂，自己也许永远都不可能做到像《皇帝的新装》那样的豪华阵容和震撼人心的表现效果，但是通过她自身的努力，让学生在儿童剧这一领域内有所感受、有所表现，绽放他们的天性，就是教学的成功表现。当然，这个要循序渐进，步步深入。

情景剧表演主题可根据英语教材上每个单元的主题来确定，如六年级上学期的教材分别有“问路”“家人的职业”“小水滴的故事”等主题，围绕每个主题，学生可以创编出一个个的情景对话。确定了主题后，学生进行剧本的简单创作，在这其中学生可以选择本单元的一首或几首歌曲编入到剧本中进行演绎，同时还可以适当的加入以前学过的歌曲。还可以根据本单元一首歌曲的意境以及所表达的含义来进行有情节的情景剧表演。也可根据现有教材中补充的一些剧本，结合教材进行改编。分组进行认领，一个组负责一个主题的内容。当英语情景剧走到孩子身边时，孩子们沉浸其中，让英语学习多了几份神韵。

3. 表演，调动了学生的参与热情

杨婷婷老师认为，数学课堂引入儿童剧表演是一种学生的学习行为，不是真正的上台演出，所以主要还是着眼于促进学生对知识的理解和掌握。这就决定了它的灵活简约。如表演可以是一个生活的段落，可以不化妆、不设布景、不穿服装。在教学有关“小数的初步认识”时，她没有利用图片形式，而是用实物“逛超市”这一生活情境，学生看着老师带来的各种各样的物品，看着大屏幕上超市

的背景图，一人扮演购物者，一人扮演收银员，自己购买物品，通过这一生活片段的表演，让学生对小数的读法，以及简单的小数加减法都进行了巩固。如果换成普通的复习，只是让学生读小数、做计算题，相信很多学生都会没有什么兴趣，但是通过这种形式调动了学生的学习积极性，而且也与课标中要求的与生活实际相结合。

但是在具体的表演过程中，还应该注意表演只是一种教学辅助工具。既然是工具，使用就得有个度，只有使用合适的工具，才能产生事半功倍之效，反之就成了缘木求鱼。少年儿童好动、自制力差、缺乏耐性，对事物长时间的关注度不够，过长的表演也不适合。课堂表演这一生动直观情境的展现，是学生通过试卷活动，充实和改善了自己的认知结构，实现了不同程度的发展。

4. 表演，激发了学生的创造才能

在语文学习中，许多课文提供了用儿童剧元素丰富教学内容的机会。何丽老师在教授《落花生》一课时，课堂上安排了一次分角色朗读，学生按孩子们和父亲的语气把感受到的依次读了出来。然而这只是一个开始，接着想象当时孩子们与父母亲的动作、神态，在小组中演一演，这样，一个袖珍的课本剧便呈现在了讲台上：孩子们的争先恐后、快乐兴奋，父亲的语重心长、严肃认真，母亲的频频点头等都表现出学生对课文的深入理解。

课后，还有学生就这篇课文编写了《落花生》的儿童剧剧本。这对于何丽老师来说是个意外的收获：语文课上学习语言，通过编写剧本的方式又运用了语言，真心感觉语文学习与儿童剧表演是互相促进的，儿童剧表演激发了学生的创造才能。

5. 表演，促进了学生的团队合作

在“遨游汉字王国”和“经典诵读”活动的展示中，多数小组都能以儿童剧的形式上台表演。学生的分工合作、协调配合，让他们既巩固了所学，又增强了学习语文的兴趣，这也是何丽老师乐于见到的。其中一个全由男生组成的小组，他们了解了《送孟浩然之广陵》一诗的创作背景，自编了剧本。展示时，“李白”“孟浩然”“随从”以及“船家”的倾情表演，给大家留下了深刻的印象。

儿童剧元素进课堂，让学习语言与运用语言有了更多的交集。学生们在儿童剧的角色扮演中，不知不觉提升了合理分工及团队协作意识。

探索的路上，或许泉城花园小学还有许多不足。但是，“收获”坚定着她们

的信心，“不足”引发着她们新的思考，“追求”给予她们腾飞的力量！今后时日，为了泉城花园小学每一朵花的灿烂绽放，她们将继续心怀梦想，在课改之路上不断前行、不断超越！

（三）在情趣课堂中自主放飞

不同的变革，带来不同的课堂文化，新世界小学在自主课堂的打造中，呈现了别样的风景：

课堂文化是学校文化的基点。创建和激发富有生命的、有效的课堂，让课堂开放、自由、和谐、智慧，让课堂提升教师和学生的生命质量，这是董庆峰校长理想中的课堂文化。他期待这种课堂文化能凝聚一个班、一个学校的风貌和风气，从而聚合为学校文化，引领学校走向民主、情趣、高效的境界，让校园成为学生、教师向往的生命成长乐园。

1. 民主和谐的课堂文化孕育着学生的智慧与灵动

这是一节五年级的数学课，几名同学正站在讲台上，面向全班讲解一道习题。发言的男孩子神态自若，表达流畅，他讲完了，旁边同组的同学继续补充。“大家还有什么疑问吗?”“同学们还有其他的方法吗?”那神态俨然一位老到的教师，又像在等待答记者问。想不到随之而来的竟真是连珠炮似的问题，有的质疑，有的发难，有的要求就重点详细讲解。坐镇的小组不慌不忙，兵来将挡，直到把大家伙说得心服口服。之后又一组同学上阵展示他们的探究思路。十几分钟过去，一道简单的题目已出现五六种解法，异曲同工。仔细一观，每个小组还都有一个响当当的名字：“战神”“常胜”“野百合”，不及细想其中的含义，却被他们的学习宣言吸引：“听明白不算明白，讲明白才叫明白”——真有一股不服输的劲儿！

这样的教学片断，在新世界小学的数学课堂上随时可遇。他们的教导主任、省教学能手郑生志老师引领全体数学教师扎扎实实进行“学生自主管理、自主学习”的“双自主课堂改革实验”已三年了。往往快要下课了学生还是不懂就问，因为学生不以不知为耻，老师常在课堂上说“错误是最好的学习资源”“最高水平是把别人问明白”；为何其他学生争先恐后帮提问者讲解？因为每一次出色的发言都会作为小组捆绑评价的一次积分。

随着“双自主”教学研究的逐步深入，数学教研组的老师们妙招频出：把错题向全班公示"悬赏"征集讲解的"第三块黑板"，培养低年级学生合作意识的"星级小组"评比与"家校奖励卡"，培养学生落笔必清楚的良好学习习惯的课堂本、草稿本合二为一，清晰记录学生演算过程的多格练习本、双色改错本等等，不一而足，各显神通。学生的学习意识被充分唤醒，因为他们在课堂上有机会崭露头角，获得成功的体验，他们每个人在组里都举足轻重，感受到被需要的尊重和满足。由此带来的，是学习过程中锤炼出来的自学能力的逐步提高和由成就感引发的对学习的兴趣提升，所呈现的便是表达能力的进步和合作意识与技巧的磨炼。一位家长在给老师的留言中写了这样一段话："我的女儿变了。她原本是个内向的孩子，不喜欢多说话；原来数学一直学不好，她感到自卑。可现在，她自信地对我说：'妈妈，我可以自己备课并在全班同学面前上课了！'最近为了争取'神算子'的称号，她每天都把口算题检查一遍又一遍，改掉了这几年来粗心的毛病，她的计算出错率越来越少了！"

在数学课改的带动下，其他学科的研究与拓展更是百花齐放。学生对各学科的学习更加主动，更加有创新意识。五年级一班的孩子在董艳艳老师的指导下，开展起"大阅读"，并大胆尝试小说创作。短短一年，超过一万字的小说已达到28篇，其中有3个孩子写到了5万多字，有《漂亮女孩的五味瓶生活》《肖张风云传》《家有瘟神》《双国演义》等等，情节有趣，内容健康，语句流畅，书写工整，字里行间能看出学生在完成这项任务时兴味盎然。他们班还建起了博客群，将自己的作品分章节在博客上发表，使这项写作练习进行得热火朝天，大家学习语文的兴趣更加浓厚。由此引发课堂上，他们更加关注好词佳句的积累以及写作方法的学习，以便应用于自己的写作。而五年级二班的学生则在周媛老师的引领下，开始了"儿童诗创作初探"："当我再次走在老校的校园里 / 老校 / 那高大的身影 / 已经不在了 / 那令我思念的老校 / 已化为尘土了 / 我是那么不舍……""我想把校园 / 搬进大自然里 / 让孩子和小树一起成长 / 让绿色围绕在我们身旁"。每个孩子都建起一本诗集，本本诗集异彩纷呈，诗句虽然稚拙，但纯净灵动，充满童趣稚语，诗句中一种纯真又深切的感情自然流淌，班内时常开展的诗歌鉴赏活动，使学生对语言文字的感悟更加敏锐。

孩子们精神抖擞地站到了讲台上。他们侃侃而谈，时而画图，时而演算，时而摇头晃脑地朗朗而读，俨然一幅"老教师"的派头。台下不时站起一位："我补充——""我纠正——"他们讨论得热火朝天。老师呢，正微笑着站在教室后面，偶尔在学生争论不休时"调解"一下，或者迷惑不解时点拨一下。何为趣？兴味盎然为"趣"；何为乐？品尝成功为"乐"。学生对学习有了乐趣，老师们说："这是我们感觉到的最甜蜜的事情！"

2. 自由开放的研究氛围激发着教师的潜能与热情

"学生在进行自主学习展示时，最初有很多学生的讲解很不清楚，语言也非常啰唆，我感觉特别耽误上课时间，还不如让我直接教给他们呢！"每次教研，老师们都会抛出一两个类似这样的问题。于是，大家的研讨便自然展开："学生在课堂上丑态百出、异想天开、胡言乱语，我们一定要调整好心态，看做是意外的教学资源，这样就不着急了。""是啊，得有足够的耐心看着孩子们在课堂上慢慢成熟，这个过程很漫长。""还得有足够宽容的心态来允许孩子们犯错误。作为实验教师，更要有毅力和恒心坚持下去，不要被挫折吓退。"

课堂改革启动一年以后，新世界小学出台了《济南市新世界小学小课题研究实施与奖励办法》，鼓励每位教师从自身出发、从实际出发找准自己的研究点，如"如何提升学生计算能力""怎样让学生学会自学""小组合作的有效性研究""怎样使低年级孩子养成良好的数学学习习惯"等等。学校鼓励每位老师摸索出成功的适合各班学生特点的有效教学方式，不拘一格，百家争鸣。同时，他们先后组织"教研组汇报交流""教科研沙龙""双自主教学吧"等形式，搭建多种平台鼓励老师们随时将自己的研究现状或以文字、或以图片、或者面对面交流等方式和教研组内的教师积极磋商。老师们的研究有方向、有抓手、有舞台，大家的研究状态也发生了极大变化。

3. 自主情趣高效的课堂文化引领学校发展

基于"自主情趣"课堂文化的建设，董校长期待着学校的文化氛围也是和谐开放、积极阳光的。因此，学校将"阳光做事、情趣做人"作为学校做事理念的"八字方针"，倡导班级的"自主管理"，倡导年级组的"自主管理"，倡导管理部门"情趣做事"，倡导每一个学生、每一个教师"阳光做人"，让校园里充满温馨、宽容和积极向上的文化氛围。

课堂改革任重道远，必须有"破"的决心和勇气，才有"立"的希望和前途。董校长认为他们学校的课堂改革刚刚起步，课堂文化的提升还有很远的路。学校将扎扎实实研究细节，以学生生命发展本身为原点，以课堂活动规律为研究点，让课堂真正成为师生生命成长的乐园，让"自主情趣高效"的课堂文化真正引领学校走向阳光灿烂的未来。

二、变革，破土的勇气

毛竹的鞭系及竹竿均含有生物活性内源激素，除种子具有生殖能力外，其鞭节和竹节均能萌芽生殖，因而除了用种子养殖竹苗外，还可用分蘖育苗、扩鞭育苗、压杆育苗、埋杆育苗等方式养殖竹苗。这正如槐荫区的课堂改革，45所小学、11所初中的课堂结构均在变革中“震颤”，但变革方式却又不同于彼此，各有千秋。那份破土而出的勇气让人瞩目。

所谓教学结构，是指在一定教育思想、教学理论、学习理论指导下的，在某种环境中展开的，由教师、学生、教材和教学媒体这四个要素的相互联系，相互作用而形成的教学活动进程的稳定结构形式。

不知你是否关注过毛竹的结构特点——“未出土时先有节，至凌云处仍虚心”！槐荫区课堂教学结构的变革又有哪一个不是在美好愿景中，一路摸索，在不断摸索中节节攀升的呢?!

随着槐荫区中小学学生学习方式的转变，传统的教学结构被彻底打破了。面对学会了自主思考和选择的学生，教师面临着巨大的挑战。教师再不能以不变应万变，为了捍卫自己的“学科地盘”，老师们在教学实践中，更多地在思考、追问如何教？如何正确地教？老师们科研意识加强了，寒暑假期自主“充电”的多了，同行间碰撞频繁了……各个学校都在鼓励老师开始在属于自己的学科领域“越来越像自己”，打造属于自己的个性课堂。教师们努力通过课堂教学结构的变革，强化与学生的充分沟通，把学习变成快乐的旅程。

（一）“三步七段”实现小组“真”合作

“课改”必须“改课”，课程改革的核心环节是课堂教学改革，课堂教学改革的关键在于教学模式的改革，关键在于改进教学方法，把课堂还给学生，探索能引起学生兴趣的教学方法。

从 2009 年 9 月起，济南第三十中学在全校所有班级、所有学科强力推行课堂教学改革。他们从优化课堂结构入手，根据新课程的基本理念，在合作学习理论的引导下，学习全国各地课改先进学校的成功经验，结合学校自身的实际情况，初步形成了具有学校鲜明教改特色的“三步七段”课堂教学模式。“三步七段”教学模式是以小组合作为基本组织形式，以导学案为抓手，以不放弃每一个学生、培养合格学生为目标，以转变教育理念、转变教学方式、转变学习方式为要求。

所谓“三步七段”，是指课堂教学活动结构包括三大步骤七个环节。“三步”是指：自主导学、合作探究、差异拓展；“七段”是指：课前热身、自主导学、教师精讲、学生精炼展示、课堂检测、布置作业、教学反思。整个课堂上老师的讲解不能超过十分钟，其余时间大多是学生自学、小组交流、学生展示的时间。

开始的三年，“三步七段”课堂教学模式在顺利推进三十中学校课改方面发挥了举足轻重的作用。

“三步七段”固定的模式和流程成为老师备课、上课，小组合作的方向、指南和路线图，让课改初期迷茫困惑、手忙脚乱、无所适从的老师们上课有章可循，有“法”可依，有拐可拄，规范操作，熟练流程，避免了以往部分老师随堂演绎，放任自流的上课局面，成为课改初期课堂教学的纲领和准则；

教师的教育观念、教学方式、精神面貌发生了根本转变，彻底改变了传统课堂“一言堂”的局面，把时间交还了学生，把能力赋予了学生，把自主还给了学生。学生成为学习的主体，教师由喋喋不休的统治者、讲解者逐渐变为引导者、参与者、启迪者；

备课组群策群力制定导学案，在一定程度上避免了个人备课可能出现的“内容随意”“时间随意”“方法随意”的现象，充分发挥了优

秀教师和集体的作用，实现了备课的最优化，真正做到了资源共享。

课堂比以前多了一些活力，学生的学习热情明显提高；在新的学习方式下，自主、合作、探究贯穿于学生的学习生活，学生的自信心增强了，团结合作意识有了极大的提高，集体意识得到进一步强化。

通过小组合作学习，学生的合作能力、表达能力、组织协调能力、倾听能力、独立思考能力、质疑和反思的能力等等都得到了很大发展。

多样化、捆绑式的评价机制让小组中的每一个成员在交流和学习中学会了竞争，学会了担当，增强了责任感，在成为收获者的同时也成为奉献者。合作变成了师生生活的习惯，小组成为了师生生命的共同体。

（二）“合作探究”绽放学生“真”思考

课堂教学的过程，到底是教师教的过程，还是学生学的过程？槐荫中学的高斌校长带领全校老师，经过实践、探索，借鉴先进学校的成功经验逐步找到了答案。形成了“自主学习，合作探究”的课堂教学模式。

自主学习
解决问题 → 合作探究
讨论交流 → 拓展延伸
知识归纳 → 巩固提高
课内达标

第一环节自主学习，解决问题：学生依据教师编写的学案明确学习目标和学习重点、难点，自学环节掌握基础知识，解决较为简单的问题。

第二环节合作探究、讨论交流：学生带着问题参与小组讨论与交流。通过师

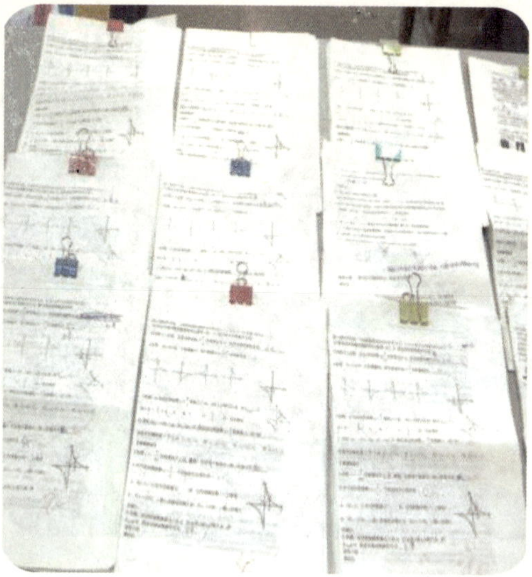

生交流，生生互动进行深入的合作探究，讨论中，学生发现问题，解决问题。

第三环节拓展延伸、知识归纳：学生展示讨论成果，教师精讲点拨。学生交流自学、讨论中解决问题的方法，教师对学生讨论中发现的问题，展示中存在的问题，以及本节课的重点难点问题进行点评、讲解。（教师精讲点拨之后，或向学生梳理出知识体系，或教师组织全体学生完成形成知识网络。）

第四环节巩固提高、课内达标：是教师以学案上的练习题或以事先准备的不同学生组完成不同程度的问题，随堂检测学生对学习任务的掌握情况，对学生达到巩固的目的。老师们认为，学习是学生自己学习，促进他们自己的“真”思考，那么必须找到一个利于学生自己学习的“拐杖”——讲学稿。讲学稿是指导学生自主学习的指南针和路线图。为此，学校提出了关于讲学稿的编写、使用、基本环节等相关要求。

“讲学稿”的编写体现“提前备课、轮流主备、集体研讨、优化学案、师生共用”的精神。

同备课组相关教师应提前一周确定教学目标，选择教学方法，设计教学程序，完成“讲学稿”初稿。再以备课组为单位对“讲学稿”草稿进行集体审稿，提出修改意见，最后定稿。上课前任课教师再一次阅读理解补充讲学稿，即进行课前备课，使讲学稿具有个性特色。教学时师生共用讲学稿，学生在空白处质疑问难，教师课后有关栏目或空白处填写教后记，然后师生深层碰撞，思考让师生都变得更加美丽。

（三）“自主学习”展现学生“真”个性

济南市机场小学地处城乡结合部，教师群体带着区域的特点：朴实、能干，但又不乏活跃思维。根据这一特点，学校尝试采用“散养”的方式推行课堂改革，打破学校行政管理中的条条框框，避免各类“激素”的滥用，给老师们“广阔的蓝天、草地”，让他们自由地“奔跑、觅食”。正是这种“散养”的自然之道，换来了师生自然、健康的发展，展现了学生的真个性。

1. 在小组合作中“觅食”

转变教学观念，提高学生的自主学习能力是课堂改革的主要任务。基于这一认识，学校鼓励老师们组织小组合作学习。但受长期教学观念、传统教学方式的影响，有的老师尝试小组合作学习后，嫌围坐到一起的孩子们太容易说话、纪律没有保障、学生讲解占用时间太长、小组合作效率太低，试用了没几天又回到了老师讲、学生听的轨道中。但是有几位教师持之以恒地坚持了下来，经历了小组建设、学生自主管理能力的培养、自主学习意识的养成。渐渐地，学生们为了小组的荣誉，互帮互助的更多了，不完成作业的现象没有了；思想的火花碰撞多了，上课打瞌睡的没有了；主动走到讲台前的多了，被叫到办公室补课的没有了。

尝到了甜头的老师们及时地传播经验，耳濡目染中、成功体验中，更多的老师开始“觅寻”小组合作学习的方法。

2. 给以“广阔的蓝天、草地”

“每一科都有多种作业，怎么评价？”“小组评价中后进生不得分，谁都不愿意要，怎么办?”“每周论坛”中，大家自由发言，提出不同的问题；“每周讲坛”经验丰富的教师自愿介绍经验，对其他教师进行全方位的培训；“个性施展”老师们设计出不同的小组评价方式：低年级的“快乐农场”、中年级的“个性施展”、高年级的“雄鹰展示”等栏目受到广大学生的欢迎，极大地调动了学生参与合作学习的积极性，有效地提高了课堂教学效率。老师们还自发地想出了许多可行的办法：用组长的名字确定组名、用不同笔画的字表示不同的作业等，都收到了非常好的效果。

初步尝到小组建设乐趣的老师们，乐此不疲地进行了更加深入的研究。通过不断地摸索、探讨，进一步确立了“让学生做课堂的主人，让课堂充满快乐，打造高效课堂”的目标，对课堂提出了以下要求：充分利用伙伴效应，落实“兵教兵”战略，推行我校“参与互助式”学习方式；去掉上课中的无效环节，探索高效课堂模式，切实提高课堂效率；教师每节的讲授时间最多不得超过 10 分钟，讲授内容必须有选择，学生已会的不讲，不讲也会的不讲，讲也不会的不讲。相信学生，发动学生，把学生推到前台，成为课堂的主角，将学生的主体地位落到实处。

课堂改革，学校不妨先给老师、学生一片“广阔的蓝天、草地”，让他们进行体验，掌握要领，体验到成功，课堂回归了本真。

3. 不急于“催肥”

小组合作学习中，后进生的转化成为老师们最头疼的一件事。

没有过多的行政干预，没有过多的高压要求，没有领导的急于求成。在这种宽松的环境中，老师们自发的组织各种座谈会、教改研讨会、阶段性总结会，在年级组、教研组等各个层面展开，目的就是“探索提高课堂效率的途径。”“10+30”教学模式在全校广泛推开，教师总讲解时间控制在 10 分钟，学生讲解、练习时间 30 分钟。一堂课，主角是学生，学生提出问题，学生讨论，阐述自己的观点和见解。学生预习交流后由教师分配学习任务，以小组为单位进行讨论，板书相关内容，小组领到任务后，自主探究，交流合作，形成自己或小组最佳解题方案，完成后各小组展现提升，其他组的同学分享小组展现时受到的启发，又会有更好的解答方法。真正实现了学生的主体地位和教师的主导地位的角色转换。

“散养”，亦是课堂改革的妙方，它让师生的个性自由飞翔，绽放出璀璨的生命光彩！

（四）“授之以渔”培养学生“真”能力

济南市光明街小学原校长程涛，带领学校教师于2008年年底开始进行小学生自主学习的课题研究。课改初期的想法就是要充分挖掘学生学习的潜能，让学生真正成为课堂上的小主人。在课改推进的过程中，学校发现如果老师们研究的视角仅局限于课堂40分钟上，就会忽略许多影响学生自主学习成败的因素。这就要求老师要树立全方位的、立体的大课堂观，研究的视角不仅定位于课堂40分钟上，更要关注学生自主学习的全过程；研究的内容不仅要关注导学策略，更要关注自主小组的建设、运行机制、评价手段等，因而他们将课题定位于“基于目标的自主大课堂”的研究，并申报为济南市“十二五”规划课题。

授人以鱼，不如授之以渔。自主学习的关键是要培养学生自主学习的能力，这种在学习过程中形成的能力将随着时间的推移内化为学生的素质成为他们终生受益的东西，这才是自主学习的精髓。于是，光明街小学的教师们在教学中有意识地渗透、培养学生的自主学习能力。概括起来，主要表现为以下几个方面：

1. 学会自学

在学生正式预习之前，向学生明确本节课的预习要求。预习要求包括本节课的时间分配、预习的重点、预习的难点，对预习中的任务应该掌握到什么程度为标准等等。预习要求在上课前一天提出，学生可选择在学校或者回家进行预习，预习时可以通过查阅图书、向别人求助、上网搜集等方式完成。

2. 学会分工

合作前进行分工，可设置记录员、操作员、发言代表和发言补充员等角色。合作中各负其责且灵活互补。

3. 学会表达

乐于、善于陈述自己的想法，做到大方、大胆、大声，讲题之前要说一句“请同学们看黑板”或“请同学们读一遍题”等等；当不便于用语言表达时，能借助形象化的手段来描述。

4. 学会倾听

当一个人发言时，所有人的目光要注视着他，而发言人也要关注到所有同学，真正做到面对面的沟通交流；注意倾听他人的发言，把握对方说话要领，再作出判断及补充；当他人不能流畅地表达时，要耐心地等待。

5. 学会评价

敢于修正他人的观点，及时恰当地进行辩论；当与其他组意见有分歧时要有礼貌的、有教养的去反驳；勇于接受他人正确的意见并给予赞扬，及时修正自己的想法。

6. 学会质疑

对于不理解的知识和问题要敢于质疑问难，做到堂堂清。

7. 学会反思

对本组同学的自主学习过程不断反思和总结，不断改进和完善。

工欲善其事，必先利其器。为了使学生尽快适应新角色，真正成为学习上的小主人，老师们开始研究如何用孩子们喜闻乐见的形式来引导学生的自主学习行为。于是，在大家“咬文嚼字”般的切磋中，“济南市光明街小学自主学习七字歌”诞生了，这是全体数学教师集体智慧的结晶。七字歌的内容涵盖了学生自主学习的全过程，包括竞争、分享、质疑等自主学习精神的蕴含，交流、演示、画图等学习方法的渗透和认真倾听、及时改错等良好习惯的养成教育，可谓一举数得。

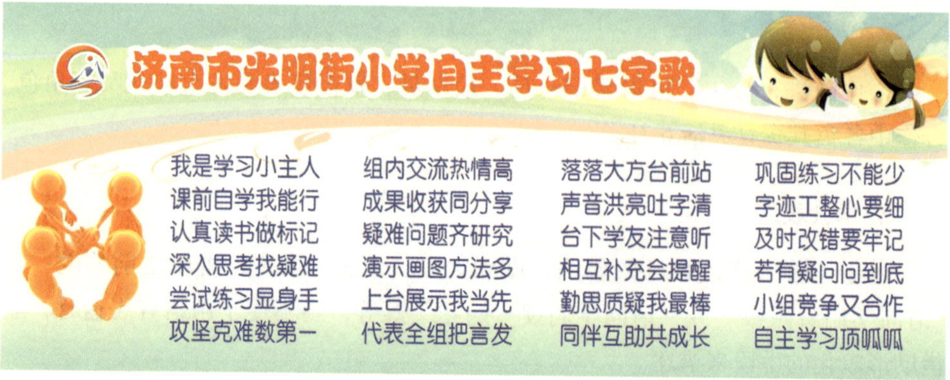

朗朗上口的七字歌一下吸引了孩子们的“眼球”，如今，人人能诵之于口，记之于心，践之于行，成了自主学习的“好帮手”。

（五）“多元互动”实现学生“真”管理

济南市纬十路小学的安士刚校长认识到，促进学生个性的形成发展，就需要不断进行课堂教学改革，努力创新教学方式。于是学校领导、老师北上南下，取经学习，最终确定了“参与·协作·多元·活力”的课堂教学改革模式，并以课题研究的方式深入推进。

“参与”“协作”，就是把课堂还给孩子，让学生成为课堂的主人。“活力”是教育教学的灵魂，是改革的核心，是使课堂成为脑力激荡、智慧迸发的师生双边活动的力场。通过学生和教师的积极参与协作，构建一个多元活力的课堂。

1.“参与”是前提

学生在课堂上的学习应该不拘泥于一种形式，适当淡化课堂教学目标，让学生在相对宽松的心理环境中，参与学习过程，以便于学生个性的形成和发展。比如：他们将“议”就是“讨论、交流”作为课堂学习主要呈现形式之一，在“议”的过程中形成不同个性，例如在小组交流中，有表达，有倾听，他们并不要求小组成员都能侃侃而谈，而是对认真倾听的同样给予认可和鼓励。大家试想让所有的孩子都具有很好的表达习惯可能吗？难道学会倾听就不重要吗？安校长认为，当今，我们不缺少能说会道的，反而缺少会细心倾听的。我们不需要那些发号施令的，我们更需要更多的会倾听、能执行的落实者。

2.“协作”是基础

有意义地接受性学习和体验探究性学习是两种不同形式的信息传递的方法。课堂上体验性学习与接受性学习要进行有机结合。教师作为教育的引导者就要有一颗清醒的头脑，要根据教材和本班学生的特点运用最恰当的教学方式，让课堂变成学生个性绽放的舞台，在团队协作中全班同学共同进步：课堂上要有学生独立思考的空间和时间，要有生生协作、小组间协作的互动平台，使他们真正将知识在实践中内化为能力。这对教师的要求很高，教师必须有丰富的知识和很强的课堂驾驭能力，要把“讲堂”变成“学堂”，构建开放而有活力的“学堂”，学习效果和教育目标才能达到。

3. “活力”是灵魂

济南市纬十路小学对传统课堂的“颠覆”体现在课堂上的活力四射：课堂上，提倡学生自己学的懂的，或者部分学生自己学的懂的，教师不讲。这一教学特征体现了“先学后讲”或“先学后教”的理念。当然，这个先学可以在课前，也可以在课上。这个先学，可以是学生先“读”，也可以是学生先“练”，也可以是学生先“做”，甚至是学生先“议”。同时，也体现了“讲是为了不讲”“教是为了不教”的理念。他们借鉴了上海市静安区教育学院附属学校校长张人利的“后茶馆式教育方式”，以课堂效能为主导，通过颠覆过去课堂教学按次序、等比计划定时间讲解的方式，而由学生自己阅读概念性、认识性的内容，教师仅对难点等原理性内容进行点拨，从而使课堂教学精致化，营造的是自然、宽松、愉悦、和谐的课堂氛围，让学生爱学、乐学。教学表现在一个“悟”字，是让学生在学习中发现问题、总结方法的过程，是自我学习、自我发展的过程。作为教师如何授之以渔，“后茶馆式”教学给我们理清了思路，正是这个“悟”字，让学生体会到了学习的苦与乐。茶是禅定入静的必备之物，如何让学生静下心来学习，像品茶一样品味知识带来的快乐也是这种教学所追求的。

4. “评价”是途径

改革评价方式，把个人评价变成团队评价和个人评价相结合。因为课堂上有师生互动、小组互动、生生互动等相互交错，评价方式必须变革，评价方式的多元化，使学生的学习积极性有所提高，自主学习能力有很大提高，语言表达能力有很大进步，还培养了学生的团队意识和集体观念。

三、推进，拔节的脆响

竹子是世界上长得最快的植物，春笋出土开始拔节的时候，一天一夜可以长高 1 米，平均每分钟大约可以长高 2 毫米，每年春天，一场春雨会使竹子长高很多，毛竹笋遇春雨尤其生长快，声音明显。雨中、雨后的毛竹林到处充满拔节时“咔咔”的响声，还有竹笋吐水的声音……

始于 21 世纪初的新课程改革把学生当成课程建设的主体，强调学生在获得知识与技能的同时，学会学习和形成正确价值观，其实质便是唤起教师的教学热情，唤醒学生的内在潜力，唤醒本我，塑造人格，建构人生发展体系，让学生发展走向健康之路。新课改的根本目的是提高教学质量，核心是培养合格学生，关键是教育观念及其教学方式的转变。

济南第三十中学抓住时机进行了大刀阔斧的课改，改变学生以往过于强调接受式学习、单纯死记硬背、机械训练的现象，通过小组合作，教会学生学习方法，培养学生学习兴趣，倡导学生主动参与、乐于探究、勤于动手的学习品质，实现了知情意行相统一的有效教学。

（一）“内在动力”化“实践能力”

教育的最终目的是促进学生的发展，学生的发展应体现知识、情感、意志力及行为均获得正向变化，学生整体得到和谐发展。如何通过时刻变化、充满无限变数又无穷魅力的课堂这一动态过程，转变教师理念，改变教学方式，还原学生思考空间，让学生在课堂生活中领悟到知识的奥秘、生活的意义、人生的价值，根本方法是在教育教学过程中不仅要引领学生获得新知，还要关注他们的内在动力系统及将所学知识转化为实践的能力。

学生内在动力系统的作用为控制和调节学生的学习活动，使学生智力的特点和水平得到正常发挥，从而使智力潜能积极、有效地转化为智慧行为，即显示效果的实际学习活动。学生内在动力系统由与学习活动紧密关联的非智力因素构成，包括“情”和“意”两个方面：“情”指学习动机、学习兴趣等学习行为的驱动系统；“意”指气质特征、学习态度、自我意识、学习情绪、学习意志力等组成的学习活动的个性调节系统。学生学习内在动力系统作用的发挥，与学生个性心理的成长是密不可分的。中小学正是性格逐渐塑造成型和个人意识倾向逐渐成熟时期。抓住这一关键时期，按照教育的目的培育良好个性心理，就是对学生个性形成的控制过程。这是学校教育不可推卸的责任，也是十分艰巨的工作。学生学习内在动力系统的特征是他们学习能动性的主要根据，而学习能动性的发挥直接影响学生智力潜能行为的转化，因而与学习效果密切相关。教学工作在教会学生双基、发展学生智力、能力的同时，必须重视培养学生良好的个性心理，调动其内在动力系统的积极作用，从而自觉、主动地挖掘自己的智力潜能，获得优异学习效果。三十中学正是意识到这一点并在此基础上实施了以小组合作学习为核心的课程改革从而实现了有效教学。

（二）“小组合作”创“团队文化”

所谓合作教学即以小组或团队为基本组织形式，通过各动态因素之间的相互性互动来达成学习目标的教学活动。合作教学包括生生合作、师师合作、师生合作以及全员合作教学等基本类型。三十中的课程改革以小组合作为基本形式，合作类型涵盖以上合作教学的方方面面。

1. 生生合作

合作学习中的小组活动与传统意义中的小组活动有着重大区别。传统小组往往指同质小组，合作学习小组则主要是以异质小组为主。异质小组通常是由性别、学业成绩、能力倾向、民族等方面不同的成员构成，成员之间存在着一定的互补性。合作学习小组各小组总体水平基本一致，每个小组都是全班的缩影或截面。组内异质为互助合作奠定了基础，而组间同质又为保证全班各小组间展开公平的竞争创造了条件。

（1）小组的划分

根据均衡分组的原则，班主任根据学生学业成绩水平、语言表达水平、家庭背景、性别、年龄、人格类型、学习风格和发展潜力因素，把全班划分为实力相近，最具凝聚力的若干小组。每组原则上6人（有班级人数不被6整除的情况时灵活处理），班主任要在每半个或者一个学期及时调整小组成员，确保班级各个小组的均衡。

（2）人员的分工

班级分组后，每位同学认领任务，经过数次培训后开展工作。每组设立组长一名，带领全组成员制定组规、组训等，其余5人为副组长，分别负责小组纪律、收缴作业、课间检查、课前准备、卫生保洁，每个副组长的分工由组内民主协商决定。组长接受副组长的评议，工作不出色会被及时更换。组长要符合以下条件：首先，他（她）应该是小组的学习骨干和积极分子，具有较好的知识技能积累；其次，要有一定的组织协调能力；最后，还要有较高的思想觉悟，愿意帮助他人。

（3）文化的创设

为了配合课改，学校积极创设良好的小组文化。每个小组在所属黑板上张贴自己的奋斗标语，时时激励组内成员。如初一三班四组：壮志凌云，脚踏实地；初三二班六组：一人为大家，大家为一人。每个班级在教室的墙面上张贴了班级简报及小组风采展示牌，主要内容是总结一周以来每位组员的表现情况以及小组同学的照片，此外每个小组都有自己的组标、组歌等，良好的小组文化推动着小组合作的顺利开展，促进着每位小组成员及整个班级乃至整个三十

中的发展进步。

（4）座位排列及黑板设置

六人一组确定后，三十中每个班级的课堂座位排列也发生了变化。传统的“秧田式”座次无形中使得教师高高在上，垄断着话语权，学生需要“仰视”面前的教师，强化了学生遵从或顺从教师言行的心理认同的特殊教化空间。而三十中学采取学生围坐的方式。一般按照学业成绩将一个小组内的学生进行编号，为1—6号，安排座位时，要科学合理、要充分照顾到左右邻同学与对面的同学，1号左右是5、6号，1号的对面是2号，2号的左右是3、4号，5号的对面是3号，4号的对面是6号。如此空间安排，使几个学生能近距离地接触、交流，有利于学生对学习中遇到的问题进行小组讨论、相互学习；有利于小组成员合作意识和团队精神的形成。为配合小组合作学习方式的有效开展，每间教室内三面墙壁上都设有黑板，教室外墙上也多加一面黑板，为学生提供了更多的演练平台。

（5）学习的开展

以小组为基本单位的合作学习，贯穿于三十中学学生生活、学习的全过程之中，已然成为一种习惯。首先，考虑到三十中学生的具体情况，老师们还不能够完全“放手”，便为学生明确每节课课前的具体任务，学生在自主学习之后，便会以小组为单位，在课前进行合作探究，各小组成员相互帮助、发现问题。其次，在课堂上，学生作为一个讨论小组在一起学习，针对老师们提出的问题以及自己或小组在课前发现的问题，展开积极讨论，解决问题。课后，学生们也自觉得争取更多的机会一起学习，以确保所有小组成员学会课中的每一项内容。在节假日各个小组会自行组织起来，共同学习或做其他有意义的事情。除了组内合作，各个成员也不忘组间互帮互助，小组之间的合作讨论亦是随处可见，合作的开展不再仅为合作而合作，而是真正地促进了每一位合作者的发展。

（6）学生的评价

为了促进学生多方面能力的提高，促进学生综合素质发展，三十中提出了基于小组合作学习背景下的学生综合素质评价机制，探索实施团队评价与个体评价相结合、基础性发展目标评价与日常学习评价有机整合的评价体系。学校把学生的日常学习成绩与基础性发展目标评价捆绑起来综合评价，主要是基于学生的综合素质体现在日常学习生活的方方面面，应该是德、智、体、美、劳全面发展的统一，学生的学业成绩与基础性发展目标是相互融合、相互渗透的完整统一，是我中有你、你中有我的综合体。三十中学的评价方案主要包括六个方面：

①课堂表现量化评价

主要由任课教师针对教学流程中的环节对各小组量化打分，重点是在任务的达成情况，参与探究的态度、合作互助的意识等方面。

济南第三十中学课堂表现量化评价表

学科________　任课教师______________　第__周　班级___

组	第__课时	第__课时	第__课时	第__课时	第__课时	第__课时	第__课时	第__课时	汇总
1									
2									
3									
4									

②班级小组量化评价

学校各班《班级管理评价表》，除了课堂评价外，还包括常规管理，如课间、出勤、作业、仪表、好人好事及集体活动等。表格各项由各组专人负责检查记录，各班主任遵循一天一小结，一周一大结，一月一表彰的原则，促进组内合作、组间竞争。

济南第三十中学班级小组量化评价表

第__周　班级_____　周_____　记录人______

组	大课间	课间	作业	卫生	仪表	纪律	出勤	集体活动	汇总
1									
2									
3									
4									

③阶段性测试评价

学校组织的大型阶段性测试成绩，由同年级同学科教师在集体备课时，按学生层次制定达标等级或分数段。各小组按照达标人数加分，同时按照达标层次的提升幅度加分。

④小组量化与学生综合评价的衔接

按小组成绩捆绑制共享法，对合作小组集体的评价与对小组成员个人的评价相结合，即小组分数也是个人分数，目的是树立“我为人人，人人为我”的合作理念。学生综合评价的 60% 来自小组量化评价分数，期中考查与期末考查各占 20%。

⑤学校表彰

每学期，全校从 91 个合作学习小组中评选出“文明小组”“团结互助小组”“积极进取小组”等荣誉称号，相应的小组长被授予“班级优秀班干部”的称号。各班评选出一个“明星小组”，其小组长被授予“学校优秀班干部”称号。全体组员被授予“明星组员”称号。在推荐区级及以上三好学生、优秀干部时，从获得荣誉称号的小组中产生。

⑥构建合作学习主流文化

主要是通过创设小组合作学习的文化环境，激发内驱力，实现更高层次的合作。主要以老师寄语、张贴小组集体照片及口头表扬的形式呈现。

三十中学通过对学生平时的表现进行多样化、捆绑式的评价，让小组中的每一个成员在交流和学习中学会了担当，学会了竞争，增强了责任感。

2. 师师合作与师生合作

在三十中学，小组得以实现真正合作依靠的是导学案的设计，而导学案又是基于生生小组合作基础上的师师之间合作的平台。三十中学的每个成员都有合作意识，真正的合也存在于师师之间及师生之间。

（1）师师合作

师师合作表现为教师间的协同教学。协同教学指的是两个或两个以上的教学有关人员，一起共同合作完成教学有关事物的历程。协同教学的本义在于教学者之间的合作，而由于“合作”本身包含程度、范围及成员组成等变项，因此协同教学具有多种可能的排列组合方式，诸如单科协同、科际协同、多科协同、主题协同、跨年级协同、跨校协同与循环协同的分类方式，三十中学教师的协同教学也表现出不同的方式。

首先，三十中教师采取集体备课的模式，群策群力制定导学案，在一定程度上避免了个人备课可能出现的“内容随意”“时间随意”“方法随意”的现象，充分发挥了优秀教师和集体的作用，实现了备课的最优化，真正做到了资源共享。设计完成导学案的过程包括以下几个方面：一为主备人备课。二为集体备课。主备人备课后，通过集体教研进行二次备课，各个教师提出不同意见而后达成高度一致后形成公用导学案。三为个体备课。这与传统意义上每个老师所写的教案不同，它是基于集体备课基础上的个体备课，是每位老师在上课前对公用导学案加以适当调整所进行第三次备课。备课组集体智慧制作出来的导学案，在一定程度上解决了“教什么”的大问题，而通过第三次备课，教师的个人智慧、创新能力融入其中，这对于有序有效地组织学生的学习活动、提高课堂效率、取得良好的教学效果起到推动作用，解决了“怎么教”的问题。

其次，学校规定学校管理人员和一线教师每周必须听课评课。在《济南三十中学课改教学规范要求》第五点中规定：“教师间相互听课学习，取长补短，对于深入教改，快速适应新的教学方式至关重要，参加课改的教师及全体干部每周必须听课三节，同门课程不少于两节，认真填写听课记录，周五下午自己交给教务处检查，每周一统计，周一公布听课情况，每缺一课扣三十元”；通过听评课，教师间互相学习，彼此监督，有效地促进了其个体的专业成长。

另外，考虑到三十中学的课改至少要走完四个阶段（第一阶段：过关达标；第二阶段：规范展示；第三阶段：创新个性；第四阶段：优质高效）才能逐步走向正规，为了集中教师的智慧，每个阶段结束后，三十中都会编写相应的文集，文集中的每篇文章都由一线教师完成，内容真实，情感真切。到目前为止，前两阶段已经结束，学校教育教学已经进入到创新个性阶段。学校在第一阶段结束后编写了课改反思文集《柳暗花萌》，第二阶段结束后形成了课改教学案例文集《春色满园》。通过书写文章，教师把教学经验与教学困惑书面化，使反思更清晰明了；同时，文章编辑成册，有助于教师间相互学习借鉴，取长补短。

以上做法有效地促进了教师间的沟通与合作，从而推动了三十中的课改顺利发展。

（2）师生合作

除了生生间的合作学习与师师间的协同教学，全方位的课程改革还促成了三十中学教师和学生合作的有效开展。由于三十中采取了小组合作学习的方式，使得学生与学生间的讨论时间与力度大大增加，教师在课堂上的话语减少了，这是否意味着可以降低教师在教育过程中的作用。当然不是，恰恰相反，学生的主体性的发挥常常需要教师来创建，这也正是师生合作开展的必要性。

三十中学师生合作主要体现在“三步七段”的教学模式上。“三步七段”的教学模式是三十中学在学习其他学校先进经验的基础上，结合该校实际，经过一年多的探索及实践，逐步形成的具有鲜明特色的课堂教学模式。“三步七段”指课堂教学具备三大步骤、七个环节。“三步”具体指自主学习、合作探究、差异拓展。“七段”指以下七个环节：组织教学、自主导学、教师精讲、学生精练展示、课堂检测、布置作业和教学反思。各环节环环相扣，时间安排长短不一。这种模式的特点是将课堂大部分时间留给了学生，教师的讲授及点评不超过十五分钟。这使得学生有充分的时间进行小组讨论，尝试组内解决问题，由于讨论后要进行小组展示，所以每个小组、每个成员都积极地参与其中，课堂一下子动了起来。在学生小组讨论的过程中，老师会巡视整个班级，小组有不明白之处可以询问老师。通过此种模式，师生间在课堂上进行了有效地沟通与合作，从而促进了学生的全面发展。

（三）“师生共进”促“教学相长”

合作变成了师生生活的习惯，小组成为了师生生命的共同体。教育教学活动的开展最终指向学生的进步，同时也需要考虑到教师价值的实现，教师专业发展等。通过生生间的小组合作、师师间的协同教学及师生之间的合作，济南三十中学学生和教师均获得了巨大的进步。

1. 全面发展

合作最终指向个人的独立。在三十中学小组合作学习开展后，学生知、情、意、行四维得到了整合提升。

（1）成绩提高

通过小组合作，教学认知功能得以有效地实现，学生能够主动建构知识，学习效率与学习效果自然得到提高，这种进步首先表现在学生学业成绩的提高上。

济南市槐荫区初中各校四次考试总分均分比较（2011年毕业班）

学校	总分均分2010.07（期末）	名次	总分均分 2011.01（期末）	名次	总分均分 2011.04（一模）	名次	总分均分 2011.05（二模）	名次
A中	459.34	1	520.42	2	329.8	2	362.1	2
B中	456.74	2	551.81	1	345.52	1	383.06	1
C中	447.51	3	506.22	5	308.42	5	345.06	5
D中	432.23	4	517.81	4	317.4	3	350.01	3
E中	418.46	5	520.15	3	311.95	4	346.34	4
F中	416.23	6	497.57	6	306.76	6	334.79	6
G中	404.23	7	492.57	7	294.21	7	334.08	7

（续表）

学校	总分均分2010.07（期末）	名次	总分均分2011.01（期末）	名次	总分均分2011.04（一模）	名次	总分均分2011.05（二模）	名次
H中	392.76	8	454.63	10	277.32	9	314.83	9
I中	390.09	9	463.12	8	276.99	10	308.41	10
J中	367.19	10	432.49	11	258.23	11	290.01	11
30中	360.89	11	460.74	9	278.11	8	316.52	8

（2）主动性增强

在一项题为“你在课堂合作学习讨论中经常发言吗”的问卷调查中，三十中学学生答案为“经常发言”的比例高达64.1%，而其他初中学生总体（济南市随机选择六所初中）选择此项的比例仅为31.7%。另有一道题目为“你敢于在课堂上表达自己独特的见解吗，这样的机会多吗”，三十中学有56.4%的学生选择“敢，机会很多”，同一道题目其他六所初中选择此答案项的比例为33.5%。由此可见，通过课程改革中实施的小组合作学习方式，三十中学有更多学生积极地参与到课堂中来，他们在课堂中敢于发表自我见解，主动探索新知，这些都为课堂教学行为的有效开展创造条件。

（3）合作意识增强

小组合作学习对学生的影响已不仅局限于成绩的提高，还表现为小组成员的表达能力及交往能力均得以提升。在语言展示方面，各成员在展示过程中都会努力使用专业术语，声音洪亮，清晰；在板演展示方面，各成员亦会独立完成板书，做到书写规范有层次。小组合作学习开展以后，同学们遇到问题时不再像以往一样逃避，而是大家携手共同努力，克服困难、获取进步。小组合作使得学生的独立思考能力、质疑和反思的能力、表达能力、倾听能力、合作能力及组织协调能力等都得到了很大发展。学生真正在你帮我、我帮你中实现了和谐共赢的局面。

（4）好习惯落实在行动上

首先，无论课前、课中、课后，还是课间与课外，学生合作行为随处可见，合作已经成为学生的习惯。在题目为“你在课堂外经常与其他同学合作学习吗”的问卷调查中，三十中学学生选择“经常”的比例达到该校被调查总人数的71.8%。同时，在合作开展过程中三十中学的教师会教学生一些具体的技能以帮助他们合作学习，例如学会解释自己的观点、容纳他人及避免贬低他人等。小组成员在合作过程中有分有合、相互协调、各尽其职，这些良好的习惯的养成对于学生未来发展的积极影响是无法估计的。

2. 教师价值得以实现

在实施有效的小组合作学习以后，不仅三十中学的学生获得了进步，教师们也受益匪浅。首先，教师的教育理念发生了彻底的变化，由原来的“满堂灌”改变为多让学生说、多让学生展示，从培养学生的能力出发，来认识新课程改革理念下的课堂教学。其次，教师的精神层面有了极大的改观，自己少讲了，学生成绩反而提高，合格率提升，与原来的满堂灌学生反而学不会学不好的情况形成了鲜明对比，教师对教学效果的满意率达到 81.6%，教师重拾了自信。

（四）“反思自省”诱“学习动机”

1. 培养自我意识

培养积极的自我意识是实现教学有效性的内在基础。自我意识是人对自己身心活动的觉察、评估或衡量。由于人能洞悉自己的身心活动，所以才能对自己的行为活动进行控制和调节。美国心理学家帕奇（Purkey）的研究表明，学生的自我意识与学业成就呈显著“正相关”，也就是说，自信心、自尊心较强的学生，学业成绩也较好。可见，在教育教学中，培养学生积极地自我意识，无论从形成良好个性还是提高学习成效方面来看都是必要的。培养积极自我意识，首先在于帮助学生建立自尊心；其次要帮助学生树立自信心；再次指导学生学会正确地自我评价。三十中学在进行课程改革的过程中，就十分重视对学生自我意识的培养。通过实施小组合作学习，学生在平等、互助、互尊的和谐气氛中体验到自己在集体中应有位置；通过教师和集体对学生平时表现公正的、恰如其分的评价以及学生之间建立的良好人际关系网，学生树立了信心；通过导学案的有效使用，学生从中看到学习中的不足，自己找到问题的症结所在，还能发现自己的点滴进步和微小优点，从而明确前进的方向。

2. 诱发学习动机

诱发正确的学习动机是实现教学有效性的动力来源。学习动机是在一定诱因条件下，学生意识到满足需要的目标而产生的内在动因。诱因能为学生形成目标指向意念（对学习需要和学习目标的意识）提供良好机会，诱因可以分为外部诱因和内部诱因。外部诱因是引起学习目标意念的客观外在因素，内部诱因是引起学生学习目标指向意念的内在因素。三十中学在实施小组合作学习的过程中充分诱发学生的学习动机，从外部诱因看，他们改革教学内容、改进教学方法、教师提高自己的知识水平、在集体中树立良好的学习气氛和正确舆论等；从内部诱因看，他们培养学生浓厚的兴趣及强烈的荣誉感和成就感等。同时三十中学还重视反馈对学习动机的激励作用，在教育教学过程中，教师对学生学习结果实现了及时、积极与得法地反馈。

作为新课程改革众多教学改革理念之一，合作教学在三十中学取得了较好的实践效果。虽然在改革的过程中仍存在一定问题，但是在遵循教育教学规律的前提下积极地追寻其完善之路，这一教学方式会得到更进一步的发展。通过小组合作学习这一抓手，三十中学的学生得到了知情意行全方位的发展，我们有理由相信，三十中学的未来定会更加美好！

四、延展，葱茏的风景

北京十一学校校长李希贵说："过去教材是学生的世界，今天世界是学生的教材。"当下，在教育的这片繁茂竹林中，教育资源已经不仅仅在课堂、在校园，而是存在于生活的角角落落，生活是一本最大的书，教育者必须引领学生去翻阅这本"书"，一如毛竹地下的根系在悄悄地绵延，以汲取更多的营养，积蓄力量，更快地成长……

当传统课堂原有的教学结构被彻底打破，当学生的学习方式发生了根本性变革，随之而来的一定是教育资源的无限扩大。这三者千丝万缕地联系着，彼此相互影响。信息教育的到来，使得教材多媒体化、资源全球化、教学个性化、学习主动化、活动合作化。教育资源伴随着教育实践，不断积累着、扩展着、丰富着自身精神和物质的内涵，是教育事业得以生存和发展的基础和土壤。

面对教育资源的无限扩展，相比于盲目而疯狂地去拥抱，行动前的冷静"选择"在此时显得至关重要。《庄子》有言："吾生也有涯，而知也无涯。以有涯随无涯，殆已！"无论是课上还是课下，我们的教师、学生在选择教学资源或学习资源时，首先要认清自己是谁？自己的课程开发能力或者说学业水平适合选择、整合哪些资源？你不思考，不仔细思考行吗？自主选择给了师生一个"量身定做"自由选取教育资源的机会，不就是给了师生一个关注自身，叩问内心，学会思考，为选择负责的一次又一次实践吗？人生就是一道又一道选择题。学校教师在自己选择或者引领学生选择资源为我所用的时候，都应该明白"目标和方法是比行动更重要的选择"。也只有关注到了这一点，我们面前无限扩大的教育资源才不会淹没我们前进的方向。

（一）知之以实·验之以行

说到槐荫实验小学的学校办学理念，苏传亮校长认为这是让每一个实验人都为之一振、引以为傲的奋斗目标。作为槐荫实验小学，就应以“实验”为己任，将“实·验”精神作为学校的第一精神。为此，学校确立了“知之以实·验之以行”的教学理念，在这个理念的指导下，实践着“知行结合，成就实验师生；求实求真，铸就实验品牌”的办学宗旨，在学生中倡导“以学为乐，善知会问”；在教师中倡导“以生为本，善思会研”；在课程建设上，坚持“给每一个孩子参与的机会，给每一个孩子目标的希望，让每一个孩子有开阔的视野”；在教师评价、学校管理等重大问题上坚持“完善制度抓落实”“一切以数据说话”的基本方式方法。在全体师生的共同努力下，逐步形成了团结合作，科学长效的管理机制。

实验小学如同一座茂密的森林，学校每一位教师都是森林里一株不同的植物，它们有着不同的习性、特点，有着各自的外在和内涵，但，它们却都依附于实验这片广袤的土地，吮吸雨露、阳光，向着蔚蓝的天空，生长、壮大，也正是有了这一株株健硕的个体，构成了实验小学这座郁郁葱葱、鸟语花香的大森林。

1. 体育工作——仙人掌

仙人掌是一种适应沙漠干旱气候的植物，这种植物耐旱、耐热，还能蓄积能量，始终保持鲜绿的颜色。学校的体育学科就是一株有较强意志力的仙人掌。

俗话说，身体是革命的本钱。因此，学校在响应国家每天一小时体育锻炼的号召，并保证开齐、开好一周体育课的基础上，特别安排了大课间体育锻炼项目。在柔道老师和体育老师的精心编排、组织下，大课间活动成为校园一道亮丽的风景线。每天，全校学生在有力的口令、动感的音乐声中，整齐地做着广播体操、专业的柔道操，并在班班自选体育项目中快乐活动。

校体育队也是极富特色的工作。五位专业教师带领着运动员冬练三九，夏练三伏，在区运动会上有着不俗的表现，并且为我区中学输送了大量的优秀运动员。

在体育特色工作建设中，学生在运动中成长，强健了体魄，形成了健康、积极、阳光、向上的优秀品质。

2. 经典诵读工作——君子兰

“君子谦谦，温和有礼，有才而不骄，得志而不傲，居于俗而不卑”。这句话是用来形容兰花的，准确地说是君子兰。我校的经典诵读工作就如同君子兰般，集厚重的历史、悠久的文化于一身，向学生传达优秀文化的浓郁气息。

自2005年起，学校开展了“与经典同行，与圣贤为友”的经典诵读活动。诵读经典培养了学生良好品质和文化修养，激发了学生的爱国热情，还在多次的对外交流活动中拓展了学生视野，打开了学生对外交流的窗口。在省市区各级各类比赛中屡获大奖。大明湖畔、泉城广场，省市电视台到处飘荡着孩子们朗朗的诵读声。2011年4月，学校承接了迎欧洲22国驻华大使演出的任务，孩子们的中英文经典诵读和反映孔子“六艺”的舞蹈《梦回春秋》赢得了大使们的一片喝彩。

3. 柔道课程——天冬草

“柔道”一词，出自《易经·姤卦》，意为“温和谦让的处事之道”。天冬草这种植物就具有外表“气宇轩昂”，内心“体贴入微”的特质，与柔道所传达的“温和谦让”有异曲同工之妙。

学校组织两位专职教师，对柔道课程进行了开发。自编教材，并结合小学生年龄、生理、心理特点，认真研究教学方法，总结经验，力求向学生传达柔道精神。几年来，学校保证开足、开好每一堂柔道课，利用节假日对柔道队的各位小队员加强训练，学校柔道工作成为享誉省市区乃至全国的精品特色课程。2009年，奥运柔道冠军冼东妹来到实验小学柔道馆，参与学生们的柔道训练，并做了最专业的指导。2011年，国际柔联主席马瑞斯·委泽先生亲临匡山学区，欣赏了实验小学学生的柔道表演，对学校以及槐荫区柔道工作给予了高度评价。柔道特色课程的开展，使学生懂得了礼仪、尊重、谦让、合作的美好品格。

4. 科技工作——非洲菊

科技工作是学校新发展起来的特色工作，虽然起步晚，但却是后来居上，近年来，取得了长足的进步。学校对科技工作尤为关注，旨在引领学生努力学习科学知识，培养创新精神，探索神奇的科技世界。这种探索神秘世界的创造精神，正是非洲菊这种花所象征的神秘、兴奋、有毅力的寓意。近几年，学校科技工作绽放出绚烂的花朵。在区科技作品评选中，有多位学生进行了发明创造，作品受到区表彰，学校也被评为先进集体。科技创新小组在第六届全国中小学劳技教育创新作品邀请赛中获得两枚银奖。机器人兴趣小组在全国机器人大赛中获得了一金一铜的优异成绩。另外，学校的航模、海模兴趣组也正蓄势待发。在各个小组的带领下，学校也有意识引领着全校学生努力投身于科技的世界，在每一堂科学课上，科学老师围绕学校理念，鼓励学生大胆创新，努力实践，使得学校的科学探索精神已深入人心。学校师生坚信，科技特色工作定会像非洲菊那样兴奋地凭借着旺盛的生命力盛开在神秘的科技大花园中。

5. 艺术教育——水仙花

水仙花素洁清雅，超凡大群，她那“含香体素欲倾城”的香姿，“不许淤泥侵皓素”的品格，“不怕晓寒侵”的精神以及只需一勺水，便可生根发芽，迎春开放的特质使得水仙在众多的鲜花之中显得格外清新脱俗，飘逸高雅。学校艺术工作极具这种水仙花的气质。多年来，学校艺术组为学生开拓了一片的天空。舞蹈《梦回春秋》获济南市舞蹈大赛一等奖，合唱获一等奖。绘画作品也在全国、省市级大赛中获得多个奖项，学校被授予“山东省艺术教育示范单位”。

培养具有科学精神、人文情怀；视野宽广、能思善做；人格健全、身心健康的现代实验学子是我校的育人目标。围绕这一目标，学校开展了五项特色工作，体育，强健了学生的体魄；经典，积淀了学生的文化；柔道，健全了学生的品格；科技，培养了学生的创新精神；艺术，提高了学生的审美能力。在特色工作中，学校践行着育人理念，努力培育全面发展的实验学子。同时，学校的课堂也紧紧围绕“知之以实·验之以行”的学校理念，在区域推进课堂改革的道路上，不断前行！

（二）点燃心灵，放飞梦想

“毕业”这样一个字眼，包含了家长多少期待、承载了老师多少教诲，也凝聚了毕业生多少努力。我们的初中、小学毕业生何尝不是这炎炎夏日最美丽的花儿？

1. 从“有梦想”到“有规划”

光明街小学的夏存华校长说：“当一位孩子走进了光明街小学的校园，做校长的就应该开始为其毕业规划了，而孩子的班主任，就已经开始为孩子毕业典礼的精彩瞬间开始筹备，各学科的科任老师都应策划自己在孩子生命成长中的角色了，让自己努力成为孩子成长中的‘重要他人’。倘若等到临近毕业才思考这样一个话题，已经晚了将进六年了。我们可能觉得一届届毕业生就这么送走了，但还会有新的学生再来。可是，对于学生来说，这是生命中的唯一，一旦有遗憾，

将是终生的。所以，我们要重视毕业典礼，重视其准备的漫长历程，增强其最后的仪式感，关注流程，引发思考，因为他是学生学习生命的一个节点。”

在即将毕业之际，学校有责任引领学生的心理过渡，跨过“小学门”，迈向“中学门”。不能让他跨入中学校门后身上还充满小学生的习气，一副小学腔。在小学的最后一年，学校要努力营造毕业的氛围：让学生调整毕业的心态，有适度的紧张感，保持刻苦学习的态度，对未来的初中生活要有预设，要充满憧憬，要有敬畏之心。因为初中三年是人生最美好的一个阶段，也是未来职业规划的初始阶段，人生不能缺少的是规划。对未来不可预知是最可怕的。我希望我们小学的毕业生带着两个习惯走进中学门，即：独立思考的习惯和准确表达的习惯。好习惯会影响孩子终生。因此，我们的老师、家长在小学六年，也应该想方设法教会孩子独立思考的能力和准确表达的习惯，让学生掌握养成这两个好习惯的方法，并努力为其做好表率。这两个目标看似简单，却绝非一日之功，但我们要了然“目标和方法是比行动更重要的选择”。但做老师和家长的，重在引领，不要干预太多，要尊重学生的话语权。

“点化润泽生命，教育回归本真。”学校在考虑学生的毕业这个话题时，应减少功利心，最应关注的是学生学习的生命状态，努力让学生享受成长，进而奠基未来。“点化”是教育的艺术，是“点拨”、是“启发”、是“ 点而不破”却能达到“感

悟”或“反省”，达到“认识上的转化”，听到生命成长的“拔节”声。点化艺术的巧妙之处在于，使对方心悦诚服地接受，回归教育的本真……

2. 从“起跑线”到“毕业门”

办学理念是学校的灵魂，被广大师生认同的办学理念，才可能内化为全体师生理想和行为的共同愿景，焕发出推动学校发展的巨大潜能。济南十二中学的办学理念是“以人为本，追求卓越”。在此办学理念引领下，十二中毕业文化的开发异彩纷呈。

作为教育工作者，杨江红校长认为应放眼未来，为每一个学生的将来着想，注重学生的全面发展，为学生的终身发展负责。

三年后当学生初中毕业时，教育不仅仅是捧上一批批高一级学校的录取通知书，而是捧出一个个有鲜明个性的活生生的人；教育不仅仅是追求百分之多少的升学率，而是追求每个学生生动、活泼、主动的发展；教育不仅仅是汇报时的总结，评比时的数据，而是教师与学生共度的生命历程，共创的人生体验。

济南十二中的毕业典礼和毕业汇演都是学校对毕业生做的毕业课程的一部分，从5月份开始学校就开启了毕业教育的序幕，每周召开一次主题班会，不断地为学生加油鼓劲；学校聘请心理专家逄霞老师为学生的迎考做好了最强的心理

准备；6月1日的升旗仪式上，初一、初二的学弟学妹们的祝福，让毕业生在迎接中考的路上并不孤单。6月8日升旗仪式上，初三的9位班长为班级同学加油祝福，各项活动环环相扣，让毕业课程更加充实，更加有力量！

这样的毕业典礼为初三的同学画上了一个阶段性的句号，让他们带着学校给予的真挚关心和殷切希望，放飞开创新的未来。

3. 从“说成绩”到“看成长”

关于“毕业季”这个话题，济南阳光100中学的杜海峰校长谈起三年来与学生、教师、家长一起走过的成长历程，感慨万千：“阳光100中学能短时间打造成区域名校，亮出基于外语的特色教育、文明引领、烹饪冷餐课、追梦合唱团等多张名片，得到社会各界好评，是大家共同努力的结果。这里所有的老师、学生包括每位家长都是阳光100中学的奠基者。”杜校长谈话时眉宇间透露出的那份教育情怀，对周围人有极大的感召力，他说：“成长比成绩更重要，要让学生在关于学校的梦乡中笑出声来。”自2012年9月建校以来，学校就遵循“呵护心灵、陪伴成长、成就人生”的教育理念，坚持“关心学生、理解学生、真爱学生、让学校成为学生向往的乐园”的办学目标，秉持济南外国语学校的办学品质，积极开展各项教育教学工作。

三年，弹指一挥间。任星月更迭，让时光打磨，学校、老师、孩子快乐生活，共同成长，第一届毕业生就这样姗姗走来。当谈及学校希望走出怎样的一届毕业生时，记者没有听到要考出多好多好成绩的“豪言壮语”，只听到这样的娓娓道来：品德高尚、人格健全、积极向上、会学习、会生活。

为了这样一个中学毕业时的目标，阳光100中学全体教师在杜海峰校长引领下，关注学生成长的每一个节点：如初一时的“离队入团仪式”、每一学年的回眸——“颁奖典礼”“成长纪念册”，以及第一届毕业典礼、“毕业纪念册”。平时学生的学习生活中也会不断有插曲，如开学抢红包、社团季和社团展示会、圣诞冷餐会、万圣节的全校派对、法国外教的网球课程……学校在积极实践“三感”教育，即：感动自己、感悟人生、感恩社会。

杜校长说：“我们的毕业典礼要在中考之前进行，会有毕业辞的配乐朗诵，会有学生感言，会有校长的毕业致辞，仪式是庄重的，当《放心去飞》的音乐响起时，学校领导和老师会在学生离校时列队欢送……学校的文化传承是我们特别关注的，所以我们学校会设计出毕业文化衫，让学生带着阳光100中学的教育印记走，以后无论他们升入哪所学校，开学的第一天，毕业于阳光100中学的学子都会穿起毕业文化衫汇集到所在学校的操场上，一届又

一届坚持下去，不仅是物化的符号，更是精神的引领，人心的凝聚，学校文化的传承……”

“初中的教育不能抛离成绩，但不仅仅要关注学生学习，还要积极给每一个孩子创设一个宽广的平台，让学生去锻炼自己、展现才华、树立自信，在快乐中成长。”是啊，我们看到了济南阳光100中学毕业生五彩缤纷的生活，听到学生程一诺幸福自豪地说“我觉得毕业那天，我真的不会说太多了。根本没有一个初中校长能像我们杜校长那样记得我们每一个人的名字；根本没有一个学校能同时拥有外教课、烹饪课；根本没有一个学校作业能这么少，我写完数学一张导学案化学一张导学案，基本上要交的作业就写完了，爱我学校。作业少一直是我们引以为豪的，如果有一天作业有点多了我们就会抱怨，现在想想我们真的被阳光100中学惯坏了……”

当有了这样的“成长”，还会愁没有“成绩”吗?

纵观槐荫教育的课程改革，这是一场学习方式的变革，传统的教学结构被彻底打破，教育的资源在无限扩展。在槐荫教育的大地上，“变”是唯一的“不变”：济南市营市东街小学的特色课程开发；经七路第一小学的“对话”教育；济南第十九中学、济南十二中学、济南市槐荫中学、济南市古城中学的“自主合作、学教一体”的实验；济南第三十中学的“三步七段”教学；济南第三十七中学的“自主多元”教学；二十中学的“全程小组合作”学习；济微中学的研究性学习；济南阳光100小学的“阳光教育”；纬十路小学的后“茶馆式”教学；济南新世界小学的“担当教育”；德兴街小学的书法特色……都有张扬个性、各擅其美的特点，并且见到实效。这雨后的春笋破土而出，一片片毛竹林长势喜人……

第三篇

沙柳之舞

当你来到广袤的沙漠地带时，便会随处可见沙漠中生长的一簇簇、一丛丛、一垄垄、一片片的绿色植物——沙柳！一种极其普通的灌木或小乔木植物，也是极少数可以生长在盐碱地的植物。沙柳枝条丛生、不怕沙压，根系发达，萌芽力强，是固沙造林树种。春季来临时，风沙肆虐，沙丘平移，不管沙柳被埋得多深，只要露一个头在外面，它就能够茁壮成长。人们用刀齐根砍下这些沙柳，再切成七八十厘米长短的枝丫，它们就成了新苗。这些枝条被扦插在沙漠中，新生的根系只有不断向地下深扎、向四处延伸才能形成网系，固定地上的新枝，才能为自己的成活寻求养分。这些根系非常发达，最远能够延伸到一百多米。沙柳之所以能在大漠中生活，完全得益于它强大的根系。

“自古以来无寸草，借问春从何处归？”

正是沙柳的绿叶和飞花，才有了沙漠戈壁的春天。

2010年的春天，似乎来得格外早。春意盎然中，校长们行动起来了，老师们也行动起来了，他们像沙柳般不畏困难，行走在课改路上，一场关于区域课堂教学模式的变革，正如沙柳般厚积薄发地萌发开来。

一、萌发，让根系攀着问题前行

三十七中是济南市首批外来务工子女定点学校，外来务工子女比例近 70%；本地学生也有 25% 以上属于特困家庭。家庭教育跟不上，学生学习意识淡薄，良好学习习惯欠缺，学生学习基础差，厌学、弃学现象多。由于环境相对闭塞，教师教育思想守旧，教学方法单一，课堂效率不高。虽然经过领导和老师们的努力拼搏取得了一定进步，但如何保持并能进一步发展成为学校面临的最大问题。

（一）问题、思考与策略

1. 怎么办？——倡导改革

学校认为，教育的着眼点是学生，着力点应该在教师。老师们无法选择学生，但可以改变自己。秉着这样的思想，学校制定出破解问题的方案。

问题破解：提升教师，倡导改革。

具体策略：引领学习，转变理念；反思自我，研究问题；寻找榜样，明确路径。

2006 — 2008 年期间，学校通过各种专题讲座、校本培训等方式让老师们了解教育发展趋势，更新教育理念，反思重视自己课堂中的问题，明确课堂改革的方向。学校制定了《校本教研规范与建议》，实行阶段性小课题化常规教研；开展了“好课大家评”等常态课展示评比活动，引导老师们观察反思自己的课堂教学；积极推行“有效课堂”校本课题的研究，引导老师反思研究课堂问题，开始寻求提高课堂效率的方法途径。

学校组织《学习，反思，提升》主题报告，汇总了杜郎口、洋思等中学的经验，总结了高效课堂的共性特征，让老师们更加明确了课堂改革的方向和路径。很多老师受到触动，自觉学习、深刻反思的老师逐渐多起来。老师们认可了改革，但由于成绩评价的压力和多年来应试教育模式的惯性影响，更多的老师在观望中犹豫。

2008年山东省素质教育改革开始实施，在上级文件还没到学校之前，学校领导就敏感地从新闻报道中看到了时机。以介绍北京学习收获为载体，通过《空间，发展，机会》这一专题报告及时快速地传达了改革的相关精神，倡导老师们抓住机会，早作准备。

2008年年底，执教新初一的老师们有了想尝试小组合作学习的想法，而且难能可贵的是他们意识到小组合作学习的改革要各学科老师联合才能有更好的效果，因此赛骞、赵欣等几个年轻班主任准备协调各班统一行动。学校非常支持，决定介入到年级课改中，予以实际指导和推进。就此，学校确定了以素质教育的实施为突破口，尝试进行教学改革。

2. 怎么改？——扶植“草根”课改

2009年上半年，新初一年级尝试小组合作学习改革，初三化学学科主动参与，他们成为先行的“草根课改者”。学校从政策到技术等层面给予积极支持，从理论学习、统一思想，分组排座、制定规则，到问题研讨、校外观摩，阶段反思、提升总结，教学层面的领导全程参与并高度关注课改实验的进程。

课改中，学校根据小组合作学习中出现的一些问题，适时研究强调了规则的制定和遵守、组内学生的分工、尽快建立和完善评价激励政策等重要事项，初步提出了课改要达到“学会倾听，学会交流，学会自主，学会合作”的四个学习目标和老师要着重解决的四个问题：“分”与“合”的问题；“收”与“放”的问题；“罚”与“奖”的问题；“课内”与“课外”的问题。这些引导对课改实验起到了良好的促进作用。

改革思路、方向已定，且有了部分先行者引路，再仅靠老师们自觉自愿跟随，显然步子太慢。所以学校决定加大力度，转变策略，自上而下助推改革，用“劲风”使“火种”燃成燎原之势。2009年下半年，先后召开了小组合作课改的深化研讨会议和小组合作课改的深化推进会议，并于11月进行了《追求高效课堂，关注自主合作》的专题学习。通过学习柳埠一中“4+1”自主合作课堂模式、长清五中“反串互动导学”模式 、平阴县孔村中学的“导生制”教学改革、济南二十七中的“一四一模式”等，对兄弟学校自主合作学习模式的特点进行了进一步提升，结合本校的课改实践提炼出了“自主多元”教学模式，学校进行了全面的动员，要求必须“领会要领，积极行动起来！”

3. 怎么推？——“自主多元”教学模式研究

“自主多元教学模式”，其主要形式和基础是小组合作，主要特征是自主、合作、探究，主要环节包括：课前预习、课上交流展示、课后巩固拓展等，但模式环节不做固定要求，允许体现学科特色、课型特色、内容特色和教师个人特色，并由此呈现出自主原则下的多元模式。

学校制定并传达“自主多元教学模式”课改规划，进行了思想再动员和相关理论再学习，规划确定并完善了课改相关目标和要求，正式提出了达成四个目标、关注四个问题、建立学生层面的两个评价。

在随后的课改进程中，学校遵循“请进来，走出去，边学边改；小步子，勤反思，渐变渐进”的原则，对外广泛学习取经，对内经常性研讨交流。

2010 年初，学校出台《自主多元教学模式课改方案》(细化完善，全面推开)，明确了主要助推措施：

（1）成立以学校领导加实验骨干教师为主体的课改指导小组

（2）以课题研究的形式引领和助推课改前行

（3）建立和完善教师评价机制引领课改

（4）以教研组为单位整体推进“自主多元”教学模式探索

其具体形式为：研讨学科模式—达标过关课—阶段反思总结—学科示范课—完善深化提升。

教研组推出的课改研讨课、示范课，人人参与的课改过关课，体现学科课改成果的“磨课”展示评比，进行先进教研组评选，教研组“自主多元”学科模式交流……我们的课堂改革，从一开始就选择了一条给予老师更多自主空间的道路，这让我们的课改路子走得较慢且步调不一。如何进一步推进并深化课改成为学校目前思考的重要问题。

（二）反思、总结和探索

1. “自主多元”的课改模式，是在广泛学习思考并征求老师意见的基础上确定的

学校制定课改的大框架，给予老师们更多的自主权和选择空间，能更好地体现学科特点、课型差异及教师风格差异，应该是符合教育规律的。但在实际推行中，却出现了课改推进缓慢、有些老师容易走回头路导致课改形式化等现象。而

且领导层面也有不同看法，出现了认为课改是教学上的事情，评价由教育处操作是增加负担等牢骚，影响了课改推行力度。

2. 课堂模式的改革是必需的，但目前开展的是浅层次的课改，要想深化教育改革，课程改革势在必行

济南市第三十七中学的教学改革如同生长在广袤沙漠中沙柳的强大根系，在贫瘠的沙砾中他们发现问题、研究问题、寻求方法、进行实践、总结思考，将自己的根系深深扎入其中。那根系虽然柔弱，却如同他们无比坚定的信念，那根系虽然幼小，却是他们不畏风险，勇于尝试的象征。与此同时，众多兄弟学校的老师们也开始了他们自己对于课程改革的思索，一片片沙枝柳叶即将在槐荫教育的土地上成长起来。

二、初生，让稚芽在思索中茁壮

不畏沙压，不惧烈日，沙柳的新枝在不断生长。在教学中发现，在疑问中思索，在实践中求证。槐荫区的老师们就是这样：一步一步，虽缓慢但却平稳，一日一日，虽久远但却扎实。因为他们懂得：慢慢走，欣赏啊！看，“小组合作、自主学习”已经成为槐荫教育课堂改革一道亮丽的风景。

（一）且学 · 且思 · 且进

经过三年“小组合作评价教学方式”的践行后，祖艳老师对课堂改革初衷有了更深刻的认识。时间是最好的见证，在起始路上她冥思苦想，在彻夜难眠中她应对考验，在激情碰撞中她得到了沉淀。

“高质高效”是教育工作的理想化目标，是对教育工作的终极要求，但在升学压力下，课堂教育已经很难做到从容地因材施教，授人以渔。学校“有质有效”要求的提出，更是对素质教育下，课堂教学客观理性的理解和认知。反思课堂上质与效的体现问题，有质有效的衡量标准是什么？质与效是否始终相辅相成？“有效”的含义是什么？如何体现和评价？有质有效是否必须要走向高质高效？在课改的道路上肯定会产生许多困惑和想法，于是针对本学科进行静心反思显得尤为重要。

每节历史课的内容都是新的，没有雷同，没有重复，并且不同历史背景下不同的历史事件、历史人物和历史现象以及它们发生的原因和过程具有偶然性和必然性，这需要具体问题具体分析，没有规律可循，这需要历史知识的储备，一个孩子不能靠聪明推算历史。一节课行，两节课行，但是到了一定时间和学习篇幅的增多，学生就易混淆；多数考题都是材料题，给出背景材料，根据所学回答问题，这使学生感到了困难，尤其是小组末位的 5、6 号同学只学了个片言只语，不能活学活用，合格率提高有难度。经过反复的思考和在实践中探索，祖老师的历史教学已经找到了思路和出路。

首先，导学案设计的改变。导学案是教学的平台，不能机械，生搬硬套，祖老师针对每个版块存在的困惑做了调整。首先是教学目标的调整，这一部分不能繁琐，应该依据课标，做到清晰明了。因为这是指导学生学习本课的航标。过去的教学目标设计面面俱到，不但达不到设计的目的，反而给学生带来了麻烦，以致形同虚设了。在设计教学目标时她做到原则上不超过 3 个目标，这样具体可行，学生也可以学有所依，不至于被烦琐的目标吓倒。

其次，自主导学的调整。针对不同的问题设计适合学生自学的形式，如时间、地点、人物、事件等具体的史实，就用填空式自学；对需要理解或概括提炼的知识就用问题式设计，这样，有利于学生对基础历史知识的掌握和归纳概括能力的培养。

再次，对合作探究的调整。原来设计主要是小组交流一些课本要求的探究问题，但是因为学生在不能对这一时段历史有一个整体认识的情况下，讨论是没有深度和广度，没有达到预期效果。这一直是困扰她讲与不讲、讲多还是讲少的症结所在。经过长时间的摸索后，在这一部分设计中补充相关的历史材料，给学生呈现出不同形式的材料，如把文言文翻译成白话文，虚拟一个符合历史背景知识的故事，或者是呈现出同一历史问题的不同观点等做法，这样可以重点补充历史知识，拓展历史知识，锻炼学生阅读史料和从史料中提取历史信息，归纳概括历史知识的能力，同时也有效地解决了需要老师口干舌燥地解释历史背景的问题。就是这一小小的改变，使得历史课堂又活了过来。

关于多媒体的使用也一直困扰着她，课改之前历史课堂是课件唱主角，一堂课的课件多的有时达到 30 几页，出现课件依赖症；但课改后，用导学案，又出现了导学案依赖症，从一个极端走向另一个极端。于是祖老师又有了新的困惑，课件真的没用了吗？其实，历史资料浩如烟海，课件可以比较直观地呈现历史资料，有助于学生形成感官认识，怎样在导学案使用中还能把课件利用好，不至于用了课件，会有使本课内容不能完成的困惑。一堂课的课件页数不超过 10 页，用就用到刀刃上，用来突破重点难点，化难为简，变抽象为具体，让学生在重难点问题上留下深刻的印象，不要让过多一闪而过的画面使学生感到眼花缭乱，水过湿地皮。这也能增加课堂的生动性和提高趣味性。

在历史课堂的改革中尤为重要的是充分利用小组量化评价为手段，调动学生参与课堂的积极性。课改成功的法宝之一就是小组量化评价，这是任课老师推行合作学习的重要保证。

祖老师认为：做一件事情容易，真正做好一件事情比较难，这需要用心去做，要有迎难而上的决心和信心。只要不懈追求，历史课堂在小组合作学习中一定会大放异彩！

（二）思索·改进·收获

教学经验丰富的祖艳老师在课改途中不断思索前行，工作在外来务工子女定点学校的张燕老师面对着一群秉性各异的学生，也尝到了以“自主学习，自主管理”为核心的“双自主教学模式”的甜头。

济南市北大槐树第二小学是一所外来务工子女定点学校，学生相对缺乏良好的家庭教育和学习习惯。张老师深切体会到：进行课堂教学改革，培养学生的自主学习和管理能力更为迫切和需要。她边学习边实践，积极尝试“双自主”教学模式，大胆采用小组合作学习方式，采取小组评价机制。以小组的凝聚力和荣誉感增强学生的团队意识，激发学生学习的兴趣和动力。

课改中期，她不断思索：

1. 如何建立一套长期有效的评价机制？学生对现有评价机制麻木了怎么办？如何公平、公正的坚持落实评价机制？

积极有效的评价机制是开展自主竞争学习的基础和保证，在这方面张老师学习了许多宝贵经验，也在不断进行着完善。她认为评价机制一定要做到适合学生，细致而完善。制定和实施多依靠、发动学生，坚持落实，一定要有奖励措施。于是在原有奖励措施的基础上，她又增加了为月冠军小组制作日历、实现小心愿等措施，以激发学生的学习积极性。

2. 小学高段如何进行“小组合作学习”？

高年级学生的自尊心和集体荣誉感都更强，更容易促进小组竞争学习。但是张老师班的学困生比较多，学习基础差的也较多，学习水平提高起来比较慢。这就出现了少数为了追求小组成绩而抄袭、“鹦鹉学舌”的现象。如何彻底实现真正意义上的“兵教兵”、互帮互助，使学生取得真正意义上的进步和提高？

张老师特别注意到了这一点，她对学生进行诚信教育、互助教育，给他们讲解学习的重要性和不可逃避性，动之以情，晓之以理，加强学生间的监督和管理，起到了很大效果。

3. 如何让课前预习扎实有效？

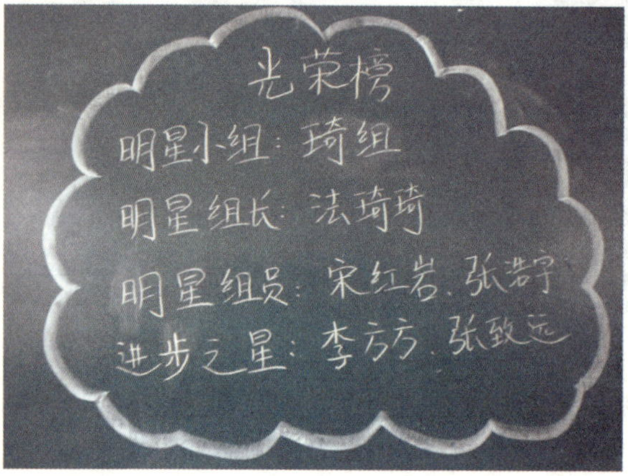

如果自学任务布置的不够及时、不够明确，这就使学生自学起来比较盲目。课前预习是学生自主学习中很关键的一步，学生课前有所思、有所想、有所困惑，课上交流起来才能互相提出问题、解决问题，学习目标明确。认识到这一点，后来在备课时她特别重视自学作业的设计。针对每节课的学习内容和目标力争做到设计清晰、明确、指导性强的自学作业。

以下是张老师设计的《小数乘法》和《小数除法》的自学作业：

（1）自学作业（相信自己，我能行）

自学课本小数乘法，试着计算：

$$\begin{array}{r}1.2\\ \times\ 0.8\\ \hline\end{array}\qquad \begin{array}{r}6.7\\ \times\ 0.3\\ \hline\end{array}\qquad \begin{array}{r}0.56\\ \times\ 0.04\\ \hline\end{array}$$

想一想：

①上面这些小数乘法是怎样计算的？

②因数与积的小数位数有什么关系？为什么？

③怎样点小数点？

（2）自学作业（相信自己，我能行）

自学课本例题：$7.65 \div 0.85=$　$12.6 \div 0.28=$

思考：

①计算这两道题时，除数和被除数是如何变化的？

②为什么要这样变化？

③为什么能这样变化？

这样，学生通过课前明确的、有指导性的自学，课上带着问题、困惑与收获进行小组交流，集中展示和汇报，很快就理解并学会了这个比较困难的知识，提高了课堂效率。在感受着小组力量的同时，张老师也在思索：如何才能发挥学生自主学习、合作学习、互帮互助、互相监督和管理的最大潜能？如何能将学生自主学习、合作学习、互帮互助、互相监督和管理的这股热情一直坚持下去？她的观点是：在最短的时间内让学生掌握尽可能多的知识和技能是打造高效课堂的主旨，而教师精确合理的教学设计、激发学生积极主动的学习热情和百分百的投入度、培养学生养成良好的学习习惯和具备一定的学习能力则是成就高效课堂的关键。

问题，无处不在，是我们前行道路上的障碍，如同登山路上硌脚的碎石或是挡在前面的巨石，惹人烦恼，让人惧怕，却又无法逃避。问题面前，也能无视，亦可绕行，得过且过；但问题之中，往往隐含契机，抓住问题较力，研究化解，即是进步。行走是一种态度。纪伯伦说："我愿意同走路的人一同行走，我不愿意站住看着队伍走过。"张老师就是这样：带着问题，一边行走，一边思索。

（三）整合·精备·实践

就在张燕老师行走在课改路上的同时，济南市第二十六中学的米广政老师也对于他所任教的学科进行了教材整合的初步尝试，在课改路上行出了自己的特色。

在新课改实践中，米老师教学理念有了较大程度的更新，教学方式也有了较大的转变，能够比较灵活地运用多样化的教学手段和方法，为学生的自主学习创造必要的前提。教师在新课程发展中的地位和角色发生了很大的变化，一定程度上从知识的传递者转变为学生学习活动的组织者、合作者、参与者和指导者。在课堂教学中，调动和发挥学生的积极性和主动性，参与教学活动的全过程，师生互动，营造民主、和谐、开放、高效的课堂教学氛围，使学生的知识、能力和心智即三维目标在教学过程中较全面的发展。

1. 教材整合——站在全局的高度俯瞰课本

课本的主要内容是什么，相关联的单元有几个，每个单元在课本中的地位是什么，教师应该做到心中有数，并在集体研讨中对课本做好整体规划。这样的规划有助于知识内容的系统，授课时间的调控，并能在课本的利用率上达到高效。米老师在课本内容的整合上做到了以下几点：

（1）做好单元之间的调整。现在的课本尽管没有达到知识的系统性、完整性，但是具有知识的反复循环性。因此，在实际的授课过程中，应该把单元间相联系的内容在备课中做到有机的取舍和调整，以便于已学的知识在后面的学习中得到巩固、提升。

（2）做好单元内的调整。课时的分配是根据课本呈现的内容来制定的。教学中可以把知识联系密切或语言信息联系密切的两个课时进行整合，高效地利用课堂，扩大学生对信息的涉入量。在这一过程中，可以采用调、改、增、删、组的不同方式来达到这一要求。

（3）做好课内的调整。根据不同的班级，不同的学生，不同的课堂表现，应该做好二次备课。不要仅仅局限在备课中，应该立足在学生的知识现状做好课堂的取舍和调整。因此，教师在课堂中应该具备多方面的获取学生知识掌握情况的能力，并能够举一反三，达到灵活运用的程度。

2. 课堂准备——打好每一场“战争”

（1）战争前：备足弹药做到有的放矢

要肃清脑子里软弱的思想——做到“恃强凌弱”。弱：指的是学困生。强：指的是老师的态度、能力、毅力。

初一老师一般都抱怨学生不好是小学没有学好，初三老师抱怨学生初一初二没有学好，有的老师到初三接的班学困生比较多，就找领导谈，学生太差我教不了，你给我换班吧，而米老师从不会出现这种情况，他把困难当做一个挑战，一次机遇。这源于他在学困生面前不甘示弱，不放弃，不抛弃，从最后一只羊赶起的教学信念。

（2）战争前的准备：有效的集体备课

集体备课是实现资源共享的一种重要形式。有效的集体备课可以拓宽教学思路，多视角深挖教材，高质量贯彻课标精神。

教研组的集备做到以下几点：

课前：备难点——做到难点分散；备重点——做到突出反复；备考点——放进口袋锁住它；备新点——做到与时俱进；备笑点——学生喜欢幽默的老师。

课后：及时反思、交流、改进。

（3）战争中：关注到每一人

①每节课都是3·15

每年的3月15日是“国际消费者权益日”，在这一天我们从各方面渠道知道一些假冒伪劣产品等新闻。在这一天最能体会顾客是上帝。所以有人希望每天都是3·15，每天都要打假，这就提醒老师别到考完试再问学生“你知道你为什么考得差吗?”“就是上课不好好听讲，上课不知穿越哪里去了呢?”而是每节课都是3·15，每节课都要“打假”，就好像打仗一样，你的士兵开小差你能取得胜利吗？所以我们上课时随时观察学生的一举一动，一发现问题马上指出，老师要相信自己的眼睛，因为教师的眼睛是雪亮的。

②人人参战——学生的力量是无穷的

伟人说过群众的力量是无穷的，小组合作是充分调动起每一个学生，让每一个学生都参与进来，做到生教生、生练生、生生相长。那如何调动学生呢?

米老师认为学生说明小组合作的目的是：做一个好人，做一个有用的人，做一个快乐的人。

③要坚持十六字方针——生退我进、生进我激、生散我管、生疲我护

学生在退步时，要及时地找学生谈心，如果是没有听懂，找时间给他讲，因为这是老师的责任，没有讲明白不能怪学生。其他视情况而定。

学生在进步时，米老师总会不惜语言、真心去表扬，去激励他。因为他在进步，他在带动其他同学去进步，他在为了老师而进步。良好的学习环境才能有良好的成绩，一个老师上课时学生像放羊一样，不要以你不是班主任为借口，因为这时是你在上课，你就是班主任。你要让学生做到形神都不散。

米老师把一节课45分钟分为20分钟讲课，20分钟讨论，5分钟休息。有的老师习惯上课从头讲到尾，没有讲完还要利用课间再讲，恨不能讲到下节课上课，而他都是留下5分钟休息，因为学生经过一节课很累了，最后的内容有些学生肯定没有心思去听。

（4）战场后：一个不能放过

及时查漏补缺，对于个别学生就这节课掌握不好的问题及时跟踪辅导，一般采取的措施是利用课间给予讲解，并通过小练习进行巩固。

“路漫漫其修远兮，吾将上下而求索”，在打造高效课堂的道路上，一路艰辛，一路欢歌，米老师深刻认识到，实现真正的高效课堂，并非一朝一夕的事情。但他坚信只要做一个教学上的有心人，在教学中不断的探索、实践和完善就一定能不断提高课堂教学效率，最终实现教学的高效化。

（四）学习·反思·成长

济南市第二十六中学的米广政老师用他全部精力实践着他自己的教学理念，而刚刚离开大学校园即踏上农村小学的讲坛，成为课改“先锋军”的姜艳艳老师，又是如何在课改中不断前行的呢？

两年前，当姜艳艳老师成为一名课堂改革实验“先锋军”时，面对着这机遇与挑战，她备感身上责任之重，压力之大，前方道路之茫然。但两年之后，回头望去看着与学生共同留下的“脚印”，她又庆幸着自己能沐浴这场世纪春雨，品味到课堂改革给自己带来的成长与惊喜。时光荏苒，两年多的时间过去了，在她的心中似乎沉淀了太多太多的言语，在课改的碧空里无限延伸……

1. 初识课改——茫然不知所措

初识课堂改革是在 2009 年 3 月，济南市小学数学教师专业成长个案分析现场会上，当时观摩的是纬二路小学周亮执教的《最小公倍数》一课。课堂上每个小组在老师预设的教学流程中展示着自己的学习情况。各抒己见的场面时时出现，而当遇到疑难时，学生会在组内集思广议，通力协作来解决问题。课堂成为学生展示的舞台，展现出的学生的自信、聪敏，极为精彩。所有的一切，都那么令人佩服！

可毕竟“教来的曲唱不得”，学生是富有个性的，同一个老师教出来的两个班也不完全一样。课堂改革没有现成的模式可仿，有的只是“成型班级”的外观形象，一些理论性的东西也似乎形如“空中楼阁”。

从哪开始改？怎样改？面对改革，她茫然不知所措。在这全无套路的形势之下，自创、自闯课堂改革之路，易乎？难矣。但她相信有思想就有火花，有火花就能点燃希望之灯。就算摸着石头过河，也不能再安于现状，年轻教师有的就是一股干劲儿，一股拼劲儿，新课堂改革下活跃、生动的课堂，只要努力付出，就一定会见得成效！

2. 走进课改——边走边学，不断尝试

坚定了课改的信心，姜老师要做的就是付之于坚持而有效的课改行动。从建立“学习小组”，到培养组内“领袖”，这一切都为课堂改革打下坚实的基础。她创设符合学生心理发展的多元化评价机制、利用导学案的帮扶、运用问题推进思维方式，促使学生始终保持高涨的学习兴趣……边走边学，不断地尝试着。

（1）建立学习小组，培养组内“领袖”

原济南市教研室马刚老师在《自主学习的操作原则及要领》一文中曾经提及，“讨论是最好的学习方式之一。这一条，就是自主学习的第一原则，学习小组就是能落实这一原则的最有效的组织方式之一”。所以建立学习小组是姜老师必须首先解决的问题。她采用了“NBA（美职篮）式”的小组建立制度，挑选优秀小组领袖，为其搭配合适的小组成员。随着课堂改革的不断深入，再进行小组的微调，使大多数小组都在变化中慢慢磨合，在磨合中慢慢寻找着新的合作力量。

（2）创设多元评价，调动学生学习兴趣

每当站在教室门口，看到学生们饶有兴趣的讲题或帮助4号学生时，姜老师都会感到特别得幸福，可是幸福之余又多了一些惆怅：学生这样自主地学习合作能持之以恒的继续下去吗？开始她也很茫然，不过后来她可以肯定地回答：“会的。”因为她寻找到一剂符合自己的学生，能够始终调动起学生的兴趣和积极性的良药，那就是评价机制。

刚开始，姜老师采取的是黑板计分制，将学生课堂表现、纪律表现以及作业完成情况全部量化，以小组为单位用分数的形式记录在黑板上，每周评选出优胜小组进行口头表扬。开始学生的兴趣还是比较浓的，但时间长了，就慢慢淡了下来。不得已她做出了改变，由小组长和课代表以表格形式记录，每周仍评出优胜小组。使用了一段时间后，这种评价方式与起初评价的遭遇仍然是相同的。刚开始学生积极性确实很高，课前认真预习，小组合作交流，上课积极回答问题，挣分值给自己小组加分，获得优胜小组，得到奖励。但随着学生年龄的提高，学生的想法慢慢多了，心思也更多了，简单的口头表扬和奖励已经唤不起他们高涨的学习兴趣和小组互帮互助的热情。于是姜老师再次转换新的评价制度——“超市购物乐园”。学生上课表现以个人形式攒积分，利用积分换金币，拿着金币到班里的超市买东西，通过让学生经历挣“钱”的这一过程，充分调动他们的学习积极性，实践表明，这种评价制度还是很受学生们青睐的。

（3）促进学生思维发展，领悟“用问题推进思维”

马刚老师在《自主学习的操作原则及要领》中提及：“数学是听不明白的，这是我们的一个信条。所以，教师应根据黑板上的问题、学生在讨论中存在的问题，再设计一些类似的针对性练习，让学生在解答这些题目的过程中真正搞明白。不论是要讲新的内容，还是要弥补学生的不足，都要用题目的方式展现出来，这是我们的第四个原则——用问题推进思维。”

通过试验，姜老师发现不仅是概念课，大部分新授课同样可以利用问题来激发学生思维，帮助学生对知识进行更深入的研究，尤其是练习课和复习课。一次执教《分数的意义和性质整理复习》，学案设计的本意是想通过 5 个问题从而复习分数除法这一单元的五大板块知识点。课上学生更多的是通过问题寻找问题的知识点，去读知识点而不是利用知识点进行解题，自然课上下来给所有听课老师的感觉就是“白开水”似的课堂，没有精彩而言。课后聆听了教研室孙志勇评课，她才恍然大悟：既然自己秉承“用问题推进思维”来教学，为何碰到题目，又抛弃题目呢？就像孙老师所言：“没有题目，没有交流的平台，没有质疑和反驳的载体，培养再好的学生也没有展示的契机！”“用问题推进思维”的思想对于练习课和复习课更为重要，只有建立起问题，搭建好学生良好的交流平台，学生的质疑、反驳才会使课堂绽放出光彩！两年半的课改中，在教研室孙志勇老师和学校领导的帮助下，她就像学生一样，慢慢地成长着——学着撰写导学案，学着改变教学方式“用问题推进思维”，不断丰富着自己的教学方法和教学经验，一路走来，一路收获着……

在这种课堂模式下，老师的角色从“一言堂”变成“聆听者”“引导者”，学生从被动地接受变成主动去摄取。是课改中的不懈思索让老师们不断成长，是老师们的不断思索、践行，让学生在课堂上更为乐学、善思。行走在课改征途上的槐荫教师如同稚芽，他们必定会在这条路上逐渐茁壮起来。

三、成长，让茎叶在践行中繁茂

课改，让老师们绽放出智慧，这智慧使得这一株株沙柳的枝叶不断繁茂，它们必将以燎原之势让这一片大漠绽放出绿意。这绿，透着生机，沁人心脾。

济南市第十二中学的王德梅老师就是这样一个“智慧型”教师。她的小组合作分层教学，让自己的课堂活了起来。

（一）“红花”“绿叶”齐争艳

学优生接受能力强，新课教学时很容易学会，但还需要加强巩固。学习能力欠佳的学生，本身理解能力不强，有时还需要不断反复方可把知识慢慢学会。谁去给他们再讲一遍呢？王老师认为：如果在新授课时，通过学优生帮助学困生，两个问题同时得到解决，于是便有了合作的必要性。当进行复习时，大家经常会很容易发现学优生的解题速度和准确率远远高于学困生。如果老师在教学中迁就学优生，那学困生就会感到匆匆忙忙，一知半解，基本没什么提高；如果迁就学困生，那学优生就感觉问题太简单，而浪费很多时间。于是在复习阶段进行分层教学是提高课堂效率的好方式。

首先，学优生能力可以得到提高。学优生学习能力强，接受知识快，他们的表现总是能使课堂十分精彩，犹如红花般夺目。而学困生学习能力较弱，需要更多的时间消化所学知识，他们不善于展示自己，就像绿叶一般。学优生在帮助学困生的过程中，不仅基本知识得到了巩固，还使自己的能力得到了培养。在给“绿叶”讲题的过程中，练就了“红花”们细致的审题能力、严谨分析问题的能力、灵活解决问题的能力，更培养了他们的组织、领导才能。

其次，学困生困难在此过程中逐步减少。传统的教学组织形式中学生被动记忆接受，一些学习困难的学生，即使有很多没听懂、没理解的问题，也因为没有时间去消化、没有人帮助他们消化，日久天长，积累的问题越多，他们的困难越大，慢慢的他们被迫走上一条放弃之路。而一位教师有那么多学生，只靠老师的力量，那真是杯水车薪。每天，在“红花”的帮助下，“绿叶”的每个知识点都会明确，困难会被及时解决，他们自然能轻松地迎风飞扬。

王老师是如何建立起这样的课堂呢？让我们也来一探究竟。

1. 爱你就帮你——建立三重组合

三重组合分为大组合（20人）、中组合（4人）、小组合（2人）。全班40人，按成绩前20名为学优生大组合，后20名为学困生大组合；以20名学优生的前五名为组长，作为中心，自由结合3名同学，形成一个四人学优生中组合，分为A、B、C、D、E学优生中组合；同理，以20名学困生的前五名为组长，作为中心，自由结合3名同学，形成一个四人中学困生组合，分为A、B、C、D、E中学困生组合；每个学优生按照成绩从差到好挑选一个学困生，挑选的原则是：“爱他，就帮他”，这样就形成了20对学困生、学优生小组合。这些中组合和小组合的建立是在自由组合的基础上，是在友情的基础上，所以这种组合为以后的相帮相助奠定了感情基础。

2. 优困同座我帮你——新授课

在进行新授课和第一轮复习时，上课的模式为学困生和学优生同座。课堂模式为作业自我预习、课上交流（5分钟）、老师精讲（15分钟）、学生精炼（15分钟）、学生交流（5分钟）。在这两个5分钟的交流中，学优生和学困生都得到了不同程度地提高。

3. 优生阵营比雌雄——综合拔高

在进行期末复习和第二轮、第三轮复习时，上课的模式为学优生同列、学困生同列。“红花”做一些难度较大、综合性较强的知识、他们做完之后，只需要课代表公布答案，课后学优生中组合一起讨论错题，中组合内解决问题，他们有能力解决，并且在解决的过程中会有远远大于知识的收获，他们看到了别人比自己强，激发了他们的斗志，他们在交流的过程中，学到了更好的解决问题的方法，在争执中加深了对问题的理解。

4. 学困乐园傍地走——基础夯实

在进行期末复习和第二轮、第三轮复习时，上课的模式为学优生同列、学困生同列。课堂内容分层次分别进行，学困生做一些较简单的基础知识、并且放慢步伐。教师在“绿叶”之间巡视，及时发现他们的问题，并且手把手地帮助他们，这样的过程使得学困生的困难再次被发现、被消除。这样他们的基础被夯实，合格率得到提高。

5. 作业分层又交叉——私下交流

学优生和学困生的作业分层次进行布置，学优生的作业往往难度大一些，作业量也多一些，学困生侧重于一些基础的题目，并且有一定的重复性。有时学困生的作业让学优生回家给他们批改，第二天留有一定的课堂时间让他们进行交流；而有时学优生的作业让学困生帮他们修改。这样就达到了以作业为载体，让他们进行交流的目的。

当然进行传统的课堂改革，学生学习习惯需要重新建立，老师讲课习惯也需要重新建立。在进行课堂教学改革时，特别注意以下三个方面：

一是要注意调动助人的积极性。王老师主要从三个方面来调动小组合作的积极性。在“爱你，就帮你”的原则下建立的组合，这种是有机的、有情的自愿组合使合作有了厚实的人情基础，有了最重要的内动力。再者，适当的奖励机制充分调动学生合作的积极性，当小组组合好后由老师和学生共同制定了这样的奖励机制。在合作的过程中一旦发现高效合作现象，就及时进行表扬，树立典型，成为大家学习的榜样，通过发现与表扬，建立一种被别人帮助固然幸福的，而帮助别人是更幸福的意识，帮助别人是骄傲的、自豪的。

二是要注意精心设计课堂环节。提高课堂效率，就必须分层次教学，当然分的层次越多越好。但是当层次太多老师会忙不过来，这时就需要我们精心设计教学环节，哪一段时间、哪些人、要干什么，都要进行设计和预计。因此每节课王老师都进行精心设计，经常上课前学生首先看到的是这样的上课内容，他们都非常清楚自己何时干何事。分好层次有条不紊，这样的课堂自然会高效。

三是要注意足够的课堂驾驭能力。当课堂上分了层次，当学生中建立了合作时，他们大都处于个性的学习状态，这可能看上去是一种散乱的课堂，但通过老师的驾驭与及时的调控，你体会到这是一种形散而神聚的课堂，并且从学生的积极参与上看，这绝对是自主的、快乐的课堂。没有了老师的喋喋不休，有的是小组之间的争论交流；没有了全班一刀切的被动听讲，有的是快快乐乐的一起讨论。不要在意课堂是否安静，不要在意学生是否规规矩矩，只要是有作为的那就是生动的、人性的、生成的，那才是教育的正确形式。

把小组合作与分层次进行有效的结合，王德梅老师只是想通过这种途径让所有同学取得自己的进步，让不同的同学有不同的收获。她也一直在寻找一种能够不以老师为中心，而已学生为中心的课堂，她认为这种课堂里学生才能体会到自己是自己真正的主人。教育是科学、是艺术值得探究，永无止境，而她就是那个追随者。

（二）“双自主”激发新能量

有这样一位“双自主”教学模式的忠实践行者，她就是济南市北大槐树第二小学的朱祥旺老师，作为工作在教学一线十几年的教师，改变固化原有的教学模式，重新审视自己的教学理念，她也遇到了难以想象的困难，她又是如何实践“双自主”教学模式的呢？

1. 实验初期：模仿中困难重重

首先在建立小组方面，朱老师进行了一次摸底考试，根据这次成绩，她把前 8 名定为 8 个小组的组长，把剩下的同学按成绩分成优 、良、及格三组。然后由组长从优 、良、及格 3 组中选择组员。每次考完试，重新分组，以激发学生的学习积极性。班里学习成绩比较好的同学跃跃欲试，都想考个成绩，以成为下次的组长。

在小组评价方面：把每组成员按学习成绩从高到低分为 1、2、3、4 号，按号加分。每天统计小组分数，进行奖励。这样，学困生回答问题的分数比较高，调动了小组同学对学困生的帮助，也激发了学困生学习的热情。课堂上出现了学优生帮学困生的学习氛围，不完成作业的同学也少了。

在教学方式上，她把课堂还给学生，采用学生课前预习，课堂交流然后全班汇报，教师适时点拨的方式。小组内学生教学生，汇报交流时学生走上讲台，做小老师，更是激发了学生的展示欲。

可是一个月后，朱老师的麻烦就来了，小组长挨个来告状：“老师，我都教会 ×× 了，可他就是不举手。”“老师，我们组不想要 ×× 了，他不听我们的，总是给我们组减分。”有些组员也跑来抱怨：组长总是批评他，他不愿在现在这个组了。还有的小组长，为了给小组加分，让学困生抄作业。课堂汇报时学生声音小而且条理不清晰，听得学生还是一头雾水，老师不得不重讲。学习进度减慢，学习效率降低。

2. 众人拾柴火焰高

对于此，学校数学组在校长的带领下，向兄弟学校学习，向教研员请教。为避免“水土不服”，朱老师扎根课堂“摸着石头过河”。每周，大家针对共同的问题积极教研，集思广益。如何使小组交流更有效、采用什么样的评价方式激励学生、怎样培养学生自学，等等。每周一个讨论主题，讨论好后，回去实践再反馈再实践。他们在不断的面临问题、解决问题中也探索适合自己的方法。

3. 且行且思

两年多磕磕绊绊的走下来，困惑与烦恼常随，喜悦与满足偶现。孩子们从不会自学到运用多种方法自学，从不敢上台到抢着上，从不会讲题到把别人问明白都让她看到了自主学习的巨大潜力，他们在问题中探索，在实践中前行。

（1）组长的培养

火车跑得快，全靠车头带。在自主学习中，小组长这个核心领袖起着举足轻重的作用。于是，朱老师决定定期召开组长例会，交流小组管理的经验。刚开始召开例会时组长们老是在抱怨谁谁谁怎么着了，谁谁谁没写作业了，谁谁谁上课不积极了……这时她适时引导，大家共同出主意、想办法。渐渐时间长了，组长们也开始在自己的岗位实践中反思、总结，慢慢地抱怨少了，办法多了，大家相互交流、启发，将小组建设引向良性发展的轨道。

（2）评价机制的建立

在进行自主学习的过程中，教师首要考虑是如何激发小组的团队意识。一个有凝聚力的小组，它的能量是巨大的。这就需要教师引入适当竞争，建立评比制度，发挥评价的激励作用。实验中，朱老师发现，老师们对学生的奖励方法要与时俱进，不断更新，否则时间长了，孩子们就有些“腻”了，吊不起任何“胃口”。为寻找有效的“刺激源”，她绞尽脑汁。一方面，从强化“学习小组”的集体荣誉感入手，如把小组合作中的成果具体量化，开展“最佳小组”评比活动；另一方面，从强化“学习成员”的个体荣誉感入手，通过选出优秀组长、最佳组员，让基础好的学生感到提高自己成绩的同时，还必须尽力帮助组内其他成员，让基础较差的学生认识到小组的成功取决于每个成员的努力，变压力为动力，使小组内出现互动、互助、互勉的局面。此外，她还结合学校“激励卡”这一资源，优秀小组和最佳组员每周奖励“激励卡”，集够 10 张后可参与学校的奖励。

朱老师发现一旦学生形成了团队意识，就会自发地帮助本组中的后进生，可以使组内的每一个学生都树立起“荣辱与共”的集体意识，增强学生为捍卫集体荣誉而学习的强烈动机。如有些学困生在感想中写到：以前学习好的同学不愿给我们讲题，怕耽误他们的学习时间，现在有问题问他们，能耐心给我们讲题了，还能主动帮助我们，使我们的学习成绩提高很快。小汪便是个例子，从三年级开始考试就不及格，厌倦了学数学，自从开展实验后，在小组成员的激励与帮助下，能上课认真听讲，开动脑筋思考问题，大胆发言，按时完成作业了，成绩也有了很大提高。

（3）自主学习能力的培养

课堂上学生学习的积极性调动起来了，都争着抢着要回答问题，随之问题也出现了，学生只是想着自己要回答问题了，别人的回答不注意听了，或别人只回答到一半，就打断他的发言。这又引发了老师们深层次地思考，自主学习关键要培养学生自主学习的能力，这种在学习过程中形成的能力，将随着时间的推移内化为学生的素质，成为他们终生受益的东西，这才是自主学习的精髓。授之以鱼不如授之以渔。于是，教师在教学中有意识地渗透、培养学生的自主学习能力。学会自学、学会分工、学会表达、学会评价、学会质疑、学会反思，是对学生能力培养的方向。

（4）作业批改的方式

学生的发展总是有先后，教师如何利用这些“先”“后”资源提高课堂效率呢？朱老师创立了自主负责反馈制，每个小组最先做完的同学起立，由老师进行批改，如果做得不对，剩下的组员可继续起立。如果通过了老师的批阅，便成为本小组在这一练习题上的负责人，可以享受批阅其他组员习题的权利，但是要履行收集本组错题以及分析错误原因的义务。在随后的反馈阶段，老师可以把讲台交给这些出错的同学，全班所有的“错误根源”将会由当事人一一道来。这样一来学优生“窝工”，以及学困生“松散”的现象基本解决。在保证效率的同时，保证了面向全体，把错题消灭在萌芽状态。学优生在小组内可以体验负责人的自豪价值，而学困生可以在学优生的指导启发中发现自己的错误，并在大黑板上分析出来，同样展示了自己，形成了实事求是、认真负责的学习精神。这样的自主负责反馈制，既提高了课堂效率，又让每一个人感到了自己在学习团队中的价值。

（5）教师角色的转换

自主课堂上，教师的作用是什么？这个问题一直萦绕着朱老师。教师跟着学生跑，学生跑哪儿是哪儿，一节节课下来总完不成任务。其实自主的课堂对教师的要求不是降低了，而是更高了。面对“千姿百态”的学生，教师何时“进”何时“退”正是开放的课堂对教师的巨大挑战。

在与学生的不断切磋中，她发现教师要在课堂上适时地转换自己的角色才能适应自主课堂的需要。在课堂推进的环节中，教师是一个组织者；在小组交流合作中，教师是一个参与者和指导者；当学生出现独到见解或创新火花时，教师是一个激励者；当学生能“跳一跳摘果子”时，教师要装作一个迟钝的学习者；当学生偏离正常的轨道时，教师要“该出手时就出手”，是一个矫正者……由此可见，自主的课堂教师的作用不可小视。

自主的课堂给朱祥旺老师带来了许多期待和意想不到，正是生成的教育智慧使她的课堂更加灵动，处处释放着生命的活力。走在课堂改革的路上，有困惑有收获，他们在课堂中实践，在解决问题中不断成长。

（三）“三滴水”聚焦新课改

济南市德兴街小学的赵莎莎老师在实施“双自主”不久就遇到了瓶颈期，学生知识掌握不牢固，教学进度滞后，一系列的问题迎面而至。她是如何在智慧的指引下走出困境，坚定课改信念的呢？

实施“自主学习、自主管理”教学已有段时间了，在经历了创建小组，与学生一起讨论、制定学习量化细则，创建图书角，课堂给大家带来了一个又一个惊喜的变化，却也慢慢地进入了一个难以突破的死胡同里，无论怎样都走不出来，赵老师开始迷茫了。

1. 寻找症结

每一次的课改，不会总是一帆风顺和美妙动人的。可没想到这个“瓶颈期”来得这么快。因为自从开展自主教学后，不仅班里的进度落下大半，而且应知应会的知识学生也掌握不扎实。在每次的知识检测中，孩子们的成绩也是一塌糊涂。虽然赵老师也采取了几种方法试图改变现状，却始终不见成效。她甚至也产生了这样的怀疑：这轰轰烈烈的课堂，是真的好吗？可是每当看到课堂上学生自主讨论时那一张张自信而兴奋的小脸时，要课改的决心又一次战胜了那些怀疑。她深知面对困境，只有逆流而上，才能到达成功的彼岸。接下来的“突破难题”成了她新的工作重心。赵老师重新审视课堂中学生的表现，一点一点地梳理出学生存在的众多问题并行进整理，从而找到了直接制约学生自主学习的两个主要原因：

原因一：无效的预习。班级里孩子的预习大都停留在看一遍书的层面上，他们只满足于“我知道什么”，而很少去思考“为什么”“我还有不明白的地方”等问题，更谈不上拿自己的思考与大家研究、分享。

原因二：无序讲解，无重点的交流。课堂上，当遇到问题需要讨论时，小组成员就会你一言，我一语，参与热情很高，课堂氛围热闹。但学生交流的问题大都是“哪一句话讲的啰嗦了”“板书哪儿写的不规范了”这样的初级层面上。和本节课重点知识有关的有价值的问题（即核心问题）没有多少关联，缺乏思维深刻性，进而导致基础知识讲解不扎实，问题停留在表面，没有发挥小组合作交流的真正作用。这样的课堂，仅仅只是表面的热闹。

2. 对症下药

找到了“问题”的根源就要对症下药。于是，接下来的日子，赵老师边学习，边实践，边总结。借鉴在双自主教学领域优秀老师的宝贵经验，把他们的经验拿来，反复咀嚼，再经过思想的锤炼，实践地验证，慢慢寻找到适合自己的方法，寻觅到了有效解决问题（穿石）的“三滴水”：

第一滴水：预习从“零”开始。

这个过程就像扶着婴儿学习行走一样。赵老师班的预习正处于“扶”的阶段。班里的很多孩子打开课本不知道该干什么，所以才会走马观灯似地预习。因此，指导孩子们预习，必须先从方法入手。孩子不会，赵老师就手把手地教。慢慢地，孩子掌握了“三看、一想、一用、一问”的预习方法。“三看”：一看单元题目、二看每节课的题目、三看例题，初步了解本单元所涵盖的知识内容，掌握本单元的知识结构。“一想”：思考小精灵提出的问题，帮助学生理解所学知识、掌握解题的方法。“一用”：思考学习本节课的知识有什么用，能帮助我们解决什么问题，继而培养学生解决问题的能力，达到学以致用的目的。“一问”：问一问自己还有不明白的地方吗？同学们容易错的地方又有哪些？从而强化一下所学知识的重难点。

此外，赵老师还发现设计“导学案”是大多数老师指导学生预习常用且有效的方法。所以，根据每节课的内容，她也会设计有针对性的问题引导学生思考。渐渐地，她欣喜地发现学生的预习有了深度、有了广度，预习的效果有了明显的改进。

第二滴水：讲课稿，让学生也经历从青涩走向成熟的艰难历程。

回想第一次走上讲台时的情景，那时的赵老师年轻、稚嫩。即使熟记教案，仍无法面对学生的突发奇想。22 岁时的她都这样，更何况年纪只有 9 岁的孩子呢？面对他们毫无章法的讲课，除了会心一笑之外，她总是俯下身子与他们一起想办法。因此，他们班就有了每节课的讲课稿。讲课分为几步？重点的知识怎样讲？板书怎样设计？这 3 部分就组成了“老师们”方便、实用的讲课稿。为了给学生充分的准备时间，她通常会给孩子提前一周分配讲授内容。当小组内完成讲课稿初稿后，接下来就是学生非常喜欢的环节“试讲”。1 个主讲的“小老师”，3 个找问题的“小督导”，再加上在一旁出谋划策的赵老师，他们的“试讲”宛如一个小教研会。纠正语言，规范动作。一轮下来，班里近一半的孩子讲起课来已有板有眼。慢慢地，赵老师对双自主课堂的那份信心与执着更加强烈了。

第三滴水：聚焦课堂上的精彩片段。

记得有一次上《分数的基本性质》一课。那节课由 5 组的 2 号同学子扬主讲。课堂上，小老师提出的“小数的基本性质是什么？”“能举例说明吗？”“谁能解释一下 0.1、0.10、0.100 为什么相等？”等问题清楚、明白，由浅入深，很好地引导了同学们的交流与思考。尤其是第三个问题的提出，使学生的认知由“知其然”引申到“知其所以然”。大家的交流也同样精彩。班里的小才女思琪借助米尺，清楚地解释了 1 分米 =10 厘米 =100 毫米，进而证明了 0.1 米 =0.10 米 =0.100 米。精彩的讲解，赢得了同学们热烈的掌声，同时也打开了大家的思路。紧接着相博同学想到了用元、角、分来解释，欣然同学则想到了把方格纸平均分来解释。在一片讨论声中，小数的基本性质已牢牢地印在了大家的心里。随后子扬老师提出的“小数的基本性质可以帮助我们解决哪些问题？”再一次激起了大家热烈的交流。如果说上半节课是1、2号同学的展台，那么这次则是3、4号同学展示才华的舞台。通过举例、讲解做法、强调需要注意的地方，用了不到10分钟的时间，他们就从容、自如地讲解了“化简小数”和“改写小数”两个知识。这样灵动的课堂，成为老师们课堂借鉴的成功典范。

就这样，“瓶颈期”慢慢地度过了。在现在的数学课堂上，赵老师能感受到自己和学生一起成长、创造的乐趣。

（四）让“小红花”开在心田

济南市机场小学的程吉慧是一位年轻、聪颖的年轻数学老师，在教学工作中她总是善于思考，乐于实践。是的，睿智成就了她极具个人特色的数学课堂。

随着基础教育课程改革的不断深入，作为一名战斗在教学一线的小学数学教师，程吉慧老师努力践行着新课改先进的教育理念。在数学教学评价这条路上，她一边走，一边总结经验教训，一步步靠近课程改革的最终目标——评价不仅要关注学生的学业成绩，而且要发现和发展学生多方面的潜能，了解学生发展中的需求，帮助学生认识自我，建立自信。

1. 课改初期，在教学评价方面，让我尝到了成功的甜头

（1）从“小红花”奖励说起

教低年级的老师都有过相同的做法：新学期伊始，他们办公桌的抽屉里总是习惯性地给学生们准备好各种小奖品——有自己亲手制作的小红花，有在网上购买的各种小粘贴，小橡皮等。等到孩子

们上学了，这些小奖品开始发挥它的“大作用”。课堂上，孩子们叽叽喳喳小声说话，老师拿出了一朵小红花奖给了一位没有说话、端端正正坐在那里听讲的小朋友，并声情并茂的表扬她说：“你们瞧，她听得多认真啊，老师奖给她一朵认真听课的小红花！”顿时，教室里鸦雀无声，孩子们个个坐得像一口钟。因为，他们也渴望得到那朵鲜艳的小红花。可是，没过多久，又有一张小嘴巴开始嘁嘁喳喳起来，于是，老师又拿出了第二朵小红花……

（2）小组“量化赋分”制

2009年，“自主学习、自主管理”教学走进了我们的课堂，随之而来的是一种全新的评价方式——小组“量化赋分”制。首先仿照有经验的老师的做法，她将全班分为五个大组，根据学生课堂和课下的表现，进行量化赋分。具体做法是：在课堂上，她规定了每回答一个问题都加一分。同时，考虑到每个小组的后进生的现实情况——有难度、有深度的问题他们往往都答不出来；也考虑到数学学科自身的特点——重点内容需要强调性的重复说一遍或几遍。她规定，重复别人的答案，也就是将别人的答案再说一遍，也可以积一分。这样做的好处是，每个小组的后进生有了更多开口说话的机会，重要的数学知识也得到了较好地强化，改变了老师扯着嗓子一遍遍喊：“这里很重要，一定要记住！”的现状。

不知道老师们是否有同样的感受：每次做练习题时，总有几位同学偷偷摸摸的玩，磨磨蹭蹭总也交不上作业。为了能高效的收发作业程老师也是动了很多脑筋的。以小组为单位，每组选一个字，每个组员代表一个笔画，交上一本，小组长就在积分栏里添上一笔，直到把本组的这个字写完，小组的作业也就收全了。

先收齐作业的组得五分，依次 4、3、2、1 分。孩子们都很高兴，写作业的积极性明显提高了，每个小组选的字也很有意义，比如：佳、胜、将、首等，都是希望自己组能拿好成绩。一段时间下来，课堂和收作业发生了微妙的变化：课堂上发言的同学多了，走神的同学少了；按时交作业的多了，“忘带”作业的少了。在管理学生方面，程老师真是尝到了不少甜头。

2. 课改中期，问题浮出水面，在探索中苦苦思索

奖励，对于低年级的学生来说，是最富有“成效”、立竿见影的方法。所以，老师们乐此不疲地使用着。作业写得好奖励、考试考得好奖励、热爱劳动奖励、团结同学奖励……随着年龄的增长，老师们渐渐发现，“小恩”“小惠”再也打动不了学生的心，提高不了孩子们的积极性了，原来十朵小红花才能换来的一支铅笔也不再被孩子们视为珍宝，孩子们的“胃口”变得越来越大，老师却无力满足。“量化赋分”对中高年级学生来说收效也是很明显的，但这个制度本身也是存在不足之处的。比如，在收作业时，有的组长为了能得高分，开始帮着本组的“后进生”写起作业来了。小组“量化赋分”在本质上还是一种物质奖励，只不过是在评价的过程中先以赋分的形式进行。

痛则思变，通过查阅资料了解到：用物质作为对孩子的行为引诱，会出现两个极大的弊端：一是易使孩子的行为降低到只以获得奖赏为目的，客观上阻碍了孩子潜能的正常发挥；二是靠奖赏激发起来的行为，必须靠逐步升级的奖赏才能维持与发展，否则积极性就会大打折扣。物质奖励是有时效性的，学生准备充分，小组合作加强，作业态度端正，这一系列现象只是短时间内出现的效应，偶尔为之，效果较明显，若经常如此，学生

就会厌倦，就觉得和以前没什么两样了。她深刻地意识到，在评价这条道路上要另辟蹊径了。

（1）一本好书给大家的启示

在学校“读一本好书”推荐会上，《第56号教室的奇迹》走进了我们的视野。师雷夫·艾斯奎斯，一位美国的传奇教师，他提倡的是“没有害怕的教育”和彼此信任；与“小红花”奖励不同，他反复强调知识本身就是最好的奖励。在平时的教育、教学活动中，程老师也开始做些有益尝试，当学生受到表扬时，他获得的奖励不再是一支铅笔或一块橡皮，而是老师为他准备的一道思考题。当学生拿着他解答出的题目，兴高采烈地跑到办公室急着要给老师讲解时，老师们欣慰地笑了……

（2）品格培养给学生带来的改变

多年的教育实践让她深信：着力孩子的品格培养激发孩子自身的高要求才是成就孩子一生的根本。为此，学校采取了一系列的措施。比如，开展教师师德建设活动，使教师成为学生真正的榜样；学校举行“你心目中的好老师”评选活动，使教师清楚学生的真正需要是什么。渐渐地，学生和老师之间的关系更融洽了，老师真正成了学生的榜样，良好的师生关系对学生品格的培养大有裨益。

“我们要让孩子知道，行为得宜是应该的，不需给予奖赏。”作为一名在一线的教师程吉慧老师深知做到这一点是很不容易的，但是，可以作为她的奋斗目标。她相信，只要有这样一种信念——他们还可以做得更好。他们将会在自己的教室里创造出奇迹！

这就是沙柳，明目却并不张扬，潜行之中透着坚毅。即便狂沙漫天，它的根系依然不怯懦；即便烈日当头，它的稚芽依然不屈服；即便求水若渴，它的茎叶依然不盲从。他们是众多槐荫教师中的典型，他们对课改的执着和探究令人敬佩。他们将和更多的槐荫教师一起，让这丛沙柳茂盛地生长在槐荫教育的土地上。

四、潜润，让活水成就革故鼎新

课堂“热闹”起来了。然而经历了课改初期阶段，新环境下困难也随之而来，老师们遇到了很多问题，改革遇到了“瓶颈”，怎么办？为了保障课改的推进，槐荫区教育局审时度势，于2012年1月出台了《济南市槐荫区教育科学研究课题管理办法》与《槐荫区教育科研优秀成果、先进单位及优秀管理者评选奖励办法》，相关的制度为课堂改革的顺利进行保驾护航。同时，各学校也出台了自己的规章制度，为学校课堂改革提供了指导性意见和建议。这些制度的出台，如同一汪清泉，滋润了干涸已久的大漠，抚育了那一片片沙柳，更成就了一幅独特的风光。

（一）精细化管理，让课堂规范有效

济南第三十中学为推进学校课改顺利进行，制定了详细的课改教学规范要求。任课教师必须严格按照以下要求进行课堂教学。

1. 每节课必须要有导学案，导学案必须由备课组集体讨论后制定

2. 教师讲授和点评时间必须控制在15分钟以内，学生合作时间，展示时间不能低于25分钟，课堂检测不能低于5分钟

3. 每节课必须有七个环节

（1）组织教学：课前2分钟小预备铃声后，任课教师必须到达教室。每节课上课前全班集体起立时，组织学生规范的精神宣言。各个班级自行确定富有班级特色的精神宣言；

（2）自主导学（大约10分钟）：即预习本节课的内容，采取独立思考和小组合作的方式．教师要巡回指导；

（3）教师精讲（10分钟左右）：针对学生预习的情况和本节课的重点、难点

进行讲解，可以独立讲解也可以针对学生的展示进行精彩点评。此处教师要注意归纳提升，讲解或点评解题思想和解题通法；

（4）学生精练展示（大约 20 分钟）：学生独立思考和小组合作相结合的方式，此处要充分发挥“兵教兵”“兵帮兵”“兵练兵”“兵管兵”的作用。鼓励学生大胆发言，到黑板上讲解习题；鼓励学生积极主动的帮助学困生。教师针对学生的展示要给予精彩点评；

（5）课堂检测（不能低于 5 分钟）：备课组要集体制定课堂检测的内容，下课时教师必须收回，要认真批改，力争当天反馈；

（6）布置作业：备课组统一制定本节课的作业，作业应在上课结束后进行布置；

（7）教学反思：每节课后必须有书面的教学反思，与教案一起交教务处。

（二）规范“讲学稿”，让备课有章可循

济南第二十六中学为推进课改顺利进行，出台实行讲学稿教学的若干规定。

1. 实验阶段推行讲学稿的学科：三个年级的数学、语文、物理、化学、生物、地理、思品、历史、英语

2. 开学初集备组长填写好集备计划上交教务处存档以备检查

3. 备课具体过程

（1）备课组长确定主备人、审核人；

（2）主备人备初稿；

（3）主备人提前两周的周末将初稿打印若干份给组员，课件拷给组员，组员自行研究初稿和课件，准备个人修改建议并写在初稿上；

（4）备课组长组织集体备课，组员提出修改意见，备课组长安排好备课记录；

（5）主备人修改初稿，审核人审稿；

（6）主备人提前 3 天交稿，分管领导审定后印发；

（7）科任教师课前二次备课后上课；

（8）语数物化学科上课前一天将“讲学稿”发至学生（其他学科视情况而定），上课时师生共用这一文稿实施课堂教学；

（9）课后，教师要在“讲学稿”上填写“课后记”。

4. 完整的教案组成

（1）初稿，上面有建议或修改的地方；
（2）定稿，上面二次备课或其他补充内容、课后记；
（3）不用讲学稿的课时写在教案纸上（可下载教案纸模板，打印）。

5. 讲学稿的检查

任课教师用统一的文件夹夹好，周五按要求上交教务处检查。讲学稿即教案，没有编写讲学稿即为未写教案。

6. 备课组长负责整理、保存、上交的资料

（1）集体备课记录；
（2）讲学稿的电子稿；
（3）课件。
期中和期末交到教务处保存。

7. 未按要求完成讲学稿的，在绩效工资中无教案费

8. 结合学校特点创立“问题导学 — 展示互动 — 点拨整合 — 基础达标 — 提高拓展”五环节的教学模式

“五环节”课堂教学模式简介如下：

（1）问题导学环节。教师组织学生对上节学习内容中的基础知识进行检查性复习，进行知识再现，以利于全体学生特别是学困生巩固知识。在这一环节中，要尽可能让学困生进行展示（板演、通过实物投影展示等），并节节课形成习惯。在预习评价中要注意师生之间，生与生之间的相互合作，尤其是发挥学习小组的作用。通过小组成员之间，小组与小组之间的结合，互相切磋、商讨、交流预习所得及预习经验方法。所存疑难由组长提交老师，便于老师快捷迅速地了解学生学习中的疑点、难点。教师要明确本节学习任务，唤起学生的学习动机和积极性；要出示基于课本知识的基本问题，引导学生进入预习状态；要指导学生养成在书上勾画、圈点、批注、笔记等阅读习惯；要引导学生学会运用浏览、速读、精读等各种阅读方式，运用主次思维阅读、理解教材基本知识，并将教材知识问题化，知识结构系统化。

（2）展示互动环节。主要让学生展示、交流预习所得，提倡生生纠错互补，将理解掌握情况及时反馈于老师，以便老师随时调整教学方法，进行针对性地指导。结合我校学生实际，学生展示中要有老师的问题导引、系统化基础习题导引、知识结构图导引或展示方式的提醒性设计，才能收到好的效果。切忌“放羊式”“群言堂”的，无目的地讨论交流，这样会耗时低效，甚至连基本教学任务都完成不了。这一环节组织驾驭得成功与否直接决定课堂教学的成败。

（3）点拨整合环节。主要由教师基于学生展示中出现的问题进行点拨性讲解，并与学生一起整合构建起知识系统网络结构图，以利于学生整体把握知识。

（4）基础达标环节。主要实施“主体参与”策略，让学生通过基础性知识的习题训练，如口答、笔试等各种方式因教学内容而异，达到对基础知识的全部掌握，这是面向全体、照顾学困生的必要环节，所以在这一环节要尽量让学困生展示，突出小组生生互动，“兵教兵”“兵练兵”“兵强兵”，使得所有学生过关。

（5）提高拓展环节。主要实施“分层优化”策略，加大练习量和难度，将竞争机制引入此环节，让不同程度的学生“吃好、吃饱”，使他们对知识进一步理解，灵活运用，形成自我技能。这一环节要有不同层次的学生“爬黑板”，以利于学生竞争和教师发现共性问题。

以上“五环节”课堂教学模式要针对课型、教学内容、课时时间等灵活运用，可以全流程运用，也可以侧重于某几个环节来达成课时目标。其关键是要“一节咬紧一节”，坚持始终运用下来，才能收到良好的效果。

9. 讲学稿准备及运用、集体备课纳入教师年度考核中

（三）创新评价机制，让改革活力高效

济南第三十七中学改变原有的评价机制，制定了新的评价制度

1. 教师层面：研究制定学校“课改先进教师评选办法”，实施课改达标过关成绩与考核评优挂钩的教师评价机制，以调动教师课改的积极性、主动性，确保实效

教师课改达标过关实行课改指导小组成员即时推门听课，按照学校提出的“四个学会”（学会倾听、学会交流、学会自主、学会合作）目标和课堂实效检测来赋分评价，评价结果以优、良、合格、不合格，四个等级与教师考核挂钩（分别

赋分 5，4，3，1）。优秀等级的教师自动成为学校本年度“课改先进个人”，不合格教师要继续跟踪听课指导，连续不合格者停课学习反思，并影响职称评聘。有对自己过关成绩不满意者，可申请二次听课（仍是不提前通知的常态课），重新赋分评价。课堂评价为优秀的老师，有义务全面开放课堂，供大家观摩、学习。

学科教师课改过关成绩纳入教研组评价（先进教研组评选）。

2. 学生层面：制定与济南市初中学生评价改革挂钩的长效评价机制和符合学校课改要求的学生日常过程性评价方法

长效评价机制之一：学生日常学科学习情况记录与学生日常学习成绩评价挂钩——学期期末成绩占 70%，日常学习情况记录（出勤，课堂表现，作业，活动参与，小组合作）赋分占 30%，以等级形式计入学生成长记录（已实行）。

长效评价机制之二：学生日常综合表现情况与学生基础性发展目标评价等价挂钩。由班主任赋分记录，汇总小组和学生在纪律、学习、活动等方面的情况，以学期总评等级形式计入学生成长记录。

日常过程性评价和表彰：学校制定有关评价内容和比例的评价框架，学科教师和班主任需据此制定更加具体的赋分细则和记录方式。为更好的激励学生和便于阶段性总结，学校实行对学生层面的“周总结，月表彰”：任课教师需要一周一次将学生学科学习记录（包括小组和个人层面）报班主任处，班主任可利用班会时间就学生小组和个人综合表现作每周总结，及时表扬鼓励并指出问题、指导督促；班主任每月一次将先进小组、个人和进步对子等上报教务处，由学校利用升旗时间及时表彰激励。

（四）小组学习评价，让合作有据可依

济微中学小组合作学习以小组集体的学习效果作为评价的依据，形成组员合作、组间竞争的格局。评价旨在促进学生在原有的水平上有所提升，促进每个学生最大限度的实现自身价值。

1. 评价的原则

（1）评价以合作学习小组为评价单位，兼顾小组内个人的成绩；

（2）评价要有具体、明确的要求，有量化标准；

（3）评价要全面、公正；

（4）评价要具有持久性，每学期要有一次总评；

（5）评价要及时，具有激励性，促使学生思考、探索，努力争取新的收获。

2. 评价细则

加分：

（1）课堂表现

采用捆绑评价，各班级按 4 人为一个学习小组，根据学生的综合素质和具体表现按从好到差的顺序编成 1 — 4 号。

①学生主动回答问题：4 人小组：从 4 号到 1 号，分别加 4 分到 1 分。②教师提问，如果能正确回答问题：4 人小组：从 4 号到 1 号，分别加 4 分到 1 分。③能积极主动的到讲台前为同学展示自己的学习体会及经验，或给全班同学正确讲解问题每人次加 4 分。④任课教师可以根据小组总体表现酌情加减分。

每节课后，以小组为单位自报得分，由课代表统计到量化表。任课老师对当堂学习小组的表现进行评价，获得表扬的小组每人加 1 分。由学习委员负责记录统计到量化表中。

（2）质量检测

①共 10 分，按实际得分除以 2，记录在教师记分册，每月统计一次，由课代表统计到量化表中。②课堂质量检测全部达标的小组加 5 分 。

（3）作业完成情况

鼓励学生将作业做到最好，教师综合考虑学生的书写、对错，以及对课堂内容的掌握等方面，每次作业评出☆级作业。学困生作业进步或能掌握本节基本内容的也可得☆，学生每得一☆，自己在作业本的封皮上记一颗☆作为标记，每☆可加 2 分，每月统计一次，由学生个人拿作业本到学习委员处申报，学习委员汇总，学期末统计纳入量化表中。

（4）周测、单元检测、期中、期末、模拟考试（以 100 分计）

①每次每人按总分除以 10 计入。②期中、期末、模拟考试进步一个名次加 2 分；小组成绩按人次累积计算。③小组内成员在一次考试中都能及格，小组集体加 5 分。

（5）竞赛、展示活动

①学校组织的竞赛活动，积极参加每人次加 1 分，获得一等奖、二等奖、三等奖及相应名次者，一人次加 2 分；区、市、省、国家级一人次分别加 1、2、3、4 分。②学校组织的展示活动，积极参加每人次加 1 分，主持或主讲者一人次加 2 分；参加区、市、省、国家级展示活动，主持或主讲者一人次分别加 1、2、3、4 分。

以上两项，个人得分合并计入小组总分。如果小组成员全部参加，为小组记 10 分。

减分：

（1）关于作业

不完成作业（不交作业、交空作业），一人次扣 2 分；抄作业、抄答案一人次扣 2 分；晚交作业后补交一人次扣 2 分。非书面作业以老师和组长检查为准。

（2）关于考试

单元检测、周测连续三次不及格，扣组内 2 分；期中、期末、模拟考试成绩，每退一名次扣 1 分，累积计算；考试作弊除按照学校常规处罚外，每人次扣 10 分，累积计算。

（3）关于学习常规

上课不带所用教材、试卷和相关资料一人次扣 2 分；上课说话、做小动作等违纪行为一人次扣 1 分。

小组合作学习时说闲话被老师点名批评，一次扣小组 5 分；小组不合作不团结扣该小组成员每人 3 分，经老师协调仍没有效果扣该小组成员每人 4 分，并解散该小组。

3. 评价及奖励制度

（1）没有特别注明的项目，由小组长负责考查，课代表监督和汇总

（2）班级采用三级评价体系

①周评价制度：根据小组长提供的数据，学习委员汇总每周成绩，填写在量化表中。②月评价制度：班长负责每月一次的汇总评价，并通过各种形式公布。③学期末评价制度：班主任负责学期末评价，把日常纳入期末总评价中。

4. 专项评比，评出各类优秀

学期末，学校根据各班提供，评出“优秀学习小组”“优秀合作标兵”“最佳合作小组”等奖项，并给予一定的奖励。由任课老师民主投票选出“优秀合作学习班集体”，学校给予一定奖励。

虫之为茧，是为了化蛹成蝶的美丽。不经历风雨，怎能见彩虹?！宛如郭沫若笔下的凤凰涅槃，在新的困难面前，槐荫区校长和老师们像沙柳一样，在与困难斗争的过程中，越挫越勇，知难而上，在课程改革大潮中，感受着课改带给我们的希望，领略着课改带给我们的激情，品味着课改带给我们的喜悦。只要我们坚持不懈地进行改革，不断摸索和探求，在课改中解放思想，不保守；求真务实，不花哨；面对困难，不回避；逐步完善，不停步。我坚信，我们一定会在课改的道路上看到最美丽的风景，看到他们与“沙柳”一起成就了槐荫教育的春天。

附录一：

济南市槐荫区教育科学研究课题管理办法

第一章　总　则

第一条　制订本办法的依据

为充分发挥教育科研在槐荫教育改革与发展中的基础性、先导性、全局性的重要作用，依据《中华人民共和国教育法》第十一条“国家支持、鼓励和组织教育科学研究，推广教育科学研究成果，促进教育质量提高”、《国家中长期教育改革和发展规划纲要（2011 — 2020 年）》第六十八条“鼓励和支持教育科研人员坚持理论联系实际，深入探索中国特色社会主义教育规律，研究和回答教育改革发展重大理论和现实问题，促进教育事业科学发展”、《山东省中长期教育改革和发展规划纲要（2011 — 2020 年）》第三十一条“加强教育科学研究，鼓励支持教育科研人员深入探索教育规律，研究教育改革发展中的重大理论和现实问题，为教育宏观决策服务”的指导方针，以及教育部和省市教育局关于教育科研课题管理的有关规定，结合本区教育科研事业发展的实际情况，制订本办法。

第二条　区级课题的立项原则

槐荫区教育局设立槐荫区教育科学研究课题（以下简称区级课题），包括区教育科研重点课题和区教育科研一般课题。区级课题的确立和研究必须坚持“理论与实践相结合、普及与提高相结合”的方针，坚持教育科研为教育改革发展服务、为提升学校教育质量服务、为促进校长教师专业发展服务和为繁荣教育科学服务的正确方向，努力为槐荫教育提供可持续发展的科学保证。

槐荫区教育科学研究课题面向全区，坚持导向，突出重点，公平竞争，择优立项，确保质量。

第二章　区级课题的申报与立项

第三条　区级课题的申报对象与申报人资格

凡槐荫区教育局所辖中小学、幼儿园、中等职业学校的在职教师，以及区教育局所属的事业单位和部门中的相关人员，都可以申报槐荫区教育科学研究课题。

中等教育的申报人必须具有中学高级教师及以上教师专业资格，小学和幼儿园的申报人必须具有中级及以上教师专业资格；申报人如果不具备上述资格，需要有三位中学高级教师及以上资格的专家提供证明该教师具有完成该项区级课题资格的保证材料。

同一申报人不能同时承担两项区级课题。无正当理由不能如期完成所承担的区级课题者，自动丧失区级课题的再申报资格。

第四条　区级课题的申报与受理

区级课题每两年集中申报一次，由槐荫区教育科学规划领导小组办公室（以下简称“区规划办”）提前至少一个月发布申报通知，明确申报截止日期和各单位申报额数，同时提供《槐荫区教育科研项目申报表》。

各申报人可以向所在单位教育科研管理部门自愿申报，经单位初选，根据申报额数，择优申报。

区规划办集中受理各单位的申报。

第五条　区级课题的评审与立项

区规划办对所受理的课题进行登记造册和资格审查，并且根据申报课题，提出评审专家建议名单，报区规划办审核，由规划办审定后组成专家评审组，进行专家评审。

专家评审组依据科学性、实践性、先进性和针对性原则，根据公平、公正、择优的要求进行评审，提出评审意见和立项与否的明确建议，由区规划办讨论审核，报区教育局局长办公会议审定。

经局长办公会议审定的课题在槐荫教育网和《探索》报上予以公示，公示期满无异议者即为槐荫区教育科研正式立项课题。由区教育局发文公布正式立项课题，并由区规划办召开立项发布会向各课题组正式颁发立项证书。

第三章　课题的日常管理

第六条　课题管理机构及其职责

区规划办对区级课题负有管理职责，同时，遵循“管导结合”的原则，加强对区级课题的学术专业指导，帮助各课题组攻破研究难题。槐荫区教育科研区级课题实行分级管理。区级重点课题由区规划办直接管理；区级一般课题由区规划办和课题承担人所在单位教育科研管理部门共同管理，以本单位管理为主。所有区级课题的承担人都要按本办法有关规定做好课题的自我管理。

第七条　开题管理

课题负责人接到立项通知书后，应按要求及时确定具体的课题研究实施方案，在一个半月内组织开题。区级重点课题的开题应事先报告区规划办，并及时将实施方案和开题情况报区规划办存档。

第八条　中期管理

区级课题研究过程中的重要活动和重要阶段成果应及时报区规划办。每年年底，区规划办将进行学校教育科研工作年检，各单位教育科研管理部门要将区级课题的研究进展情况纳入年检，作出报告。区规划办将组织开展对区级重点课题的中期检查。

第九条　对课题负责人变动的管理

对课题负责人在本区范围内正常的工作调动所带来的变动，可以按以下三种办法处理：课题负责人能够将课题带到新单位继续完成的，可以带走；不能带走的，如原单位有人愿意继续承担完成，可以更换课题负责人；课题带不走，又没有人能够接替的，课题注销。以上三种办法均需课题负责人向区规划办提出书面申请，并报分管局长审核，获得批准后按相关办法处理。

第十条　对课题研究情况变动的管理

凡在课题研究过程中有下列变动情况的，须由课题负责人提出书面申请，经所在单位同意，报区规划办审核：

1. 不改变原有课题的研究方向，但对研究目标和研究内容作重大调整的；

2. 课题完成时间需延长一年以上的；

3. 因故无法继续进行课题研究的。

对未经批准，擅自进行上述变更的课题，将不予结题。

第十一条　课题的撤销

凡有下列情况之一者，由区规划办撤销课题：

1. 过程性资料匮乏，研究者对课题理解不深透；

2. 研究成果弄虚作假；

3. 研究成果学术质量低劣；

4. 与批准的课题设计严重不符；

5. 获准延期，但到期仍不能完成。

被撤销课题的课题负责人五年内不得申请新课题。

第四章　成果鉴定与验收

第十二条　成果鉴定

区级课题研究工作完成后，课题负责人应填写《槐荫区教育科学项目研究结题申请书》，其中区级重点课题由区规划办组织专家进行成果鉴定，或委托课题负责人所在单位组织专家鉴定；区级一般课题由课题负责人所在单位决定是否组织专家鉴定，并报区规划办审核。

区级课题的成果鉴定一般采取会议形式，也可以采取通讯形式进行。每个课题的鉴定专家一般为 3—5 人。

课题组提供的鉴定材料，应包括研究成果主件、必要的附件、研究工作报告及课题申请书复印件。采取会议鉴定方式的，研究成果的主件应提前两周提交给鉴定专家。

鉴定专家在认真通读研究成果的基础上，应对照课题申请书预期达到的目标，实事求是地对成果提出客观、公正、全面的鉴定意见。采取通讯鉴定方式的，鉴定专家应分别提出成果是否通过鉴定的明确意见书，由组织鉴定单位综合各位专家鉴定意见后，确定成果是否通过鉴定。采取会议鉴定方式的，由鉴定组确定是否通过鉴定，并提交会议鉴定书。

具备下列条件之一者可免于鉴定：

1. 研究成果由国家资质认定的出版社正式出版教育论著；

2. 研究成果获省市教育科研成果二等奖以上；

3. 成果提出的主要结论被区级以上教育行政部门明确吸收采纳；

4. 经区规划办审定并经区规划办批准召开全区性的成果展示现场会，获得正式评价的。

申请免于鉴定，应在填写《结题申请书》时说明理由，并附相关证明材料。

第十三条　结题验收

通过鉴定的或批准免于鉴定的课题，可向区规划办办理结题验收。确定不进行成果鉴定的，可在成果完成后直接办理结题验收。课题负责人应将课题最终成果 2 套、研究工作报告一并报区规划办，经验收合格，报分管局长审核后，由槐荫区教育科研规划办发给《槐荫区教育科学研究课题结题证书》。

第五章　科研成果的宣传、推广和评奖

第十四条　对教育科研成果的宣传与推广

区教育局、区规划办以及课题组所在单位，积极宣传、推广研究成果，促进教育科研成果转化成为实际的教育教学效益，充分发挥其在教育决策和教育改革中的作用。

充分利用报刊、网络等媒体，逐步建立相对稳定的成果宣传渠道。

区规划办和课题所在单位应积极帮助优秀成果出版。

对具有重要应用价值、重要学术意义的成果应及时上报上级科研部门，争取更高级别的立项。

区规划办将不定期召开课题成果报告会，发布研究成果信息，组织多种形式的专题培训或学术研讨，促进成果的应用推广。

第十五条　区级课题的成果评奖

槐荫区教育科研区级课题的成果纳入每三年一次的槐荫区教育局教育科研奖励评定。设立“教育科研优秀成果”“教育科研先进单位”“教育科研优秀管理者”三类奖项。每一个评奖周期将根据一定比例，确定获奖等级和数目，具体细则详见《槐荫区教育局教育科研评选奖励办法》。凡是通过其他渠道申请的市级以上课题，课题负责人以及所在单位愿意纳入区规划办管理的，也将一并参加槐荫区教育局教育科研奖励评定。

第六章　附　则

第十六条　本办法自 2012 年 1 月 1 日起施行。

附录二：

槐荫区教育科研优秀成果、先进单位及优秀管理者评选奖励办法

1. 指导思想

以科学发展观为指导，落实《槐荫区教育事业发展“十二五”规划纲要》和《槐荫区教育科学研究课题管理办法》等文件精神，参照《山东省教育科研先进单位、先进个人及优秀成果评选条件与组织实施办法》等相关要求，力争通过评价引领和典型带动，进一步增强全区教育工作者的科研意识，加快机制创新和实践探索的步伐，提高教育科学研究水平和成果质量，繁荣和发展我区教育科研事业，为推动我区教育逐步实现高位优质均衡发展做出更大贡献。

2. 评选内容及奖励办法

设立槐荫区教育科研“优秀成果”“先进单位”“优秀管理者”三类奖项，每三年作为一个评奖周期，分别按比例评比奖励。

（1）教育科研优秀成果

①申报对象

已在槐荫区及省、市教育科学规划领导小组办公室审批立项的规划课题及教师专项课题。

②申报类别及要求

A 课题研究类

评选范围：通过鉴定的区级及以上课题。

评选条件：

先进性——符合国家的教育方针，体现了先进的教育教学思想，有效地提高教育教学质量。

新颖性——创造性地实践先进的教育理论，开创提高教育教学质量的新方法、新途径。

科学性——综合运用教育理论和科学方法分析实验成果，尊重客观事实。

实用性——为教育决策提供理论支撑，对教育实践起到重要的推动作用。

逻辑性——论点明确，资料翔实，论证严密，逻辑性强。

研究成果须经过一年以上的实践检验，部分研究成果须正式发表、出版或在市区经验交流会上做过推广。

B 论文著作类

评选范围：在省级及以上专业杂志（或《济南教育》）上正式发表的体现课题研究成果的论文（2000 字以上）或正式出版的著作（不含论文集、习题集等）和电子出版物。

评选条件：

科学性——在教学实践的基础上，对教育教学或管理进行深入、系统的研究之后形成的优秀经验。

创新性——有真知灼见，提炼出自己独到而新颖的观点、见解。

实践性——体现从实践中来到实践中去的科研理念，具有较高应用价值。

逻辑性——论点明确，论据鲜活，思路清晰，条理清楚，格式规范，文字流畅。

多人合作的系列丛书，丛书参评以丛书主编为主申报，单册参评经丛书主编授权后以单册作者为主申报；合作完成的成果，以第一作者或主编为主申报；以单位署名的成果，不能以个人名义参评。

③评定奖次及赋分

教育科研优秀成果奖分设三个等次，由槐荫区教育局颁发证书表彰，同时，课题负责人及主要参与人员，在单位或教育局组织的职称评定、岗位竞聘、评优评先中享受相应赋分。

一等奖：第一申报人赋 3 分　第二申报人赋 2 分　第三申报人赋 1 分；

二等奖：第一申报人赋 2 分　第二申报人赋 1 分　第三申报人赋 0.5 分；

三等奖：第一申报人赋 0.5 分

④推选参评

凡经过槐荫区教育科学规划领导小组办公室组织评定的优秀成果一等奖，可获得向市及市级以上推荐参评优秀成果的资格。

⑤报审材料

《申报表》一式两份。课题类需提交研究报告、鉴定证书、发表或出版的成果、经验交流及其他相关的获奖证书等；论文著作类需提交发表的论文或出版著作、其他相关的获奖证书或被转载的杂志等。

（2）教育科研先进单位

①评选范围

槐荫区各中小学、幼儿园、中等职业学校。

②评选条件

科研组织。设科研机构，配有专兼职科研负责人。

科研制度。教育科研发展规划目标明确，措施具体；教育科研工作列入学年、学期重点工作；有课题申报、指导、评审等较为完善、规范的管理制度，并能落实到位。

科研管理。课题申报、论证、指导、结题、推广等工作规范有序，管理办法科学。

科研课题。至少主持一项科研课题并通过区级及以上规划办鉴定。

科研资料。有自编的教育科研信息资料；能较为有效地向教师提供必要的科研和学习资料。

科研档案。课题中期评估和过程性检查结果要记入档案，及时归档，并有效利用。

科研经费。学校有稳定的经费来源，主要用于课题研究，争取做到科研经费单列并逐年有所增长。

科研绩效。形成较为浓厚的科研和教育理论学习氛围，从领导到教师都有较强的科研意识；在省级及以上专业刊物（或《济南教育》）发表的论文不少于5篇；至少有两项区级以上课题通过鉴定，有一项成果获得区级及以上优秀成果一等奖。

③报审材料

《申报表》一式两份。承担区级及以上全部规划课题的鉴定证书。科研组织、制度、管理、档案、经费和课题研究及绩效等方面的介绍材料及相关证明材料。在专业刊物上正式发表的论文。优质课程资源获奖证书。

④奖励

经槐荫区教育科学规划领导小组办公室组织评选的教育科研先进单位，由槐荫区教育局授牌表彰并奖励。

（3）教育科研优秀管理者

①评选范围

槐荫区各中小学、幼儿园、中等职业学校的校（园）长及副校（园）长及教科室主任。

②评选条件

政治思想方面。认真学习科学发展观，忠诚党的教育事业；有强烈的事业心和责任感，师德高尚，为人师表，爱岗敬业；勤奋博学，治教严谨，具有团结协作、改革创新的精神；热爱教育科研工作。

科研管理及成效方面。主持或参与单位教育科研的规划、组织和协调工作；自觉落实教育科研规章制度；参与本单位课题的申报、论证、检查和推广；主持或参与区级以上（含地区级）科研课题并结题；至少在市级及以上专业杂志（或《济南教育》）发表论文2篇；至少获得过一项区级以上（含区级）优秀成果奖。

引领帮携方面。主动进行学习和研究，积极指导教师开展教育科研活动；在校内外组织科研主题讲座或开展科研交流活动不少于3次。积极为各级领导和教师提供信息服务，主动宣传教育科研，为学校教育科研的发展献计献策。

③报审材料

《申报表》一式两份。在政治思想、科研管理及成效和引领帮携方面的介绍材料或相关证明材料。承担或参与区级及以上科研课题的鉴定证书，在市级及以上专业杂志发表的科研论文，组织科研主题讲座或开展科研交流活动的证明，其他科研获奖或荣誉证书。

④奖励

经槐荫区教育科学规划领导小组办公室组织评选的教育科研优秀管理者，由槐荫区教育局颁发证书表彰，并享有教育科研优秀成果一等奖同等赋分。

3. 组织实施

评选工作由槐荫区教育局教科室负责，区教育科学规划领导小组办公室具体组织实施。坚持公正、公平、公开的原则，过程性评价与终结性评价相结合。

各类获奖项目由槐荫区教育科学规划领导小组办公室组织专家学术委员会评审，报槐荫区教育局表彰。

4. 附则

（1）三项奖励比例按一个周期内报送参评成果及参评者的实际情况确立

（2）赋分比照省、市课题研究成果鉴定在职称竞聘及其他评定中的赋分权重设置，最终解释权归教育局人事科

5. 本办法自2012年1月1日起施行

第四篇

栾树花语

有这样一种树：

生芽较晚，过了三月，才有稀疏的叶芽露头。纤枝如画，有些晚起倚栏的慵懒，又有些不忍遮了树下晒暖的人们的阳光。嫩芽们在懒洋洋的春光里渐渐长大，渐渐地由红变绿。那碧翠的叶，就像一片片绿色的羽毛。夏日大蓬大蓬地绿着，为休憩的人们带来清凉的绿荫，也为自己奔放着生命的旋律，尽情享受着生命，甚至忘了开花，忘了结果。

直到瑟瑟秋风起，萧萧秋雨下，叹息的人猛然抬头，竟发现它热烈地开花了。细小的花朵，金黄色，水分足，鲜丽地簇拥在一起，不断增多，很快如蜂巢里的蜜蜂一样密集。花朵不是一次全冒出来的，似乎是前后呼应着，依次在枝头膨胀。最热烈时，树冠的一半或者更多都是一团一团浮动的黄花，大簇大簇的金黄，堪比骄阳的颜色。

挂着一身口袋，直到深秋，都是火焰的颜色，似乎在口袋里点着一盏灯。这些口袋，不装走一滴水，不装走一丝风——它不是在索取，而是在给予。一场寒霜，又一场寒霜，时候到了，口袋打开，里头，是数粒红豆。

这就是栾树。

有这样一群人：

为了推动槐荫教育的发展，活跃在教育前沿，奔走在教学一线，为了给槐荫孩子提供更好的教育，默默耕耘。

这就是槐荫教育者。

2015 年的秋季，槐荫教育改革的果实已累累地缀满枝头；

2015 年的秋季，槐荫的课堂已渐显积累、发展后的美丽；

2015 年的秋季，课改先锋化茧成蝶，绽放光彩；

2015 年的秋季，让我们共同感受革新者的付出与收获！

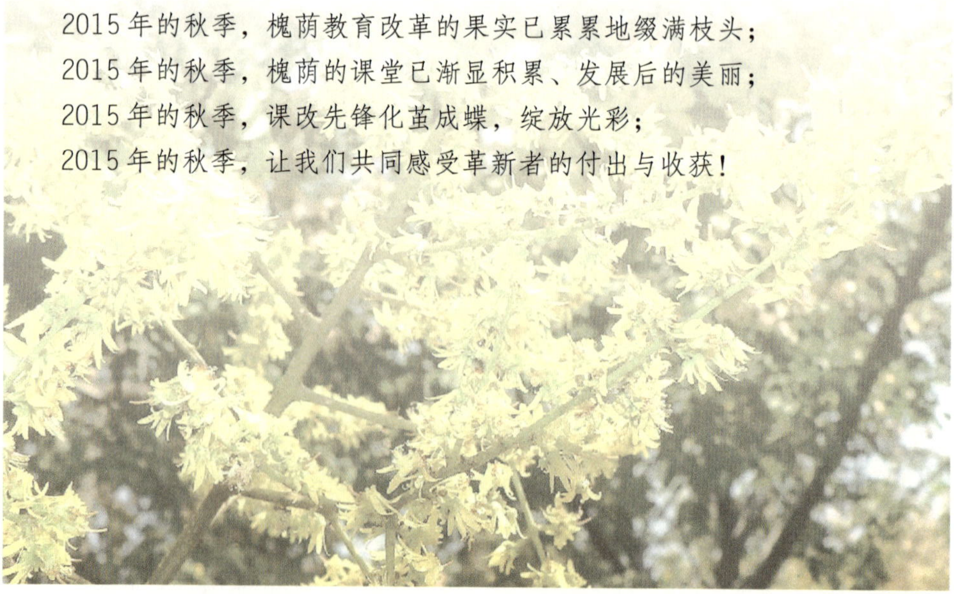

一、春绿纤条映翩红

“忽如一夜春风来，千树万树梨花开”。2010年的春天，似乎来得格外早。春意盎然中，槐荫区关于课堂教学模式的变革，也在厚积薄发地萌芽，轰轰烈烈地展开，万般风景，皆在路上……

（一）风景这边独好

1.“小荷才露尖尖角”——改革主题研究的初步确立

2009年3月，机场小学数学学科开始尝试“双自主”教学，它像一股新鲜血液注入了数学教师的心田，拉开了学校课堂改革的序幕。几位数学老师在全体教师会上交流了关于“双自主”教学的感受，充满活力的课堂变化，引起其他学科教师极大震动。

2010年3月，李卫东副局长在槐荫区区域推进课堂教学改革动员大会上的讲话——《让每一位教师面向变革》，更像一股春风吹遍了槐荫教育的各个角落。李局长激情澎湃、深入人心的讲话掀起了槐荫课堂改革的高潮，机场小学领导带领全体教师认真学习了讲话内容，备受启迪和鼓舞，进一步认识到课堂教学改革势在必行！当前课堂教学效率普遍不高，究其原因是它存在着很大的弊端，只有把新思想、新观念真正融入教师的脑海中，并真正付之于行动中，在“教好、教会”，“学好、学会”上下功夫，落实学生的主体地位，强化教师的主导地位，其生命之树才能常青。

改革不是否定传统，而是溯本清源、立志创新。机场小学处于槐荫区西部，是一所地处城乡结合部的学校。据调查统计，学生父母是附近村民的占27.8%，外来务工占58.8%，学历较高且工作稳定的仅占13.4%。生源普遍较差，因为大部分学生的父母忙于生计，经常早出晚归，对孩子无暇管理。根据这种实际情况，学校认为培养学生参与互助，学会学习是最关键的。于是初步确立了“参与互助、学会学习”的课堂改革主题。

课堂改革的思路为：以设疑激趣为先导；以思维训练为核心；以学习方式变革为关键；以精讲精练为策略；以学生参与互助为途径；以学会学习为目标，从

而达到课堂教学的有效性。各学科教师纷纷从自己的学科特点出发，大张旗鼓地尝试探索课堂教学改革。

2.“折得疏梅香满袖”——改革主题研究的行动策略、研究内容

体现“参与互助”，就要在调动学生的积极性、主动性下功夫，激发学生参与的兴趣及热情，给学生充分的思维时间和空间，去尝试、合作、交流、发现，真正培养学生的问题意识、合作意识、表现意识、创新意识、反思意识等，从根本上转变教学理念。“学会学习”则要求教师结合学生实际、教学内容、单元特点，设计合理、全面、准确的三维教学目标，恰当运用教学手段、教学方法、教学策略等树立学生学习的自信心，教给学生学习的方法，使学生“学会、会学”。只有让各个要素从不同的角度综合发挥作用，有机融合，相辅相成，形成有效的教学综合力，才能形成有效的课堂教学。

（1）明确师生关系

教学的核心是学生主动学习、学会学习，学生的主体地位和教师的主导地位并重，这是教学改革的基本方向。明确学生是教育活动的中心，学生学的不只是符号化的知识，而是知识与能力融合。教师不能只醉心于让学生最大限度地掌握知识，更要重视能力、方法和情感的培养，这才是学生最为需要的。

（2）调整课堂结构

课堂教学结构是否优化，直接关系到一节课的教学目标能否完成以及能否调动学生的学习积极性。课堂教学结构不是固定不变的，而是随教学目标、教学策略、学习评价的不同而变化的。

经讨论，机场小学将课堂教学结构初步设计为“三阶段六环节”模式。图示：

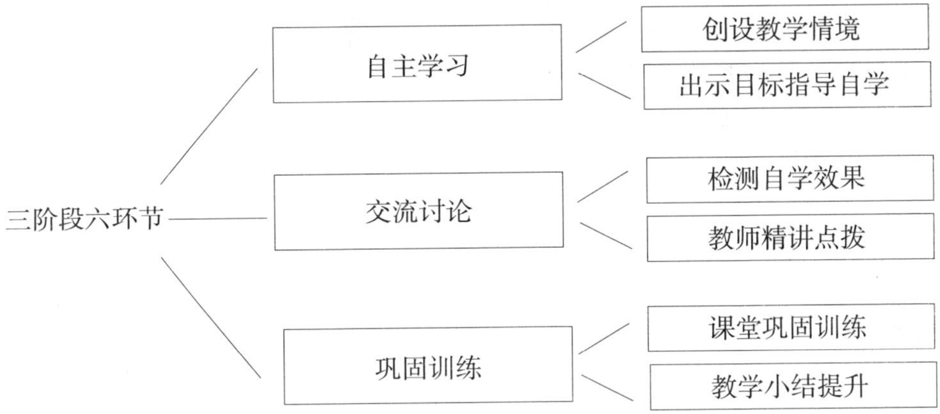

要求教师注意结合本学科特点，灵活地进行课堂教学改革实验，不要生搬硬套。其中“教师精讲点拨”不超过 15 分钟。要设计课堂中的“讲点”。要了解学情，注意把握讲的时机、讲的方法、讲的分寸、讲的实效，要讲在学生体验不到位时；讲在学生探究不出时；讲在理论升华不到位时；讲在组织学生活动时。

（3）确定教学方式

合作学习是新课标倡导的学习方式，但不能成为新课堂的标志。对于合作学习的方式，要认清它具有的复杂的内容和严格的要求。

首先，明确合作学习的目的。合作学习是通过学生之间的合作交往互动来达成教学目标的。课堂上要选择思考性、开放性较强，凭一个人力量难以考虑周全的问题安排给学生作为合作学习的任务。

其次，根据学生的实际情况确定分组。分组也需要老师的智慧，根据学习成绩、学习习惯、性格特点等进行分组，可 5 人或 6 人一小组。每组内都有不同层次的学生，明确分工，起好组名。尽量保证组内成员的和谐、团结、上进。

第三，奏好合作三部曲。第一部——前奏：让学生明确合作的要求即干什么和怎样干。第二部——序曲：合作交流前，要留有空白，让学生有一定的时间独立思考、自主探索和发现，小组合作时就能充分展示自己的理解和认识，从而提高合作的实效。第三部——进行曲：交流评价，组内分工，全班汇报。

第四，合作时体现教师的主导性作用。教师要对教学任务了然于心，对重点、难点深度把握，对学生学习状态准确掌控，带领学生遨游于知识的海洋，触发学生思维的碰撞，让学习变成学生的内在需求，从而使他们体会到学习带来的愉悦！

（4）更新评价机制

①对学生的评价

评价内容多样化。评价目标从智力因素和非智力因素两方面入手，必须重视对学生在学习时所表现的情感、态度、价值观等非智力因素的评价。鼓励教师从各个小组作业完成、书写质量、回答问题、遵守纪律、学习习惯、小组合作等方面进行评价。

评价主体多元化。对学生的评价，可以让学生、家长、同学、老师四者同时参与评价；对老师的评价，可以用自评、他人评、学生评、学校评四者相结合。对学生的评价重在真实、鼓励。

评价形式形象化。教室布置要体现学生、教师的个性化感受，营造一个学生喜欢的学习环境；班队组织以培养学生自主性，自律性为主要目标。语文、数学、英语要根据学科实际需要设计评价形式。评价专栏要求色彩明丽、条目清晰、生动有趣。学校做到定期检查、评比。

②对教师的评价

修订课堂评价标准。从教师的教，学生的学，教学效果三方面进行评价，侧重课堂要素的评价，关注教师的引导、调拨作用，学生的主动参与、合作探究，及课堂效果的评价，使课改的方向更加明确。

评选课改优秀级部。每学期根据各级部成员参与课改的业绩，评选出学校优秀级部，提高团结合作意识，促进老师们的共同发展。

坚持课改之星的评选活动。学校每学期评定一次，对在课堂改革中做出突出贡献的教师、管理者给予一定的奖励，优先评聘、外出考察学习。

（5）保证措施

要使学校课改工作积极、健康、有序、高效运作，学校应当建立校本培训，校本教研制度。通过制度促进沟通与合作，形成人人参与课改、服务课改、指导课改、督促课改的浓烈氛围。

进一步完善相关教学管理制度。增加制度的合理性、科学性、可操作性，完善校本教研制度，教师学习制度，骨干教师管理制度、教研管理制度。重视教研组长的选拔任用，加强集体说课备课活动，优化教研组研究课，加强教学研究的实效性等。

提供宣传平台。对学校的课改实验情况及时通过各种媒体传递宣传信息：电视媒体、新闻报刊、网络平台“槐荫教育网”、校报《视野》，搞好课改的宣传报道工作。鼓励全体师生把自己在课改实验工作学习中的经验、教训、感受、体会等整理成文发表在“魅力机场”博客圈上，共同探讨，共享经验，共同提高，共创和谐。

与研究课题紧密结合。引导、鼓励教师针对教学中的困惑、思索审报各级各类课题，加强深入研究的力度，以此推动课改的顺利进行。目前我校已被市、区教科所立项的语文、数学、英语、科学等课题有七项。抓住“参与互助，学会学习”主题，进行不断的实践与探索，突出教师有效的教和学生快乐的学。

3.“新荷漫沼叶田田”——改革主题研究的实施效果

（1）课改展现学校的良好形象

2010年12月，机场小学承办了槐荫区课堂改革现场会，各学科教师通过各种形式呈现了教育者在改革中的心路历程：由困惑无序，到交流探索，再到总结提升。数学教学中的“一号工程”；语文习作教学中的“多元评价”；书法教学中的“看、讲、练、评、赏”五字教学

策略；英语教学中的多元整合，文本再构，打造句、文、境合并呈现的语境式课堂教学；艺体教学中的“人人都能成功”……一朵朵课改春风中的娇艳花朵，悄然绽放在机场小学。

（2）课改为师生提供茁壮成长的沃土

学生的发展：学生的学习热情比以前高涨了，举手回答问题的比以往多了，回答问题的质量高了。学生的参与度由原来的40%左右提高到了现在的85%以上，学生的合作交往能力、思维表达能力、自主学习能力逐渐形成，学习习惯、学习方法、学习成绩都有了鲜明的提高。

教师的发展：课改提升了全体老师们的素质。在2011年3月槐荫区第一届全体教师素质大赛中，学校以优异的成绩荣获团体一等奖，其中语文、数学、英语、信息技术荣获学科团体一等奖，体育、品生品社、健教荣获学科团体二等奖，展现了学校教师良好的素质。

课程建设：多年来的探索与实践，使学校逐步形成了“推进课程建设，凸显学校特色”的课程建设指导思想。学校成功争创了首批济南市新课改先进单位和校园文化建设示范学校，并在今后五年学校规划中，继续落实“创建优质学校，发展学校文化，塑造优秀教师，培育合格学生”的总目标。

改革不是突击冒进，而是立足长远，循序渐进。区域推进课堂教学改革是一项复杂而又艰巨的任务，具有持久性、反复性。学校将以一种追求卓越的精神风貌，坚定信心，解放思想，真抓实干，让更多的学生在高效、和谐、愉快的课堂上成就自我，铸就成功！

从“小荷才露尖尖角”到“新荷漫沼叶田田”，从“折得疏梅香满袖”到“万紫千红春满园”是多么美好的情境变化！在课堂改革的路上，机场人虽知脚下道路崎岖，但又将永不停步，努力前行！

（二）让行走的脚步更坚实

众所周知，学生的天性是活动、游戏与娱乐，智慧是玩出来的而不是教出来的。传统课堂上，过多强调学生的天职是学习，甚至将其与天性对立了起来，而忽略了二者之间并不是矛盾的。因此，如何从学生的天性和天职二者关系的重建入手，以天性引天职，以天职促天性，将各种儿童剧活动引入课堂，让学生的兴趣在课堂生活中扎根，就成为了泉城花园小学教学改革的切入点。早在2010年，学校就确定了《城乡结合部小学儿童剧学校课程开发与实施研究》课题，2011 年被市教育科学规划办立项为“十二五”市级规划课题。“以课题为纽带，将儿童剧表演因素引入各科课堂，构建童趣盎然的生态课堂”，成为了该校教学改革的美好愿景。

1. 课改背景分析

泉城花园小学地处城乡结合地区，学生家长多忙于生计，家庭教育力量相对薄弱，无暇顾及孩子的现象较为突出。这一因素的存在直接导致了学生们的生活环境相对封闭，课余时间缺乏合理的安排与管理，学生在合作、沟通、自信心、语言表达能力等方面相对薄弱，对学习缺乏兴趣。针对这一现状，学校进行了积极而有益的尝试，进行了正确的引领，将符合学生发展内在需求，有利于促进学生健康成长的儿童剧作为学校课程，并成立了省内首个济南市儿童艺术剧院实践基地。

同时，该校是一所新建学校，每年都有来自四面八方、不同年龄、不同层次的教师加入，青年教师的比重比较大，具有较强的改革创新意识，容易接受新生事物，这为儿童剧表演因素进课堂的落地实施提供了另一个重要的优势条件。

2. 课改要素阐述

儿童剧表演因素是指在儿童剧表演中，演员为使观众达到对剧情的深入理解与体会，借助自身语言、肢体动作、表情神态等演绎人物性格特点和思想感情的手段。学校的课改目标设定是在各学科充分挖掘本学科教材特点的基础上，将儿童剧的诸多表演因素引入课堂，通过教师引导和学生创编，选取适当的教学内容和教学环节以表演的形式展示出来，以激发学生的学习兴趣、突破教学的重点和难点。以便于更好地达成教学目标，同时丰富师生的人文素养，培养师生的审美情趣等。需要特别指出的是，它不是为“观众”（教师、学生）而演出，也不是排演成熟后的成果展示。而是作为一种特殊的教学手段，由师生共同参与设计、欣赏和评议，在实践过程中进一步理解教材，提高学生的学习兴趣。

3. 课改实施回眸

（1）打造校园文化，创设课改氛围

为创设课改氛围，学校精心选取国内外儿童经典剧目的海报、卡通形象来美化装扮校园、教室，并辅之以优美的文字介绍，将经典的儿童剧目形象烙印在师

生脑海中，让师生一踏入校园便仿佛走入了儿童剧的天地。让学生在教师的引导下，在各个学科的课堂上，自觉地实现儿童剧表演因素与教材的融合与生成。

（2）依托学校课程，搭建实践平台

为将儿童剧表演因素引入课堂，学校依托儿童剧相关活动，搭建实践平台。早在2010年，学校就开发了“语言表演”学校课程，后来又发展为“儿童剧”学校课程。每班每周专门开设一节，纳入课程计划，排入课表并聘请济南儿童艺术剧院的专业演员授课，指导学生表演的基本功。学生在儿童剧课堂上，不断增强着对儿童剧表演因素的理解，加深着对表演的体会，同时学会了合作，学会了为共同目标担负起相应的责任，为将儿童剧表演因素引进课堂做好了铺垫。

（3）成立星剧社团，历练表演功底

为夯实学生的表演功底，学校开展了一系列饶有趣味的活动。如故事比赛、诗文朗诵、即兴创作、小品表演、与剧作家交流、影视欣赏、挑战编剧、主题剧目征集等活动。2011年，又成立了儿童星剧社，孩子们可以利用业余时间在社团指导老师的指导下，进行儿童剧的表演、创编活动。一系列的活动，为学生提供了广阔的锻炼舞台，让学生在各个学科

课堂上的表演形成了水到渠成的良好态势。

（4）邀请专家学者，进行培训指导

课改中，学校重视对各学科教师进行引领，形成良好的学习创新氛围，促成各学科教师积极探究教材，探求教材与儿童剧表演各因素的契合点，避免生搬硬套、简单拼接的教学行动。同时邀请优秀儿童剧作家、演员、教科研专家等为教师进行专题讲座，深入课堂指导；派学校的骨干教师外出接受培训；有效开展各学科教师儿童剧表演沙龙活动，提供相关书籍、场地，定时开展交流、教研等活动。

（5）筛课、磨课、上课，层层推进实施

① 集体研讨，筛定适合课改课例。儿童剧因素进课堂，并不是完全适用于各个学科的每篇教材，也并不完全适用于课堂教学中的每个环节。课堂中决不能为了表演而表演，带着表演的包袱去死搬硬套。那么，什么样的教学内容，什么样的教学环节适合学生去表演、体验，才能激发起他们的学习兴趣，达到最佳的学习效果呢？课改初期，学校发挥教研组智慧，先集中对所教学科的教材进行全面梳理和筛选，找出本册教材内适合引入儿童剧表演因素的课例，然后对其进行论证，达成共识后，为这些教材进行标注与整理。

②磨课探讨，寻求最佳引入方式。教材内容框定后，如何进行有效实施就成了当务之急。学校采取了抓典型课例，以点带面的做法。首先针对此课例进行集体备

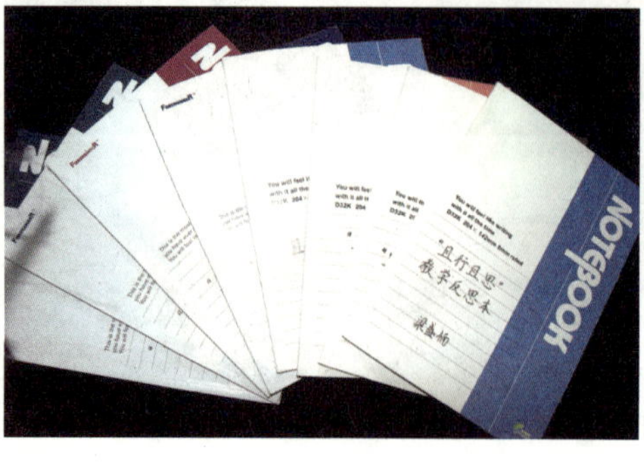

课、讨论，确定本课例中引入儿童剧表演因素的教学环节、形式及内容。然后指定专人进行课堂教学，教研组全员全程听课，针对教学中儿童剧表演因素引入的时机、表演形式及达成的教学效果进行观察、记录。课后再集中进行评价、修改及论证，最后再通过教研组其他成员上课进行验证。有时一个课例的打磨要经历“三磨三上”才达到较好的预期效果。

③上课体验，实现课改成果共享。典型案例磨课成功后，教研组成员便可借鉴本学科的成功案例，或照猫画虎，或移花接木，或举一反三，或拓展延伸，将研究成果直接或变通后运用于自己的课堂，实现了教研成果利益最大化，体现了研究成果的共享、传承和发展。

④教学反思，及时记录点滴收获。撰写教学反思的意义早已众所周知。为此，学校建立了“且行且思”教学反思本，请老师们及时将课改中的点滴思考和做法进行记录、梳理与提炼，为形成系统的教学观点和模式积累第一手资料。反思本由教导处月底统一检查、批阅，并根据撰写质量进行评价。

（6）设定序列活动，确保夯实深入

学校先后开展了“今日课堂关注”、“行走式教研”活动、“教师成长论坛”、“教师读书沙龙”、撰写“且行且思”教学反思、推行典型案例、评选课改论文等一系列活动。每学期都按照学科教研—教师论坛—集体磨课—教学研讨—观课评课—经验撰写的序列化层层推进，推动课堂教学改革的顺利铺开。

4. 课改之路撷英

多年来，教师对儿童剧在学科中的实现方式做了大量的探索，并创造了一些属于自己特色和专利的教学方式。

如王钰老师认为：“将儿童剧中的表演因素纳入语文课堂，其表演过程也是琢磨课文、推敲语言、体会情感并如何‘形诸于外’的排演过程。我们把它作为教学中的一种手段，一种深读课文，感受语言含义，提高学习兴趣、阅读能力和审美情操的手段。”付吉鹏老师认为：“儿童剧中的表演因素纳入数学课堂激活了数学的生活化，激活了教材中数学生活化的内容，使学生在做数学的过程中学会了学习。如《确定方位》的教学，可以让学生扮演小导游，结合具体方位，为大家介绍标志性建筑；《相遇问题》中可以通过学生情景表演理解相遇、相距、两地等关键词。”

儿童剧中的表演因素纳入课堂教学之后，不仅把学生的日常学习兴趣激活了，同时也将学生的生活经验作为一种重要的学习资源纳入了学生的学习之中，拓展了学生的想象力。如语文老师梁圆圆认为“儿童剧表演的过程是一个动态的创造过程，有时还表现在对课文的再创造上。在《小木偶的故事》一文中，可以将续编《小木偶的故事》穿插在课堂教学中。通过联系自身的生活经验等，续编情节，将《小木偶的故事》延展下去，走进学生的生活中”。

二、蓬冠苍穹更庇荫

《活力课堂》书中有这样一句令人触目惊心的话："21世纪，最困难也是最有价值的事就是让教师闭上他的嘴。"应该"将时间权还给学生，将学习权还给学生，将话语权还给学生，将探究权还给学生，将教学权还给学生"。

（一）花儿朵朵开

为真正做到语文教学能"面向全体，以学为主，提高学生的语文素养，重塑学生鲜活的言语生命"，济微中学语文教研组经过长时间的探索、归纳和提升，把"一体双翼"作为语文的教学模式。"一体"指的是"以学生的合作学习为主体"，"双翼"指的是"阅读教学和写作教学"。

1. 阅读课教学——腹有诗书气自华

首先是经典诵读教学。经过近几年的研讨探索，经典诵读活动已经日趋完善，形成了较为系统的经典诵读教材，既结合课内又联系课外。以前在实施时存在的最大的困惑就是监督检查，老师逐个检查是不可能的，现在教师采取了两级组长管理制：四人一个小组，选出一名组长，检查其他小组成员的背诵；八人一个大组，选出一名大组长，检查小组长的背诵以及其他组员的背诵情况，并进行组与组之间的竞争意识，调动学生背诵的积极性，收到了很好的效果。

其次是名著阅读教学。让孩子"好读书、读好书"已经成为了一条颠扑不破的真理，语文教师的重要职责就是引领学生爱上读书、学会读书。现在的阅读课教学还处于一个摸索阶段，存在阅读书目序列性不够清晰，缺少指导，检查监督力度不到位的现象。为解决这一问题，学校组织老师到济南外国语学校参加了读书交流会。会后，组内进行讨论、研究，结合学生的实际情况，提出了举行"读书漂流活动"的设想，书籍的选择，名著导读课和交流展示课的设计，读书的监

督及考查等都是教研重点。

再次是日常的课文阅读教学。在这一方面，语文教研组的改革力度较小，瞻前顾后，总有很多的担心。后来语文老师在区教育局培训中心接受了“亲密之旅”培训，在这次培训中，培训教师又重新回到学生时代，设身处地感受一个学生的喜恶。给教师感触最深的是北京专家分小组合作培训的形式，这是老师们以前没有经历过的。专家经常提出一个话题，让小组讨论，然后小组派代表汇报讨论结果。过程中，只要小组合作交流，会场马上就沸腾起来，学员们你一言我一语，既主动又愉悦。小组轮流展示时，每个学员都积极主动，回答精彩纷呈，既轻松又愉快，这样效率自然是高的。培训结束以后，培训教师深深反思自己的课堂教学：课堂上给了学生多少交流的机会？多少表达的机会？自己滔滔不绝的讲解学生到底能接受多少？有多少孩子在课堂上一直是一个看客？

小组合作教学势在必行。老师们需要大胆放手，以充分保证学生在课堂中的主体地位和自主性。组内教师通过日常听课活动了解到，在课文阅读教学小组合作学习时存在以下疑惑：

（1）合作机会少，学生自主学习的时间短，老师占据课堂的时间多。

（2）合作学习的主体建构不够科学。现实教学中，老师们常常看到优生活跃的身影，他们成了主角，而后进生总是默默地听，成了名副其实的配角，有的完全成了局外人，出现了“假合作”的现象。

（3）合作的时机把握不准确。合作学习存在一个时机问题，即什么时候该用，什么时候不该用。教师要选取合适的问题让学生讨论。

（4）教师调控不利。小组合作时，经常会遇到这样的问题：有的组为谁记录谁发言的问题争论，有的组却保持沉默；有的组讨论起来了，可能还是别的话题。所以教师的积极调控、合理引导就显得尤为重要。

针对以上问题，语文教研组通过调查问卷、座谈交流、查阅资料等方式进行了初步的探索：

按座位组成的小组，是较为常见的组织形式。但这样的合作小组，座位与成员相对固定，容易形成优秀生主宰，学困生长期扮演接受者的角色，养成依赖的思维定势的情况，难以保证促进全体学生参与学习过程，共同得到提高。注意小组活动的变通性无疑是解决这一问题，提高异质组合作学习有效性的一个途径。

语文组老师是这样变通的：

成员分工汇报。语文是一门具有综合性特色的学科，它为多层次地开展合作小组学习提供了良好的基础。异质合作小组的成员组成，是将不同水平的学生进行混编。教学时可将具体的学习任务分解，明确指定给相应的小组成员。每个成员必须各自完成自己的学习任务，并有机地将各自的学习成果组合后，圆满达到学习目标。汇报时每人负责阐述自己负责的那个部分，并力争将这个学习成果融入整个学习小组的成果中，为提升整个学习小组的学习水平而努力。

组员优先制。由于学习基础、认知水平等方面的原因，有些学生在面对接受新知识、归纳分析等学习任务时，往往需要更多思考和准备的时间。如果一味地强调优等生的作用，无视这种“时间差”的存在，久而久之，这部分学生就会在优等生的滔滔不绝中放弃了主动学习的权利和机会，合作学习的有效性也就无从谈起。

大胆放手给学生。教师在备课时，充分考虑学情，并对新课内容进行分类，明确哪些是学生通过自学就能学会的，哪些是需要学生进行合作交流才能明确的，哪些是需要教师讲学生才会的。只有这样，才能把时间真正地还给学生，把课堂的主体地位还给学生，并且能够把握小组合作的良好时机。当然，这样对老师的备课过程就提出了很高的要求。

在改革的过程中，出现了问题，遇到了困惑，并不可怕，这正是下一步工作的核心和努力的方向。所以如何完善小组合作教学也是语文组内老师下学期教研活动重点研讨的话题，扎实组织集体备课与听评课活动，探寻高效的合作学习模式，真正实现“百花齐放春满园”的可喜景象。

2. 写作课教学——小荷才露尖尖角

（1）作文教学的优势。

济微学校的作文教学一直拥有骄人的成绩，很多老师在作文指导方面有自己的特色，但存在作文教学序列性不够清晰的困惑。于是每学期三个年级备课组都在上一级的基础上总结经验、吸取教训，在作文教学的序列化上进行着不断地研究与探索。老师们还在作文指导课上要求学友之间畅谈作文设想，并互相提出建议，使

学生作文主题正、选材准、构思新。在作文批改课上，学生互相批改作文，提出诚恳的修改意见，经常会出现双方各持己见、争得面红耳赤的情况，提升了学生的作文修改能力。教师在各小组间穿梭，帮助他们答疑释惑。这样真正体现了学生的主体地位。在下学期，济微语文组还想继续推行这种小组合作式作文教学，并力求不断完善。

（2）文学社团的建构

语文老师发现学生写作热情的调动只靠课堂教学还远远不够，开辟第二课堂势在必行。本学期在学校领导的鼓励与支持下，在所有语文老师的精心筹备下，济微中学“倾听文学社”成立了。社团秉承“倾听花开花落，抒写你我风采”的精神，以营造济微校园文化氛围，扩大学生创作视野，提高学生写作水平为宗旨，为广大文学爱好者提供自由平台，来达到“以心灵接近文学，以文学净化心灵”的境界。

文学社的组建与经营对所有的语文老师都是一个全新的挑战：一切从零开始，一路摸索前行，脚步蹒跚，荆棘丛生。但语文老师坚信这条路是正确的，倾听文学社现在有 60 名社员组成，在这段时间里，七八年级的分社各自定期举行集会，经过个人报名、指导教师推荐、候选人演讲、全体社员投票等严格的程序，确定了七八年级文学社的领导班子，文学社领导班子的成立为加强组织管理、增强社团凝聚力提供了有力的保障。

在倾听文学社成立之初，文学社老师就迎来了巨大的挑战——《倾听》杂志初中版的编辑与出版工作。在全校师生的共同努力下，散发着淡淡墨香的《倾听》终于与大家见面了，校刊的编辑凝结了整个文学社老师的心血和学生火热的投稿热情。校刊分为《风在枝头》《四季物语》《真情港湾》《书香缕缕》等几个栏目。篇篇文章都是学生用心写来的和教师精心选编而来的。文学社的老师力争把校刊《倾听》打造成一本能反映济微中学风采和书香校园的刊物。校刊的出版给予了学生展示写作作品的平台，也为学生搭建一个用文章来彼此交流的空间。倾

听文学社才刚刚起步，社团建设仍然存在着一些有待完善的方面。例如文学社团活动的序列性问题，如何以文学社成员辐射带动其他学生写作热情问题，如何打造文学社特色问题等等。

以合作学习为“体”，以阅读与写作为“两翼”，充分概括了老师们教学教研的方向与精髓，济微语文老师唯有在这浩瀚的教海中乘风破浪、勇于开拓，才能在课程改革的礁石上激起一朵朵美丽的浪花！

（二）一花一世界，一叶一天堂

一路走来，三尺讲台，青涩困惑，迷雾中摸索；课堂改革，旭日初升，点亮朝露；实践探索，背起行囊，不问路程，只看风景……有人说教师是“叶的事业”，李晓霞老师想说，在“叶”的世界里，课堂是“叶”的天堂，课堂教学改革就是“叶”的乐园。让我们一同走进李老师的课堂改革，一起感受那“一花一世界，一叶一天堂”。

“你幸福吗？”时下街谈巷议，这句话耳熟能详。兴济小学李晓霞老师常常问自己同样的问题，答案却不置可否。人生有太多的羁绊，不是这么简单就可以回答的。然而作为一名小学语文教师，可以清晰明确作答的是：在语文课堂上的李老师是幸福的，巧遇课堂教学改革的李老师更是幸福的！

1. 生命中不可承受之“轻”

曾几何时，膜拜于激情四射、感人肺腑的课堂，陶醉于教师精美动情的语言，把学生的感动与眼泪，作为成功的标准。然而一个契机却完全颠覆了她这种浅薄的认识。

那一年，兴济小学开始了如火如荼的教学改革。在校领导和骨干老师的反复研究下，学校提出了“会倾听、会交流、会思考、会表达、会合作”的“五会”课堂改革策略。一石激起千层浪，这股热浪也在她的心中激荡。这给了李老师一个审视课堂、审视自身的机会。比照“五会”策略，她开始问自己：是啊，激情的课堂里学生的确是动情了，可是他们学到了多少知识，掌握了多少技能？学生学会认真倾听了吗？能够流畅交流吗？有思考的广度和深度吗？表达意见是随心所欲的吗？……如果仅仅是赚来了几滴眼泪，那么这种语文课又有多少价值呢？比照的结果让李老师汗颜：课堂上的她费尽心思用华丽的语言，热烈的感情来渲染、激发，一开始学生还动情、动心，课堂气氛很热烈，学生们也都很投入。可是时间一长，学生们就好像麻木了一样，任凭李老师怎样“慷慨激昂”，下面都是一片让她难堪的死寂。课堂氛围出现了一种非常“怪诞”的现象，教师忙活得“大汗淋漓”，学生们却气定神闲、岿然不动。课堂上举起来的小手越来越少了，课堂效率也大大降低了，这种状况别说是达成“五会”了，有时甚至连既定的教学目标也不能完成。这让李老师心急如焚，前所未有地感到了自己课堂的“轻”和“薄”。而这种“轻”和“薄”，是她这个热血翻涌的青年教师无法忍耐，不可承受的。于是，她尝试着改变，探索更有利于学生“五会”发展的语文课堂。

2. 恰如“金风”与“玉露”的相逢

（1）学习中思索

学习别人的经验也许是最有效的改革途径。于是，李老师开始发奋学习。窦桂梅的情境教学，于永正的诗意语文……学习，在她眼前展开了一个更为广阔的天地，也再一次让她更深入地思考“五会”的根源。

“五会”看似是对学生提出的要求，但其实是对老师转变教育教学观念提出

的要求。“五会”的课堂教学策略实际上是教学目标达成度的评价标准。如何能达成“五会”的目标，依靠的依然是教师对课堂的驾驭和设计。经过反复思索和论证，李老师发现，提高课堂效率，更高效地实现课时教学目标是达成“五会”较为有效的途径之一。

“高效课堂”的提出并不新奇，但如何实现“高效课堂”却是大家一直探索研究的难题之一。确定了课题，李老师更加充满信心，在课堂教学改革的道路上，她迈出了第一步。

（2）实践中探索

渐渐地，李老师的语文课褪去了华丽的外衣，舍弃了炫美辞藻的堆砌，致力于基础知识与基本技能的训练与培养。有时候一堂课上，她会把重点放在对重点段落的指导朗读上；有时候，她会拿出更多的时间致力于词语或句式的训练；还有时候，对重点段落的解读就是为了指导一个很有价值的小练笔；更多的时候，她会开门见山、直捣黄龙，就本课训练要点做专门的剖析……就这样，课堂上悄悄地发生着改变：每当讲完一个新的语文知识，懂得一个新的表达方法的时候，总会看到几个孩子满足的笑脸，心悦诚服地点头，好像在表达对老师的感谢；每回做完一个词语、句式训练或者小组讨论结束后，那久违了的如林般的小手就会争着抢着在李老师眼前晃动，生怕她看不见；她最爱的是当学生们自己提出不懂的问题，自己又能完满地做出恰当解释时，那萦绕在所有人心头的舒畅。一个个的“精彩时刻”就迸发于孩子们对文章对人物独特的理解视角中，这时时送来的“惊喜”让她感到一切尝试和探索都是值得的。

2007年年初，学校里给了李老师一个绝好的机会——代表学校参加区语文优质课评比。这次难得的机会，恰如“金风”与“玉露”的相逢，使自己的思考真正

亮相于众人面前，接受实践的考验。为了达到高效课堂的教学效果，她提前一个月开始了准备，先后试讲六次，领导老师们也帮李老师反复地讨论、修改教学设计，不断在细节上，技术上打磨精简。功夫不负有心人，她的语文课《老人与海鸥》得到了认可，获得了一等奖。后来，李老师又参加了省、市“电化教学评优课”和“三优联评”，也分别获得了一等奖和二等奖的成绩。

（3）新问题的产生

一段时间的课堂扎实训练之后，李老师又发现了新的问题。课堂上的词语练习、句式训练、语感养成的确步步为营，脚踏实地，然而学生的灵感与激情却一点一点地流失了。反复思考症结所在，李老师突然意识到，原来她从一个极端又走向了另一个极端。人是活的，课文是不同的，课堂更是多变的。不能片面地把所有的课堂都模式化，正所谓“教无定式，学无定法”，“因材施教”中的“材”不仅仅指的是学生，还应该包括教材、教具、环境等因素。只有“因材施教”的课，才能真正实现课堂的高效性，才能成为真正意义上的完美课堂。

3. 心之所安，矮瓦斗室亦是人间天堂

学校教学改革的过程中，又迎来了学校基建设施改造。教学楼因破旧不堪被列为“危房”。于是老师、学生都暂时搬进了低矮、简陋的砖瓦房。潮湿、脏乱的砖瓦房虽然被粉饰一新，但依然掩藏不住破旧。年久失修的设施虽然被擦得干干净净，却依旧如老牛拉破车一样迟钝。然而，艰苦的办公、教学环境并没有阻止领导、老师们进行课堂教学改革的决心与行动，在这些矮瓦斗室中，李老师和老师们又开始了新一轮的探索。

（1）斗室中再思索。

为了把“五会”的教学改革策略推广开来，校领导组织开展了一系列活动：教改研究课、“五会”课改沙龙等等。更让人欣喜的是，李晓霞有幸拜区语文教研员胡晓颖老师为师。胡老师对她的指导和鼓励，使她在探索的道路上有了更坚强的助力。在这种环境中，李老师如鱼得水，学习别人的经验，提出自己的困惑。在学习、研究、探讨中，她又有了新的想法。

不想把一堂课上得高效、完美的教师，不是优秀的教师。可是，怎样才算是一堂高效、完美的课？李老师尝试过情感激发的路线，扎实训练的路线，不能说任何一种不好，只能说二者都各有所长亦各有所短，皆算不上完美。于是她想，合二者所长又有何不可？古人常说“鱼与熊掌不可兼得”，其实这不符合现代人的观点，现代人主张“双赢”即“鱼我要，熊掌我也要”。其着力点便在于如何使互有制约的二者，兼容并包自然融合。课堂也是如此，情感激发与训练到位，虽然互有阻碍，但若能使二者“合”得自然，“合”得精彩，变阻碍为助力，岂不是事半功倍？一堂课之完美，如同精心烹制的盛宴，应力求色香味俱全，更要营养丰富，利于身心——既要精彩生动引人入胜，又必须训练扎实，学有所得，更兼有深度广度，使人深思。这才是最大化的高效课堂。思索中，李老师渐渐明晰了下一步要走的方向。

（2）矮瓦下再实践

情感激发与扎实训练的融合并不是一拍即合的。在长期实践中李老师深刻体会到二者的互相干扰，互为阻碍。语文课堂上，往往是训练点一出现就破坏了之前创设的情境，而感情的链条一旦断裂就无法再一次延续。因此课堂上经常出现，前半节课学生或情绪高昂或兴味盎然，然而双基训练却使学生情绪一落千丈。曾经怀疑过，也曾经气馁过，但她还是在不断地失败中摸索出一些简单有效的方法：以“情感”为主线，串联起双基训练，使二者有效完美的“融合”。

在她的精心设计下，每一堂语文课都变成了乐园。学生们的情绪高昂，精神抖擞，情感的链条始终贯穿着整个课堂，而双基训练被她巧妙的设计在一个一个的板块之中，不仅没有影响到情境的延续，反而有效地推动情感的波澜。在情感的催化下，训练点的落实也真正扎实有效了。孩子们的表现这时越发让人刮目相看了，各学科任课教师都不约而同地反映课堂上孩子表现优秀。语文成绩也突飞猛进，期末成绩双率超标，连续两个学期位列级部第一……李老师和学生们向“五会”的目标又进一步。

也正在这时，李老师迎来了另一个契机——准备区同课异构评优课《最后一头战象》。这一课的准备，更是分外辛苦。接到任务时，离比赛只有一周时间。为了使“融合理论”更高效地应用在这一课中，李老师和几个领导老师，日夜加班加点，牺牲了大部分的休息时间，反复研究教材，讨论设计，试讲看效果，再讨论修改……虽然只有短短的七天时间，但大家都好像经历了一次真正的考验和洗礼。当一切准备就绪时，她感觉到前所未有的充实与满足，就如古文中的一句话“心之所安，矮瓦斗室亦是人间天堂。”辛苦果然没有白费，《最后一头战象》获得了广泛好评，并荣获了区同课异构评优课一等奖。

课后，李老师又撰写了相关论文——《“情”“理”“法”交相辉映的课堂——情感激发与扎实训练相融合，实现高效课堂的思考与实践》。这篇论文的出炉，更加清晰地理清了“融合理论”的实施策略，也使“融合理论”形成了真正的理论系统。这篇论文同时在济南市小学语文教学年会中公布，受到大量关注，并被评为“济南市小学语文优秀论文评比”一等奖。李老师的研究理论更得到省里相关部门的关注，荣获了“山东省教育研究优秀成果”一等奖。随后各种奖项纷至沓来：“济南市中小学电化教育论文评比”一等奖、“山东省教育科研优秀成果（论文）”一等奖、“山东省‘十一五’教育技术重点研究课题研究成果”二等奖、“区2009—2010学年度教学能手”等等。

4. 面朝大海，春暖花开

课堂教学改革的旅程依然继续着，李老师的探索和实践也在继续着。也许这就是她的快乐所在吧！正如她在一首诗中所写：“这是一条悠长的路，不去追逐远方的尽头，只注视着脚下的每一次起步，偶尔驻足观赏，路旁无限的风光，就是对风雨兼程的最好奖赏。”“一花一世界，一叶一天堂”，面朝大海，是否可以期待再一次的春暖花开？

（三）让时间花在“点”上

语文是人们表情达意的工具，蕴含文化与审美的情趣。台湾的赵镜中老师认为大陆的语文课有很多优点，但是存在着一个突出的问题，就是好多老师的阅读课是在教教材而不是教阅读。明确地说，老师想的就是教课文的字词句和中心内容，让孩子把课文弄清楚，赵老师说这是一个很大的毒瘤。阅读教学不是要教教材，而是要教阅读。赵老师希望老师不要把一篇篇文章分解得支离破碎，而是通过教材让学生感受到阅读方法，找到阅读策略，培养阅读能力，从教教材走向教阅读。张艳老师觉得这是一个非常重要的命题，所以她一直在思考，在探索，如何才能让时间花在“点”上？

1. 课改初衷

“课改”一直萦绕在槐荫实验张艳老师的心头，因为一堂堂常规课上下来，孩子们的收益太少。如何从教教材走向教阅读，这是一个非常重要的命题。如果老师们能在平常的教学中认真地思考这个问题，那课堂就会有很大的不同。

2. 初步尝试

张老师一直在思考，在探索，怎么能让时间花在“点”上，能让学生在规定的一节课内获得更有效的学习成果？她把“高效”“广泛”阅读和“学以致用”的应用能力培养作为课改的主攻方向。通过沈大安老师的《阅读走向何方》认识了郭初阳，拜读了他的作品《癫狂与谨守：课堂实录Ⅱ》，尝试就由郭初阳的《鸟的天堂》教学片段的启发开始：

很快地这个树林变得热闹了。到处都是鸟声，到处都是鸟影。大的，小的，花的，黑的，有的站在枝上叫，有的飞起来，有的在扑翅膀。

很快地____变得热闹了。到处都是____声，到处都是__影。__的，__的，__的，__的，有的____，有的____，有的______。

课堂上这个场面描写的迁移，起到了很好的学以致用的效果，学生们从操场写到市场，从游乐场写到动物园。总之，四年级的学生们因为这个场面的迁移，让手中的文字一下子就变得鲜活起来，灵动起来。没话说的有话说了，不会写的会写了。这种简单实用的方法，使张老师受到了很大影响。

是呀，课文就是很好的范例，从内容的选择到写作的手法，都可以拿来好好利用。但是怎么系统有序地用好教材，指导学生习作，让张老师花费了一番脑筋。开始，她用《草原》第一自然段的写景部分通过填空题让学生在课上仿写，起到了不错的效果，这种习作小练笔进行了几个单元的尝试。

目前，她和本年级组郑绪霞老师及李雯老师开始了“高效阅读，学以致用”

研究，就是希望通过某种方式，让这种阅读教学形成模式，能推广到更多的阅读教学中去，能让更多的教师易于操作。

3. 课改具体做法

（1）改革备课，力求课堂的“高效性”

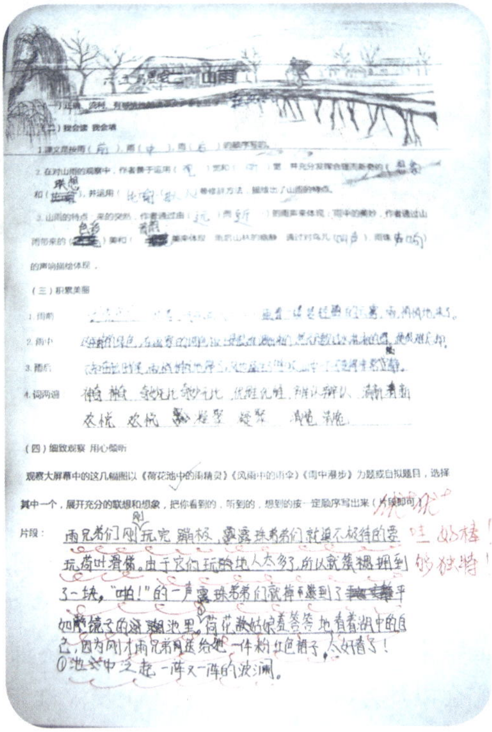

在备课上，她们摒弃了以前按部就班的教案模式，在教案上尽可能地体现“高效”和“积累运用”。

每个单元的起始，她们课题组的三位老师都要先集体备课，明确这个单元学习的主题及训练重点。为了节省时间，重点训练突出，她们为学生设计了相应的“学案”。例如第一单元，通过研究，确定学习主题是：“走进大自然”；重点训练项目是：体会作者如何进行观察、如何展开联想和想象，表达自己独特的感受。品味优美的语言，通过背诵、练笔等形式不断丰富语言的积累。根据以上要求，她们设计的学案分两部分：

课前预习的部分（在家完成），包括：朗读课文（家长签字），课文内容填空，积累词语及段落。它的设计力求体现本单元的训练重点及教给学生阅读方法，找到阅读策略，培养阅读能力。

学以致用的部分（当堂完成），包括：相关练笔。这部分的设计力求让学生当堂消化所学语言或者表达方式、方法。帮助学生整理和运用自己头脑，使他们学会思维——逻辑思维和形象思维，学会表达——叙述、抒情、描写、说明和议论。

（2）高效课堂，力求时间的“合理性”

课上，课题组老师就按照学案，通过学生的课前预习，一一落实：检查课文朗读情况（5分钟左右），讨论课文内容（10分钟左右），听写词语，同位互批（5分钟左右），检查背诵（5分钟左右），最后根据具体要求“练笔”（10分

钟左右）。

（3）宝贵时间，力求花到“刀刃上”

因为通过学案，课堂上的教学重点就会特别突出，直奔重点，这样就能省出不少的教学时间。省出的课时，张老师的课题组老师每周带学生去学校阅览室上一次阅读课，帮助学生建立“阅读日志”：

月份	书名	作者	页数	感言
阅读序号				（每本书只写3行即可）

每个月，根据书的页数的多少给学生记星（为了区别厚书和薄书），来计算学生的阅读量。月末根据读的多少评出阅读小明星（5名）。

除此以外，她们还给学生们建立了“行不行，我做主”的本子，让学生在上面积累（背诵）诗词、段落，平时每一课的听写，每个单元的听写都在上面，我们会以月为单位给学生统计，记星。谁背得多，谁听写成绩好，谁的星就多。所谓“行不行，他自己做主”。

4. 阶段总结，力求“留精去粕”

学案使用效果还是不错的，因为重点相当突出，读写结合，效率提高了。学生们亦读亦写，亦思亦讲，每篇课文在一课时内高效完成。成效有：

（1）字词扎实。学生每单元字词比以前掌握好了。因为她们课课听写，难度降低了，学生们的“学会”更成为可能。

（2）积累量大大增加。每课都要背诵积累，课余也要摘抄或诗词或段落进行背诵。在每月一评比激励下，学生们的储存量大大增加。

（3）习作水平有所提高。因为她们每课都写小片段（或小演讲），老师都批阅，讲评。所以，在不断实践中，学生们的习作水平在不断提高。

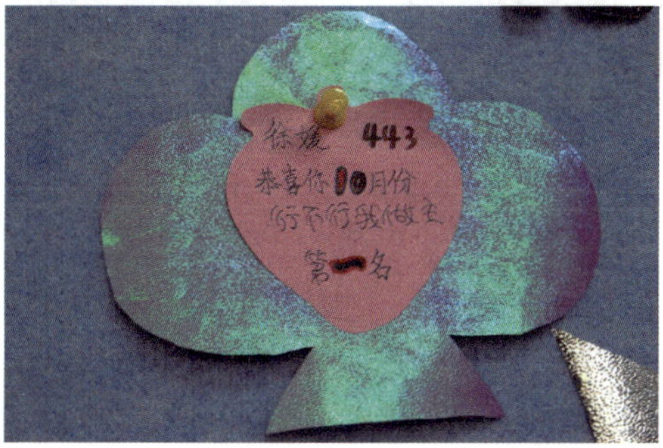

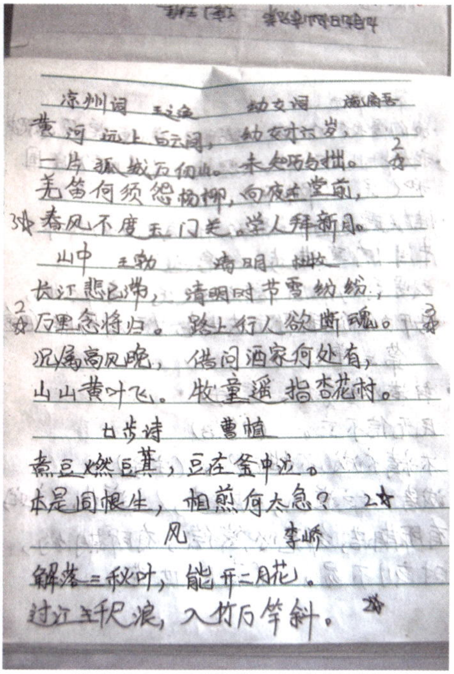

5. 存在问题的思考

首先是时间的问题。学校一节语文课35分钟，要完成一篇课文，难度很大，即使重点再怎样剥离，课文的长度、学生的理解程度、要求学生掌握的程度都是个变数，不同情况，所花的时间就会不同。但35分钟，真的不太够。

其次，学生对一些知识点掌握的不牢固，课题组老师分析的原因可能有：

（1）当堂时间太紧，落实不到位；

（2）每单元学习速度太快，消化吸收不太好；

（3）平时语文学习的项目太多，时间分配不合理。

（四）跳跃的音符

真正地课改是改变自己，改变自己的教学行为，培养自己的研究状态！有了这些，才有课堂教学的改变，才有学生学习方式的改变。课改不仅仅是教学方法和教学理念的改变，更重要的是教师自己本身真正的改变。

其实于向阳老师内心对“改革”一词一直是有些排斥的，两千多年前，伟大

的孔老夫子已经十分精炼地告诉了我们教育的真谛，而我们有时候好像没有真正地理解这些精髓，反而去一味追求所谓的改革创新。所以当听到别人说于老师你的课堂教学改革如何如何时，他还是不自觉地有些“抵触”。但是每当坐下来回味自己的教学历程，于老师常常会思考：十年的课改给我带来了什么？我心中的课改是什么？

其实当课改的大潮向我们涌来的时候，我们最应该做的就是冷静地审视自己的教学行为，不断反思，执着地实践，从而改变自己的教学行为，培养自己的研究状态。回头看看自己的教学历程，也正是在不断地反思、实践、再反思、再实践的过程中完成着课堂教学的一次次改变。

以前的音乐教学就像现在的专业音乐教育一样，把学科知识、学科技能的讲授训练放在了首位，忽视了学生的音乐审美体验，出现的结果是“学生喜欢音乐，但是不喜欢上音乐课”。于老师的音乐课堂也不可避免地出现过这种状况，所以怎样培养学生的音乐学习兴趣也成了于老师教学初期迫切需要解决的问题。

2001 年新课程改革实施，新的理念，新的教学形式以及教学方法的出现，为他的课堂带来了改变——改变了课改前只重视知识与技能的传授，忽视学生的审美体验的状况。学生“喜欢音乐，但是不喜欢上音乐课”的现象也得到一定程度的改善。但是随着课改的深入进行，音乐课堂教学实践中又出现了新的问题——过分注重了所谓的教学形式，而忽略了音乐的本体，即脱离了音乐教学中“以音乐为本”的原则。音乐教学的形式与内容该如何协调统一，突出音乐性？二者之间的关系该如何把握？这些令一线老师感到困惑的问题，同时也是于老师的教学所面临的问题，为此他进行了长时间的反思与探索实践。

从 2003 年开始，于老师围绕着“正确理解歌曲教学中三维目标的关系，双基教学要有效融入到学生的音乐实践活动中，抓住音乐要素、深挖歌曲内涵”等三个方面进行了实践研究。在备课中把《音乐课程标准》中的教学总体目标的三个维度，即“情感态度与价值观”“过程与方法”“知识与技能”进行了深入研读梳理，从而解决了课堂教学中出现的脱离音乐性的过度综合、内容与形式的脱节等问题。在提高学生学习兴趣的同时，把双基教学融入到了学生的音乐实践活动中，在培养学生兴趣的同时，大大提高了音乐知识技能教学的质量。

音乐是由许多不同的音乐要素构成，人们对音乐作品的感受之所以会很深刻，就是这些音乐要素的作用，所以音乐教学中需要我们音乐教师对歌曲作品有深入的理解，要对教材中的音乐要素进行深入地挖掘。在课堂教学中，在感受、体验音乐过程中，帮助学生逐步增加对各种音乐要素的敏感反应，如对节奏、旋律、和声、音色、调式、力度、速度、曲式、织体等的敏感反应。通过感受、体验音乐要素，使学生得到作品所蕴涵的审美体验。

通过近几年这三个方面的实践研究，于老师的学生不但越来越喜欢上音乐课了，而且音乐素养得到了很大的提高。尤其是在演唱方面，无论是在学校组织的班级合唱还是在济南市的合唱比赛中都有很出色的表现。教学相长，学生在音乐课堂收获硕果的同时，也使于老师的专业发展更加迅速。围绕音乐课堂教学方面的多篇论文和课例被《中国音乐教育》等杂志报刊刊登，音乐课《花蛤蟆》《春天举行音乐会》《摇篮曲》等课例荣获山东省小学音乐优质课评选一等奖。2010 年 8 月参加了第二十九届世界音乐教育大会，为各国教育专家提供了《京韵》公开课，2011 年被评为山东省教学能手。

音乐教育最根本的目标是培养“人”，一个健全而完整的人。面对一群有思想的鲜活的生命，于老师始终坚持“音乐属于每一个学生，用音乐的美积淀学生的人生”的教育理念。它让于老师不停止思考的脚步，不断反思，反复实践，并将一直继续下去。有一段话于老师十分喜欢，也多次引用：

“孩子们如明镜，我临水顾盼，惊叹如许澄澈，纯净，天真未凿。在相处的每一天我开始学会敬重孩子们，犹如仰望一棵棵春天的树。他们生机盎然，葱茏青翠，在春阳中迎风招展，尽情欢畅。常常在一双双明澈晶莹、明心见性的眸子里，照见人生。镜中的自己，拥有一对轻盈的翼，恣意遨游于湛蓝的天。”

今天，于老师告诉自己，这段话除了优美的文学意境以外，更有它深远而实在的意义！那就是：

因为学生，教师感受到自身的价值；

因为学生，教师的生活充满了欢乐！

教师在与学生共同成长！

三、蔓枝绿叶簇碧黄

《吕氏春秋》有言："治国无法而乱，守法而弗变则悖，悖乱不可以持国。世易时移，变法宜矣。"教育是事业，事业的意义在于献身；教育是科学，科学的价值在于求真；教育是艺术，艺术的生命在于创新。如何才能让课堂充满活力，让教育饱含真情？

（一）激情燃烧的殿堂

从2002年起，二十中的刘雅娟老师就沉醉于课堂教学有效性的研究中。在不断学习与实践中形成了一套适合学生学习与提高的教学模式——"刘雅娟全程小组合作教学模式"。该模式能体现全员参与，全程主动，全面提升的特点。这种课的教学特色主要体现在"有效组织学生学习"方面。通过分组、分层次、学生讲解等方式，最大限度地调动学生学习的积极性；在课堂上，最大限度地挖掘不同层次的学生的学习潜力。课堂教学改革给我的教育教学工作注入了生机与活力，也带来了巨大的成效。

1. 让快乐、高效成为数学课堂教学的主旋律

"教得有效、学得愉快、考得满意"是老师一直追求的教学效果。为使教师教得轻松，学生学得愉快，考得满意，必须在课堂教

学的高效性上做足文章。知识是学会的，不是教会的；能力是练会的，不是讲会的。课堂改革必须立足于学生的体验，让学生全过程感受知识的建构过程。

刘老师认为课堂是生产快乐的地方，是激情燃烧的殿堂。学生的每次开怀大笑就是她最沉醉的时刻，一张张绽放的笑脸就是课堂上最亮丽的风景线。为使学生充满兴趣，她尝试将每节课设计成一次游戏，一场比赛，甚至一台综艺晚会。

从 2007 年 9 月起，刘老师年年带初三，在毕业班时间紧、任务重的严峻形势下，她进行了一系列思考：要想大面积提高教学质量，决不能仅停留在精英教育的层面上，更要大力提升合格率。多年的初三教学，使她感触最深的是：什么时候学生感到数学好玩了，上课时眼睛亮了，有精神了，绽放笑容了，他数学学习提高的时刻就到来了。

每次一接新班，刘老师最先做的一件事就是想方设法激发学生对数学的兴趣，让学生觉得数学好玩。兴趣从哪里来？只有教的东西学生会，他才会有兴趣。怎么教会呢？最重要的是确定恰当的学习起点，学生听不懂就是消耗时间，最有效的办法是降低难度，适时表扬鼓励。为培养学生学习的兴趣，她采用以下的办法：培养信心，帮助学生逐步成功；进行考试策略的指导，考好了就有兴趣，让学生感到付出就有收获。另外，亲其师才能信其道，她掌握了较好地与学生沟通交流的艺术。对自己的要求是，每一句话都要说到学生心里去。在与学生沟通方面：建立学生的成长档案，经常与学生进行心与心的碰撞，要尽可能多地与学生交流，她在努力实践“让课堂没有死角，让每个生命都有存在的价值”。

由于从多角度激起了学生对数学学习的兴趣，课堂教学得以高效进行，刘老师所教学生的数学成绩有了大幅度提高。

2.“刘雅娟全程小组合作”教学模式简介

（1）让学生学习的每个环节都是高效的

所谓“刘雅娟全程小组合作”教学模式，是指各小组成员间在课上、课下两个阶段，多角度、多方位地全过程合作学习，具体为全程两段式小组合作。在不断的教学实践中，刘老师逐渐探索出要想最大限度地实现全程小组合作，需要在以下十七个方面着力：小组划分、角色分工、课堂展示、教师讲解、穿插提问、抢答展示、同层检测、课堂陈词、集体评分、当堂达标、收获性作业、激励进步、讲评反思、组长培训、成长档案、课下合作、每日两题，这些方面穿插交替、立体使用，才能多管齐下，迸发出巨大的教育整合的力量，提高教学效益。没有竞争就没有合作，评价是小组合作成功实施的关键，要合理创设学生间良性竞争的氛围。

（2）模式运行的成功离不开和谐教育的铺垫

教育民主、平等待生。前苏联教育家苏霍姆林斯基认为，在教育中必须了解学生的内心活动，他有一句名言：不理解孩子的内心世界便没有教育文明。

刘老师在习惯的养成，与学生的沟通及兴趣的培养等诸多方面有相应的措施。如习惯的养成，采用这样的方式进行：要求学生做到的事情先与学生商量，

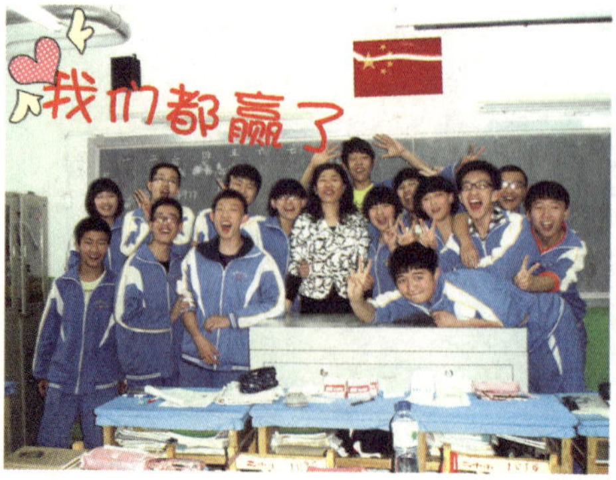

要经常与学生商量；要提倡什么就表扬什么。

让作业成为快乐课堂的延伸，让收获成为学生作业的最强音。

刘老师尝试了一种新的作业布置与书写方式：“收获本”作业。①写什么？写今天自己在听讲、展示、课下交流等活动中，收获最大的、最值得总结归纳的精华问题。题目自选，数量自定，因人而异。②怎么写？针对某一问题，可围绕分析、解答、知识点、易错点、关键点、规律提炼、总结提升、拓展延伸等方面进行整理书写。③成效如何呢？一些学生这样形容自己的感受：每天写这种收获性作业，就像在海边拾到美丽的贝壳，回到家要精心地整理串联起来，可观赏亦可积累收藏，感觉特过瘾，进行这样的作业改革大大调动了学生的学习热情。学生不仅课堂上快乐着，回家做作业也是那么快乐，他们像经营自己的 QQ（腾讯公司开发的一款即时通信软件）空间一般精心整理着当天的收获，忘记了时间，甚至需要老师控制学习时间，方能罢手。刘老师班级的作业也逐渐发展为一种作业文化，成为教学诸多环节中最亮的一笔。在作业改革方面，她做出了效益最大化的尝试。

3. 让教育返璞归真，饱含真情

在班主任工作中，刘老师与学生真心交往，凡事为学生考虑，尽可能地理解学生，从各个角度给学生减负，她力求让学生做到：健康、快乐、进步、向上。做真教育是刘老师追求的目标。

2010 年 9 月，刘老师接任了一个思想、学习、管理等各方面都非常薄弱的初三（2）班的班主任工作。一接班，她就满腔热忱地投入到班级管理的实践与研究中。首先提出了“火一把”的愿望，紧接着将已经比较成型的“全程小组合作”教学模式，变通地移植到班级管理中，在常规工作中寻求突破，创造性地开展工作。开学不到一周，她执教的班先后实现了零迟到，零值日，零违纪，零不交作业等，她的《班级管理之零值日》在区德育现场会上进行了德育管理经验交流，得到与会市、区级领导的高度评价。教育工作德在先，后面的各项工作节节攀升，各科学习大幅度提升。

近几年，刘雅娟先后在多所中小学进行了讲座，交流“刘雅娟全程小组合作”教学模式及班级管理工作心得。2011 年 11 月，刘老师赴上海参加名师访学活动期间，参与了上海复旦二附中、上海理工大学附中等名校的同课异构活动，并举办了两次有关课改策略与心得的讲座，受到上海同行及专家的高度评价。

（二）挖掘潜能　重塑自我

苏霍姆林斯基说过：“真正的教育是自我教育，是实现自我管理的前提和基础，自我管理则是高水平的自我教育的成就和标志。”如何做到引导学生培养自主学习、自我管理的能力，充分调动学生的积极性，在竞争中学会合作，在互助中共同提高？

我们都知道，学校教育的目标不仅是要学生“学会”，更重要的是让孩子“会学”“乐学”。如何做到引导学生培养自主学习、自我管理的能力，充分调动学生的积极性，在竞争中学会合作，在互助中共同提高，这一直是困扰日常教学、班级管理的难点，也正是十九中学梁晓娟老师需要研究的教育重点。

小组合作的教育模式，在一定程度上可以实现学生自主学习、自我管理能力的培养，但在进行小组合作的教育管理模式的实践探索中，梁老师又产生了新的困惑。在组内的研讨时，层次相差悬殊的学生较难产生思想的碰撞，而全组在互帮互助时又往往因帮扶对象不明确，导致效果不明显；在解决问题时，老师注重了小组的整体评价，对个人的贡献和进步的评价相对较少，又会导致个人竞争意识的减弱。所以，如何建立一个合理的小组单位，如何既做到合作共赢，又做到凸显出个人的竞争力，张扬学生个

性，成为再次困扰梁老师的新难题。

面对一系列的教育教学的困惑，学校领导十分重视，积极组织老师们外出学习各种先进的教育教学经验。于是梁老师先后到上海建平中学获取了先进的教育理论信息，到杜郎口中学参观听课，学习东庐中学讲学稿的编制使用并参加了在枣庄召开的“全国讲学稿经验交流会”，又于 2011 年到即墨二十八中，学习“师友互助”课堂教学模式，每次的学习之旅都会给梁老师深刻的思想触动，更进一步坚定了她坚持进行教育教学改革实践的信心，也努力尝试结合各种先进经验，在实践中不断调整改进，探索出适合自己的教育管理模式。

在学校大力推进运用讲学稿进行小组合作的教育教学改革的过程中，梁老师又结合“师友合作”教学模式的长处，在班级里实行了“师徒结对、小组互助管理模式”的实践，虽然还有很多不完善的地方，但也明显感受到了进行改革以后班级的整体面貌发生了巨大的变化。

1. 小组的建立及座位安排

（1）小组建立

小组采取四人为一学习小组，每组内按照学生层次分为 A、B、C、D 四档，其中 A、C 层次的学生组成一对“师徒”组合，B、D 层次的学生组成一对“师徒”组合，即一个学习小组内是两对师徒组合。两个学习小组再组成一个大组，大组为行政组，即在日常的班级管理时的组别。如收发作业、卫生扫除等等。以此建制，班内 46 名同学，共建立了 6 个行政大组（四个大组为 8 人，两个大组为 7 人）。

（2）座位安排

在安排座位时，既要结合学生的综合测评定好等级，又要根据学生的个性特点进行分组；既要便于学习小组内交流，又要便于行政大组管理，还要兼顾 A、B 层次学生能够进行组间的交流合作；既便于教师课堂巡视时，发现后进同学的问题进行辅导监督，同时为层次较好的同学之间的交流也搭建了平台。因此，座位安排仍采取插秧式坐法。在班级管理时，每周按顺时针各大组调换位置。最终确定了如图所示的座次安排。

一组（大组）

D	B	B	D
C	A	A	C

四组（大组）

D	B	B	D
C	A	A	C

二组（大组）

D	B	B	D
C	A	A	C

五组（大组）

D	B	B	D
C	A	A	C

三组（大组）

D	B	B	D
C	A	A	C

六组（大组）

D	B	B	D
C	A	A	C

2. 对教学的影响

“师徒结对、小组互助管理模式”的实行，对课堂教学的影响是最为显著的。

结合讲学稿的使用，对于预习作业，组内、组间基本可以自行解决。课堂上，先进行预习作业的交流、检查，然后自主学习新知，结合老师提出的疑问，进行组内讨论。课上交流环节，由各师徒组合分别完成，先由徒弟回答，师傅进行评价和补充，全班交流，教师点拨。课堂上，学生们的积极性调动起来了，充满了活力，迸射出智慧的火花。

课堂练习和课后作业检查时，基础知识的检查和讲解也可以通过师徒组合来落实完成，这样既减轻了老师的工作负担，更重要的是对于A、B层次的孩子，作为师父和榜样，有了压力和动力学习积极性更高了；对于C、D层次的孩子，则有了固定的监督人和老师，学习起来更明确更投入了。对于师徒解决不了的问题还可以小组互助，两对师徒合作讨论，或者是大组内四对师徒研讨，基本上达到了智慧碰撞和交流，也引入了各组间的竞争。

3. 班级管理方式的改变

（1）培养学生与人相处的艺术，促进互助管理

俗话说：物以类聚，人以群分！组内有人与自己关系不好，在一起讨论，别扭！可他们之间并没有不可调和的矛盾，学生还具有很大的可塑性，所以要求学生学会与组内人员搞好团结，学会与不同性格和类型的人相处；并在班上开展讨论，若组内有你关系不好的同学，你打算采用什么方法与之搞好关系？学生听别人说对策的同时，既找到了更多的方法，同时也向对方抛出了橄榄枝。

（2）有助于树立学生的集体荣誉感

俗话说：一枝独秀不是春，百花齐放春满园。一个人先进总是单枪匹马，众人先进才能移山填海。通过师徒结对和小组互助评价，让学生明白，只有全组同学齐头并进，团结一心，这个组才能脱颖而出，每月总评时，让每人总结在本月里自己为这个组争得了多少分，哪些事为组拖了后腿。通过一总一评一结，使学生明白凝聚力、向心力才是真正的战斗力，只有全方位地激发学生潜能，才能增强团队合力。这个团队也才有竞争力。一组尚且如此，何况一个班集体，因此，这点在班级荣誉上也同样适用。

（3）关于小组长的培养

小组长是小组的领头羊，作用举足轻重，一个好的小组必然要有一个好的组长。但好组长不是天生的，因此教师在活动中对组长的培养是至关重要的。班主任和任课教师对组长有能力完成的工作要大胆放手，只需提醒组长注意标准、方法等。有意淡化教师对学生个人的教育，尽量将教育活动放到小组内进行。教给学生有效的教育和沟通方法，对个别习惯较差的学生，采取“师傅带，组员帮”的方法，既增进友情，也提高了组长在组员和家长中的威信及影响力。

（4）有助于良好习惯的培养和形成

师傅要教会徒弟，首先就要学会独立思考，徒弟要提出问题也要独立思考，这样让学生学会处理好独立思考与合作交流的关系。在别人给自己讲解问题时，要求倾听者眼睛望着对方，听清对方说了什么，课上努力处理好踊跃发言与虚心听取的关系。让他们学会表达，规范语言。比如：“我认为”“我还认为”“我补充一点”。让每个学生能动口、会动手。

（5）学会只有在合作中才有竞争力

有竞争才有提高，针对学生好胜的心理特点，在合作学习的过程中不失时机地引入竞争机制，对合作学习的效果起到纠正、提高、深化的作用，使合作学习更具实效、高效。

通过师徒结对，学生们在努力改变自我、超越自我、展示自我的过程中，互相帮助、督促，增强了责任心和凝聚力，也更深一步体会到只有合作才能共赢。正如郭小川所说，“生活就像一杯浓酒，不经三番五次的提炼，就不会香醇可口！”在探索“师徒结对、小组互助管理模式”的道路上，梁老师不断进取，在反反复复地调整和提炼中不断完善，努力用爱心和耐心浇灌出更多的智慧之花。

（三）行者无疆

联合国教科文组织在《学会生存》一书中指出：“未来的文盲不再是不识字的人，而是没有学会怎样学习的人”。尤其对于小学数学学科来说，如何让学生走出“题海战术”的泥潭，如何让学生能够愉悦地自主学习、自主管理，变得尤为迫切和重要。“路漫漫其修远兮，吾将上下而求索”，带着对“自主学习、自主管理”的美好憧憬，郑生志老师踏上了“自主教学策略”的探索之旅……

1. 初生牛犊不怕虎，勇敢起步

起步，是开始的第一课。汽车起步，如果找不准离合器上合适的点，就很容易熄火；教改起步，如果找不到与自身教学合适的切入点，也会无功而返。

研究之初，郑生志老师在没有思路和头绪时，“陶行知先生抱鸡吃米”的故事闪入脑海，能不能像陶先生那样去改进课堂教学，转变教师“教”和学生“学”的方式，把数学教育重心转移到学生发展上来呢?

如何才能让课堂教学充满生命与活力，让学生成为学习和发展的真正主人，在一种良好的氛围中自由地去发展、去学习呢?

在不断的摸索和实施中，郑老师曾尝试了许多办法，期间也有自感无法继续的时候，也曾深夜沉思，苦苦追求更好的，更适合的方式。苦闷焦灼时，领导、同事的援手让他不再孤军作战。

在省、市、区教研室的帮助指引下，“课前自学—学生主讲—教师介入—矫正反馈”的小学数学“双自主”教学策略逐步形成。

2. 山重水复风光美，大胆提速

起步平稳了，开始热情高涨的进行提速。郑老师先是对课堂教学模式再次进行了改进：新授课上写新发现、困惑或难题，学生讨论讲题时选择有价值的问题来研究；而练习课上则出典型题、拓展题，课堂上根据题目的难易程度有层次地进行推进。很快，这种新式的学习方法被学生广泛接受，并日益运用自如。过去“要我学”的情况得到了极大的改善，变成了学生积极主动的“我想学”，这种崭新的面貌更加坚定了他继续探索的决心!

与以往教学模式相比，小学数学“双自主”教学策略实现了很多方面的突

破：实现了新型小组的组建、分工和自我管理；实行“三项注意”和“四项奖励”策略，对学生的成长进行跟踪评价；课堂中进行“课前自学—学生主讲—课堂讨论—老师矫正—课后反思”的新型教学模式；把过去的“要我学”变成了学生积极主动的“我想学”；推出“多格练习本”“双色作业”等改革措施。“双自主”教学的探索给学生们的学习带来了可喜变化，相信学生、信任学生，充分激发孩子们学习的内驱力，学生们就会回报给老师一个又一个惊喜。班级内善问、乐讲的风气越来越浓，学生学习的能动性大大提高。

2007年，济南市小学数学“双自主”教学经验推广会在槐荫区隆重召开，全市500多名教师参加了此次会议。《济南日报》《都市女报》《山东教育》等媒体杂志对“双自主”这一全新的教学模式，进行了专题报道，在社会上引起了一定反响。

3. 柳暗花明景愈深，互助同行

小学数学“双自主”教学策略现场会让很多老师纷纷加入。在为有更多同行者而高兴的同时，郑老师也感到一丝前所未有的忧虑。“双自主”教学启动以来，一直高速地向前推进，这种教学方式的确调动了学生的积极性，但一些隐性的问题也逐渐地暴露出来：后进生极有可能随着问题的深入而逐渐掉队，淡出学习团体，没有参与的热情了。很多时候课讲不完，完不成课程计划，导致进度远远慢于正常进度。更让人头疼的是，郑老师经常不知道该在什么时候以什么方式进行点拨和引导，常常沦为一个看客。这些问题地涌现，让他不得不减速慢行，一系列的思考和研讨随即展开。后来，经过思考和探索，团队制定了以下策略：

策略一：完善小组评价机制——保证不让一个同学掉队，保证整体运行。

为了不让每一个学困生掉队，郑老师也进行了很多的思考。很多后进生的形成

都是课上注意力不集中造成的。之所以课上注意力不集中，肯定有很多的原因，但很大一个原因就是因为长期不被重视，或者说长期没有展示的舞台所造成的注意力流失。虽然有时教师心血来潮能多关注他们几次，但是他们需要的是长期的、持续性的关注，这就要求教师在整个评价机制和操作规则上对学困生进行倾斜和改革。在整个的自主学习实验过程中，学困生参与的探索、汇报都享受双倍的奖励。怎样搭建一个合适的平台让学困生进行有效的汇报和探索呢？初期，只要学困生根据出错的情况说清在哪个环节出错了，就可以得到奖励。经过一段训练后，可以让学困生尝试说明正确的结果应该是什么。如果学困生能进行对比表达了，再让学困生尝试分析错误的原因。这样一来，学困生有了明确的任务，感受到了自身的价值，学习的主动性就会大大提升。当然，在课堂中进行攻擂比赛，也是让学困生感受自身价值的一种方法，可以在平时的课堂教学中进行穿插。

策略二：变讲为问——加速课堂知识的生成和推进。

实验初期，很多小组采用个人讲解的方式推进课程，这样就把老师的“满堂灌”变为了学生的“满堂灌”。一人讲解不清，势必会引来更多个人的讲解，从而造成不断的重复，时间在这样的讲解中大量流失。后来，郑老师在班内倡导这样的信念：听明白不算明白，讲明白才算明白，最高水平是把对方问明白。在这样的信仰指引下，学优生积极去设置问题，学困生和中等生根据问题进行群体的思考和汇报，这样一来就实现了以问题推进学生的整体思考。每个层次的学生都有了不同层次的任务和要求，整体的效率也就不断提高了。

策略三：用题目推进思维——让学生在反思中自悟自得。

当学生偏离方向或者纠缠不清、没有深入或者学生凭自己的力量无法解决问题时，老师可以介入、点拨。但教师介入有时候反而成了阻碍推进的啰唆者，教

师应在课堂上少说废话，如果感觉哪个知识点漏了，可以马上提供一个题目，这个题目解决了就确实弥补这个知识点了。

4. 把酒话桑享淡然，简约至上

简约，是数学灵魂，而有机整合是实现简约的重要途径。为了让“双自主”教学更加易于操作，郑老师积极“转向”——向着更加简约的方式前进，他进行了几项大胆的整合。

（1）心愿卡——多种评价方式的整合

在整个自主学习的过程中，本着从“外部激发——内心需求”的原则，尝试了多种评价方式。从每堂课的“正”字积分，到每天综合学分的积累，再到每周、每月自主小组的奖励，充分调动起了学生的学习积极性。学生的兴趣高涨以后，如何让学生的兴趣更持久又成了教师必须面对的难题。平时的喜报、奖状等奖励评价，学生早已审美疲劳了。为此在召开了多次教研活动后，最终设置了一种新型的评价奖励形式——心愿卡。心愿卡是以满足学生心愿为主旨，以家长买单为载体实施的一项评价制度。通过前面的评价方式，甄选出优秀突出的学习小组，为他们发放心愿卡，让家长满足学生一个小小的心愿，心愿达成后家长反馈心愿完成的情况，保证心愿达成的质量。这样一来，学生的兴趣更加高涨，家长也乐得为孩子买单，心愿卡真正形成了家长、学生、老师三位一体的学习合力，为学生持久、高涨的学习兴趣提供了有效的评价保障！

（2）多格本——练习本和课堂本的整合

课堂本倡导全面全改，而练习本一般无人问津。但细细分析起来，练习本的作用却不可小觑。练习本记录了学生最真实的状态，对它的“置之不理”容易让老师错过对学生的最佳“诊断”时间。能否把练习本和课堂本进行有机整合呢？为此，学校召开了几次教研活动，征求大家的意见。很多老师说，如果把练习本都当做课堂本的强度来看，根本不可能完全坚持下来，任务量太重了。这样的言论得到了大部分老师的认可，那如何有机整合，让练习本的监督和课堂本并驾齐驱呢？为此，进行了多格本的整合实验，并取得了不错的效果。

5. 胸有丘壑纳真情，宁静致远

“不经一番寒彻骨，怎得梅花扑鼻香。”多年来，在省、市、区教研室的帮助下，小学数学“双自主”教学策略从单薄走向厚重，从稚嫩走向成熟。且歌且行、行者无疆，郑老师将把这份荣耀默默的扛在肩上，在“双自主”教学的道路上越走越远，越走越宽……

（四）香茗品课改　馨香沁心境

同样是“双自主”教学，济南市纬十路小学谭震老师的“五通启智”教学的新构想：无师自通、师生互通、各显神通、触类旁通、脉脉相通，彰显了生命的魅力，展现了生活的真谛，真正成为知识的“超市”，达到生命、生活、知识的共鸣，成为师生幸福成长、开启心智、放飞理想的乐园。

谭老师认为，评价一个老师的方式、标准很多，但最重要的一点，是学生能在这个老师的教育引导下取得多大的发展。在多年的教学实践中，他发现因为受到传统教育观念的影响，数学教学中普遍存在着这样的问题：重视数学的逻辑体系的搭建而忽视学生学习的心理发展与个性差异；重视学科解题技能的演练而忽视学生数学经验的积累及合作交流能力的培养等等。这就导致数学教学中重记忆、轻理解，重知识、轻解决，重模仿、轻创造的情况普遍存在。教师“唱独角戏”“满堂灌”，而学生则失去了亲身参与和自我探究的机会，学习能力得不到提升，渐渐也就对数学兴趣淡然了。

1. “破茧”：原来，没那么简单

立志“破茧”的过程总是让人充满期待和前行的动力。很快，谭老师就完成了前期的小组建设和规则制定。总体上将整个学习过程分为两个阶段：第一阶段是课下自学，学生拿到导学案后以小组为单位，由组长分配学习任务。每个同学根据分配给自己的题目，尝试独立解决问题。第二阶段是围绕此前布置的任务，由师生共同进行交流、展示和切磋，有针对性地解决遇到的问题。

开始实验时，学校为每个班配上了侧黑板，这样每个小组就有了自己的学习阵地。但问题很快显现出来，学生每次都是按次序讲题，没有经过很好的过滤和组织，既耽误时间又收不到良好的效果。就在陷入僵局的时候，市小学数学教研员马刚老师来学校指导，马老师的示范课令老师们茅塞顿开，不禁感叹：“原来课还可以这样上！原来侧黑板还可以这样用！”

2. 坚持：变则通

受马老师的引导启发，谭老师对课堂教学模式再次进行了改进：新授课上写新发现、困惑或难题，学生讨论讲题时选择有价值的问题来研究；而练习课上则出典型题、拓展题，课堂上根据题目的难易程度有层次地进行推进。很快，这种新式的学习方法被学生广泛接受，并日益运用自如。过去的“要我学”的情况得到了极大的改善，变成了学生积极主动的“我想学”，这种崭新的面貌更加坚定了谭老师继续探索的决心！

3. 精进：步步精心，接近完美

接下来的几年中，谭老师对课堂上的各种规则进行了细化，教师该做什么，学生该做什么，都进行了更深入翔实的研究。

数学课堂教学中，教师就像是一个导演。课堂的“活”或“死”，很大程度取决于教师。该放的时候，他让下面的“演员”们充分发挥，为其提供合理充足的学习空间，例如动手操作、小组讨论活动等，让学生敢于去自我尝试。所谓“三个臭皮匠，顶个诸葛亮”，更何况学生是聪明的，让他们用自己能够理解的方式、用他们的语言把自己的思路打通，“自由”

的发表自己的见解，有教养的进行争辩，以求得最终正确答案。该收的时候，就把自己变成一个严谨的学者，注意教学目标的整体把握。教师所说的每句话都尽量起到点拨调控的作用，避免一问一答，使每一“问”都直指重点，重在启发，有助于学生自己分析问题。使学生在“问”中自觉探究新的学习方法，由“学会”变“会学”，在不知不觉中掌握了技能。

其次，数学是门富有挑战性的学科，如果在教学内容和练习的难度上“一视同仁”，就会造成学生对知识掌握的“旱涝不均”。在谭老师的课堂教学中，会尊重学生的个体差异，根据学生的特点分层次进行教学。在学习中全体学生享受着成功的喜悦，在老师和小组伙伴的鼓励下做到有劲头的“坚持学”。

新的变革带来新的气象，班级的课堂气氛活跃了，生命的个体鲜活了，学生个性得到了张扬和释放，“双自主”教学取得了初步的成果。但这并没有让谭老师觉得心满意足，他深知：教无定法，学无定则。如果继续努力，一定还会有其他的、同样适合甚至更加适合的方法，走进学生们的课堂中。

4. 期待：一盏香茗润心间

2012年，安士刚校长提出的“参与、协作、多元、活力”的办学理念，像一缕淡淡的茶香，走进了教师们中间。倾听安校长对教育理念的解读，细读各位专家的点评，谭老师不禁暗自击节，这种教学思想，与数学的“双自主”教学法有异曲同工之妙！于是，他带领数学组的老师们积极思考，逐步形成“五通启智”教学的新构想：

无师自通，即“课前预习”：旁征博引，有备而来；

师生互通，即“课堂交流”：师生互动，信息沟通；

各显神通，即“课堂展示”：思维碰撞，精彩瞬间；

触类旁通，即“课堂练习”：层层递进，巩固提高；

脉脉相通，即“课堂反馈”：反思总结，提高升华。

“五通”是纬十路小学数学课堂教学的五个环节，他们希望通过“五通”教学模式达到启迪学生智慧、培养学生智能、开发学生智力的效果，为学生一生的发展做好准备，因此他们把这种模式成为“五通启智”。

虽然这种新的教学模式还很不成熟，但是，只要教师始终贴近教学本质，追求平等、和谐、对话的课堂氛围，那么这种教学模式带给学生的影响一定会是积极、深远的。

偶尔，回头看看走过的路，难免磕磕绊绊，困惑与烦恼常随，喜悦与满足偶现。在不断的面临问题、解决问题中竟也“逼”出了许多宝贵经验、锦囊妙计。也许，“在问题解决中前行”正是数学教学前进行走的最好的方式。

偶尔，也会发发这样的感慨：所谓教师，其实就是在平凡岗位上做出不平凡贡献的人。教师在平凡的日子中走来，托起明天的太阳，或许已经习惯淡泊，坦然面对无言，但谭老师认为，这种“平凡”，才是真正的“伟大”。他们可以自豪地对自己和每一个人说：青春会在此闪光，生命会为此灿烂！

（五）一路阳光　一路欢笑

颦眉蹙额，深夜那一抹灯光的陪伴；执着探索，眼中漾出旖旎春光；拨云见日，嘴角勾起若有若无的弧度。在课程改革的大潮中，有一种收获叫“新生”，希望、激情、喜悦，是王真老师对“新生”的诠释。

1. 摸着石头过河——走过迷惘

当新一轮课程改革实验的潮头涌来时，王老师有幸成了学校的第一批弄潮儿。回想两年前，当自己带着贫乏的知识和经验真正置身于课改大潮，一切都感到新鲜，同时又是无知得措手不及，她就像一株久旱的枯草贪婪地吮吸着课改的甘霖。曾以为颠扑不破的教学真理正被重新审视，未曾听过见过的名词理念却如急风骤雨扑面而来，新与旧的交融，进与退的交锋，机遇与挑战的同存，这一切的一切引人思索，撼人心魄，是故步自封还是乘风破浪？一时之间，竟有些不知所措了。

经七一小倡导对话理念，在语文教学上更是大刀阔斧地展开了变革，以问题引领式的语文教学改革在学校铺开了。然而，什么是对话，如何在过去传统的语文教学模式中挣脱，很多时候王老师有如履薄冰般的惶恐。面对未知的一切，她心里有点说不出的惶然。

学校为了让教师更快地受到新课改的洗礼，组织了多次课程改革的培训。三十中的一次听课，给王老师带来了思想上的第一次冲击。他们的课堂教学令王老师瞠目结舌。课堂上，学生异常活跃，积极主动地参与到自主学习中，并把自己对新知识的感悟通过各种方式表达出来。特别是语文课，更是精彩纷呈，孩子们或是作诗歌的课文朗诵，或是声情并茂的表演，人人有事做，事事有人做。教师只是一个组织者，参与者。到了这里，她才发现另外一片天地，才知道原来还有这样的课堂。

从三十中回来以后，她有了大胆尝试的冲动。模仿着三十中的教学模式，开始了自己的大胆探索。首先，也将学生进行分组，并在座位上实行小组围坐，将新的评价机制引入到课堂教学中。可是不到一天，问题就出现了。对于班内的学生而言，座位的改变令他们新鲜活跃，任课教师的反映，使她不得不浅尝辄止。而且对于小学中年级的学生而言，让他们实现有序合作，自主探究的确比想象的要困难很多。就这样，王老师的第一次课堂改革失败了。

第一次的尝试，让王老师尝到了苦涩的挫败感，也让困惑在头脑中渐渐明晰起来：课堂改革难道就改在形式上吗？小组合作应该怎样才能在保证秩序的情况下开展学习？如何才能让学生在合作中实现人人参与？如何实行有效评价？这些困惑，使她步履维艰。这时，正值学校开展“以问题引领式的语文教学”研究。王老师有幸参与其中，步履蹒跚地开始了对对话教育体系懵懵懂懂的探索。

2. 柳暗花明又一村——拾得机遇

在对话教育体系的探索中，学校领导、老师给予了王老师莫大的帮助和指导。学校骨干教师提供的一节节示范课让她对“问题引领式的语文对话课堂”有了初步的认识。受益最大的还有一次次的磨课与评课指导，让她在实践中逐渐对学校的对话教育体系有了深入的认识和明晰的概念。

2011年3月，学校组织前往上海观摩学习先进的课堂教学改革，这使她又一次感受到了改革的春风。无论是先进的教学理念，还是生动的课堂展示，无不让王老师受到了心灵的震撼与洗礼。

一次次的学习，一次次的思考，她终于明白了，新课改通过自主合作探究的教学模式，不仅改变

了教师的角色，也改变了学生的生活和意识，学生不再是被动接受知识的学习容器，而是有主动探究意识和会主动探究的学习者，学习不再是学生的负担，而是他们的乐趣，学生的童年不再在书山题海中度过，陪伴他们的将有许多丰富多彩的活动，认真地实行新课改，不仅会改变教师的教学思路和方法，还会还给学生一个快乐的童年。开展新课改，课堂热闹不是目的，新课改真正的目的是激发学生的学习兴趣，让他们学会学习，有终生学习的能力，才会让他们受益终生。

认识到这些，王老师参与课程改革的积极性更高了。她努力把自己学到的方法用到自己的教学实践中去。

在课堂教学中，让他们在阅读教材的基础上自己提出问题，能自己解决的自己解决，不能自己解决的小组合作探究，然后由各小组汇报交流，最后各小组展开学习成果竞赛，同学们自己出题，互相交换作答。为了能够出有分量的题，同学们都绞尽脑汁认真思考，这个过程也是加深学生对所学知识理解的过程。小组每个成员的成绩都是小组结果的一部分，这样，成绩好的学生为了让自己一组取得好名次，就要努力帮助成绩差一点的学生学会，学困生为了不拖小组同学的后腿，也会自己倍加努力，班级就形成了“比学赶帮”的良好学习风气。调动了学生的学习积极性，学生的学习兴趣大大提高了，同时也培养了学生良好的学习习惯，学生再也不像以前那样遇到有点难度的问题就问老师，而是自己动脑去思考探究。由于学生的学习积极性提高了，学生的学习成绩也有了很大的进步，学生们都真切地感到了学习的乐趣，乐于学习了。

3. 阳光总在风雨后——收获快乐

经过大胆、刻苦的实践，王老师的课堂终于变样了。课堂变得更加活跃有趣，师生关系变得更加融洽，学生的学习情感和态度也发生了极大的变化。他们

的回答更主动了，敢讲、敢说、敢问，自信又活泼，真正体现了新型的学习方式——主动、探究、合作。学生能主动提出问题，有兴趣和热情参与学习目标的制定；在过程中体验学习的快乐，养成探究的习惯。分组学习中，学生积极地相互支持、配合，承担个人的责任，小组成员之间互相沟通，解决疑问。课堂里多了学生的自主探究；多了小组合作；多了资料交流；多了语言积累……

王老师也由传统的知识传授者成为学生学习的参与者、引导者和合作者，在课堂上不再是固守“一言堂”的传统，而是想方设法为学生搭建交互学习的平台，不再是“教”教材，而是“用”教材了。几年来，王老师在校内、市内所上的多节优质课、观摩课都得到了听课老师和专家的一致认可。

当然，课改的道路不可能是一帆风顺的，新的困惑和问题仍然会出现。只要教师坚定地以学生的终身发展为目标，坚持不懈地进行改革，不断摸索和探求，在课改中解放思想，不保守；求真务实，不花哨；面对困难，不回避；逐步完善，不停步。王真老师坚信，一定会在课改的道路上看到最美丽的风景。

四、硕果盏盏挂灯笼

（一）天马行空　陶艺之美

开发校本课程是学校在“预留空间”自主开发、各展其长、大有作为的一项课程建设，它是学校课程体系建设的重要组成部分。随着新一轮基础教育课程改革的推进，校本课程如雨后春笋般蓬勃发展起来。在这课改的三年里，王蕾老师立足校本课程——陶艺的研究，勇于实践。在新课改的理念指导下，进行了许多有益的探索与尝试。回想三年来艰难探索的课改历程，真可谓一路走来，挥洒汗水，酸甜苦辣尽在其中。

1. 开课伊始，困难重重

初上陶艺课，南辛庄小学的王蕾老师怀揣着一颗忐忑的心，端着泥巴走进教室，她迅速环视着那50多张因好奇而兴奋的脸，自己内心却处处是迷茫：泥巴该怎么分呢？在搭班老师的协助下，泥巴总算发完了。刚想喘息一下，不料状况不断：老师，我的泥巴黏桌子上了！老师，我的泥巴不够用了！……下课铃响了：老师，我还没做完呢！老师，泥巴放哪儿？作品放哪儿？……面对一个个问号，王老师感到很困惑：40分钟的课堂教学时间太短，满足不了教学需求；课堂秩序混乱，难以掌控杂乱局面；泥巴迅速风干，影响教学使用；碎泥巴无人整理，桌上桌下一片狼藉。这一切既破坏了教室环境卫生，还影响其他老师上课……一个个问题弄得王老师头昏脑涨。该怎么办？

2. 勇于探索，积极改进

“三人行，必有我师”。静心思考，与同事交流，积极向专家请教，终于摸索出了一些切实可行的好办法。

首先，调整课堂教学时间。在向领导汇报交流后，初步设定由两节课合成一节课（共80分钟），这样由分发泥巴到作品做完后的收拾卫生都有了很好的安

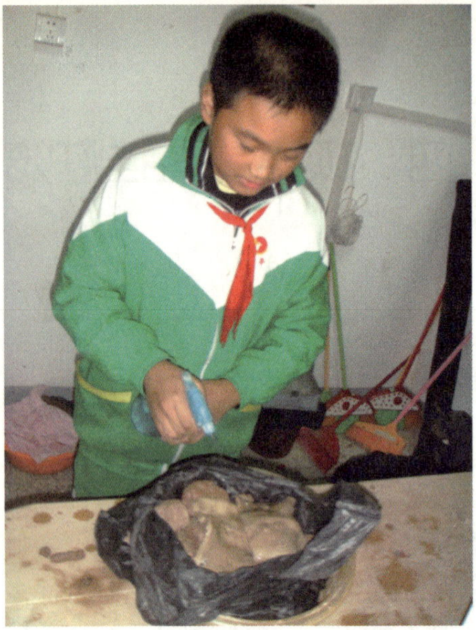

排，保证了充足的上课时间。

其次，改变学生学习形式。由原来的同位一张桌子的形式改为前后位四人一张桌子的小组合作形式。这样既节约了泥料，又减少了分发泥巴的时间，还培养了学生的协作意识。

此外，设立小组长，培养学生的管理能力。在小组间选出一位组织、管理能力强的学生做组长，负责每次小组活动的组织、安排，以及物品的分发。如：课上，小组长负责给小组内学生分好工，擅长搓泥条的就负责搓泥条，擅长捏的就负责捏。充分体现了新课标的合作精神。课下，小组长轮流整理碎泥巴，定时喷水保湿，既节约了泥料，又培养了学生的管理能力。

最后，改进泥巴的保存方式。要求小组长负责准备家长买菜用的塑料袋，把分发的泥巴放进去盖好，用多少拿出多少。天长日久，学生就养成了良好的课堂用泥的好习惯。

3. 确定内容，推进课改

陶艺课初进课堂，最让王老师头疼的就是课程内容的选定——教材。往往是上完这节课不知道下节课该上什么内容。对于课程内容的安排，没有一个清晰的思路。经过这几年的实践探索，针对儿童的成长规律和学校环境，王老师决定把“捏塑成型”定为学生的主要学习内容。这样，教学的具体内容也容易选定了。

如：低年级的学生可以做贴近生活的捏塑形象，更能激发孩子们玩泥的乐趣。如“甜甜的汤圆”“长长的面条”“我喜欢的小茶具”等等。而中年级则可以

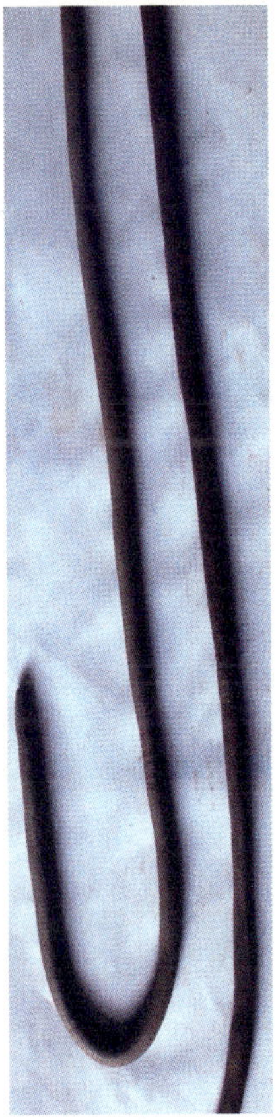

在此基础上，提高学习内容的难度。如：“可爱的小章鱼”“五彩的小蘑菇”等。高年级则进行“十二生肖”“散步的蜗牛”等的学习。

教学实践过程中，王老师一直不断探索，不断反思，积极总结经验，吸取教训。开展陶艺课以来，为了更好地开展教学，激发学生的学习热情，保持持续的激情，她经常带领学生开展丰富多彩的教学活动。

如：利用暑假，带领学生到龙山黑陶研究所参观，观看大师拉坯成型及修坯

方法，感受旋转的魅力；偶尔也会带学生去青年陶艺家王雪芳的工作坊去感受釉色的神奇魅力；有时也会把民间艺人“泥人吕”请进课堂，手把手传授技艺；把课堂设在阳光底下，让孩子在文博会现场义卖，体验自己的陶艺作品价值，从而培养学生的自信，增强他们的社会责任感。

通过这些丰富多彩的陶艺活动，进一步激发了学生学习陶艺的热情，改进了陶艺教学，推动了课改。

4. 春种秋收，一路繁花

经过几年来的不懈钻研与实践，南辛庄小学的校本课程——陶艺，不仅深受学生的喜爱，也得到了各级领导的肯定，陶艺之花绽放在了美丽的南辛校园。

随着首届“快乐的泥巴节”的成功举办，南辛陶艺的名气也越来越响亮。2010年，济南教育电视台的《艺术鉴赏》栏目、山东电视台对南辛庄小学的陶艺社团进行了专题访谈。为了迎接“世博会”，陶艺社团进行了“海宝”“中国馆”等系列作品的创作，拉近了孩子与“世博会”的距离。新华社等多家媒体对此进行了报道。2010年底，全篇《三字经》泥版字历时三年在陶艺社团诞生，1134个浅浮雕制作的泥板字，形成了特色壮观的校园文化艺术墙。2010年10月，南辛庄小学被济南市文联授予全市首个“济南陶艺文化教育基地”。同年“非遗”进校园现场展示，受到原文化部副部长赵少华的关注，和学生进行亲切交谈。在2010年11月19日的山东省高中美术教师陶艺模块课程培训中应邀担任培训，指导高中美术老师进行陶艺拉坯成型工艺制作的学习，得到了省美术教研室米海峰、市美术教研室丁建国等领导的高度评价。

现如今，“南辛陶艺”已成为学校一个响亮的品牌，一张特色的名片。学校陶艺之家可谓是春种秋收，一路繁花，硕果满园。

（二）践行唯真　绽放光彩

六年前，沈磊老师成为德兴街小学一名专职书法老师。六年来，浓浓的墨香浸润了沈磊老师的教育事业，也飘香于沈磊老师的生活。书法，成为沈磊老师和孩子们共同感受中国传统文化的金色桥梁。书法课、书法社团以及丰富多彩的书法活动，在书写国粹的过程中，孩子们的点滴进步，都是沈磊老师为师者的骄傲与自豪。

1. 探索

在与书法陪伴的日子里，沈磊老师是幸福的。

（1）让学生爱上课堂

六年以来，沈老师一直致力于校本课程——书法的课堂教学改革。立足于校本，积极探索一种适合学生课堂教学策略，并形成了自己独立的教学风格——通过提高学生对书写汉字重要性的认识，然后发掘学生亮点，想方设法培养学生的兴趣，让学生扎根传统、循序渐进地学习，做到教者得法、学者重法，从而使学生学习书法的热情得到提高，规模得到壮大。沈老师总结这样两点：

①书写重要，认识提高

书写是运用语言文字交流思想的一个不可缺少的方面，字能写好的人则等于多了一张文化名片，书写过关则终生受益。所以，首先从书写的重要性来提高学生对书法的认识。比如在一年级新生上第一节书法课时，沈老师一般都不急于上课，而是先带学生欣赏作品或讲一下各个书法家学习书法的历程以及往届书法班（包括以前学生）的作品、成绩和荣耀，以唤起学生的求知欲望，点燃学生的智慧之花。例如，在给学生播放一些录像的时候，学生们会问：“一副几十个字的作品，为什么能值这么高的价格？”沈老师就告诉学生们：“书法艺术是中华民族特有的传统艺术，在简单的黑白世界里，深深地吸引着人们，打动着人们，给人以赏心悦目的感觉，给人以美的享受。因此，传承和弘扬祖国的书法艺术，我们应感到骄傲和自豪。提高对书法学习的认识，激发兴趣。”

②培养兴趣

“爱之愈深效果愈佳”，兴趣是最好的老师。学习书法需要很好的耐性和坚强的意志，如果不能激发学生的兴趣，学生会很快放弃对书法的学习。沈老师是通过如下方法去发掘教学的亮点，培养学生的持久兴趣。

首先，想办法让学生信服自己，有点崇拜就更好。除了认真备好、上好每一节课外，平时沈老师能严格要求自己，遍临学生手中所学的帖，抓紧时间读帖和创作，对练习认真、肯动脑、进步快的学生，他都会写一张书法作品送给他们、勉励他们。

在课堂上师生之间、学生之间互评，通过点评，肯定优点，激发学生兴趣。指出缺点，明确不足，让学生及时获得反馈信息，以此培养学生发现问题，分析问题，解决问题的能力，最终达到书写美观的效果。

力争在校园内大面积展示学生的书法课堂作业，有些在橱窗展出，有些装裱成框在书法展展出。介绍他们临帖的经验，树立书法学习榜样。有身边的“明星”作为学习追赶的对象，学生的兴趣和水平都得到较快的提高，形成一股你追我赶的良性竞争氛围。

在第二课堂和校内的艺术节举行现场书法表演。学生即席挥毫的能力得到提高，学生的胆量和意志也得到了锻炼，观众的赞叹声使学生受到了鼓励，获得了成功感，增强了信心，更加坚定了对书法的兴趣和执着。

“没有爱就没有教育，真正的教育其实是爱的教育。”六年的书法教学生涯，沈老师一直把这句话作为自己的座右铭。先树立孩子的自信心，敞开心扉和每个孩子成为朋友。让学生喜欢上自己，只要孩子们喜欢上了老师，他们就愿意上喜爱老师的课，书法的书写水平也就自然提了上来。沈老师感受着孩子们对书法的热爱，对他的喜欢。每天走进校园，就会有许多“粉丝”围上来问个不停，惹得其他学科老师投来“嫉妒”的目光。

（2）让学生信任教师

要想给孩子一杯水，自己必须是一眼泉。在摸索课堂教学改革过程中，沈老师也同时不断学习以提高自己：深入研读有关小学书法教学资料，学习书中形式多样的教学，开启学生的书法智慧之门，让学生“活学”“乐学”；每天都在查找相关书籍资料，认真钻研如何将书法教学上得有声有色。在一些专业名师的指导下，沈老师的书法教学也渐渐地走上了比较专业正规的教学路子。教得越久，越发能感受到书法教学的无限魅力，心中十分感激领导给了他教授书法的机会。

为了能跟上课改的步伐，沈老师一直订阅有关书法教学的《青少年书法》等杂志，利用课余时间查阅相关资料信息。借鉴同行的优秀经验，对他的专业成长起到了更大的促进作用。慢慢地真正领悟了书法教学的实质，能更有效地组织学生进行书法探究。在一次次书法课的锻炼中，不断完善他自己的教学，也使得他的课堂教学更能深入浅出，驾轻就熟。

（3）让学生充满自信

自从上书法课以来，沈老师就成立了 1— 5 年级的书法社团，每个年级选出了 20 几个学生，每天上午或者下午放学以后给他们进行辅导，每次 1 个多小时。他从来没有向领导们喊过累，从来没有向学校要过课时费或者加班费，得到了领导们的赞扬和肯定。学校里每个热爱书法的孩子，会给予他更多的回报。每当看到孩子们快乐地拿起毛笔，自信地书写出漂亮的毛笔字，每当听到稚嫩的童声赞颂着祖国的文化瑰宝，每当捧起一幅幅充满墨香的学生作品时，沈老师感觉到是那么的欣慰！难抑心中的激动之情！

2. 收获

六年，对于沈老师来说，是漫长的也是幸福的。在学校领导的大力支持下，

在他全心全意的精心辅导下，在孩子们认真努力的付出下，学校的书法普及率已经达到学生总人数 80% 以上。在全国、省、市各级比赛中，师生作品频频获奖。书法特色迅速成为学校唯真教育一颗璀璨明珠，学生书法作品香飘四壁，书苑翰墨相映成趣，浓郁的书香文化溢满校园。

（三）趣味版画　快乐童年

随着素质教育和艺术教育的革新与发展，儿童版画逐渐成为小学美术教学的重要课程之一。儿童在制作版画的过程中，能够不断地提高审美能力和表现能力，对其分辨美与丑、正义与邪恶、高深与庸俗大有裨益，从而凝聚成一种精神涵养。济南市光明街小学的马文静老师凭着自己的理解与感悟引导孩子以独特的眼光看世界，以特有的视角看生活。在她的指导下孩子们描绘的蓝天、白云、大海都表现出独有的天真与浪漫，体现出他们对生活、自然、社会的认知和感情。

美术新课改要求以人为本，强调学生的主体地位，充分尊重学生的个性发展。本着这一理念，结合学校的学情和自身的专业特长，马老师一直在探索适合学校的美术特色课程。

2007 年，区教研员郭老师提出了在全区各校开设美术特色课程的要求，根据自身的特长和学校的情况，马老师将版画作为研究课题之一，在学校开设了版画社团。刚开始的时候，社团只有十几个学生，马老师利用每周四下午课外活动的时间来辅导版画学习。在探索中虽然也遇到了一些困难，但是学生的学习积极性却非常高涨。2009 年，学校参加了济南市美术特色课程展示，当时社团的学生就有 50 多幅作品展出，并得到了与会领导的赞赏，这就更加激发了学生创作版画的积极性。马老师又把学生的版画作品挂在楼道里，来布置学校的校园文化，同时也受到了其他同学的赞赏和羡慕，于是吸引了更多同学来参加版画社团。

学校专门成立了版画工作室，为学校版画课的开设和自身特长的发挥提供了便利条件。随着版画社团的发展壮大，版画教学逐步形成一定的体系，从学生的版画社团逐步发展成为学校的美术特色课程。将版画纳入美术的常规教学中，让每一个学生都有机会参与版画创作，让每一个学生都能感受到版画创作所带来的成功和快乐，让学生感受印迹之美，体验创作和制作的乐趣，使学生的综合素养得到提高。

在多年儿童版画的教学实践中，逐步形成光明街小学版画教学的系列目标和实施方案：

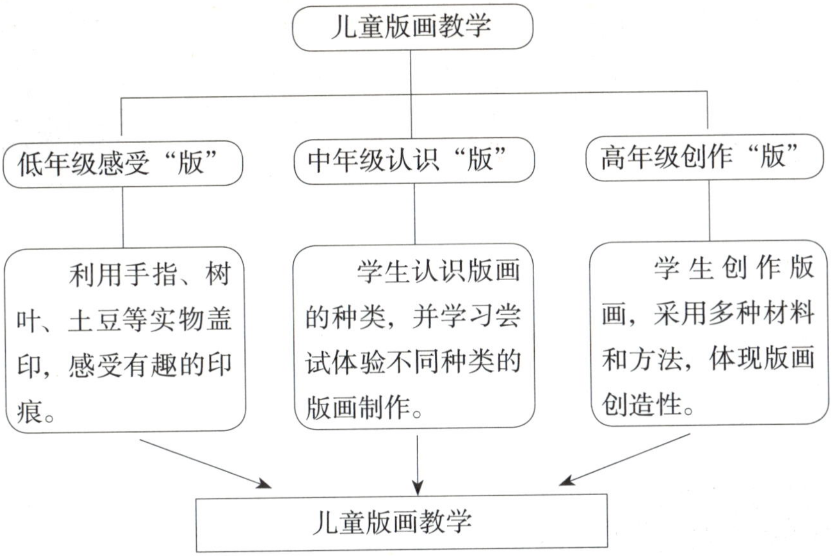

小学低年级阶段主要以感受“版”为主，这一阶段学生在造型上处于意象阶段，引导学生对拓印的兴趣，在版画教学中表现为一种游戏活动，是对“版”的初步感受。例如：将手指涂上颜色印在纸上，玩具、树叶等实物的盖印等。通过引导儿童去感受版，去感受不同材质的物体在纸上留下的不同的有趣的痕迹，从

而使学生乐于去尝试，乐于去探索，感知版画的趣味性，激发学生的学习兴趣。

中年级阶段认识“版”，引导学生了解版画的基本工具材料、基本的版画语言和一般的版画表现方法，体验版画的肌理之美和印迹之美，如纸版画、吹塑纸版画等等。本阶段学生已有一定绘画基础，通过学习不同版种和不同表现方法，

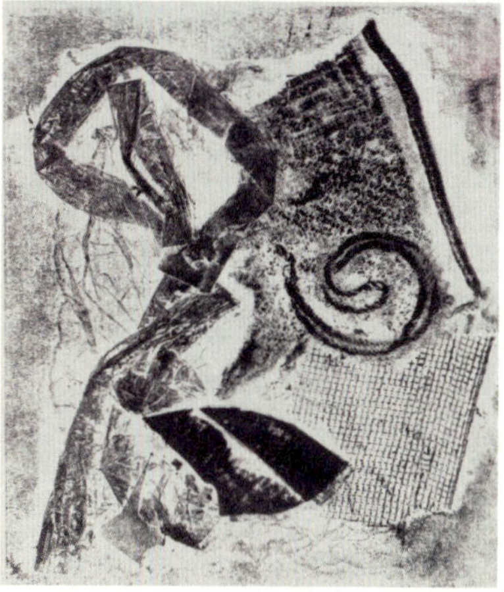

为学生版画创作打下良好的基础，让学生了解丰富的版画知识，感受不同的版画种类的表现魅力和趣味。

小学高年级阶段主要是创作“版”，教师引导学生对版画表现形式、内容和手段进行创新，进行多样化版画创作。本阶段学生已经有了一定的版画基础，可以根据自己的兴趣爱好，选择不同表现形式和材料进行版画创作。学生还可以分主题、分内容的进行创作，对版画材料和技法敢于创新。

儿童版画教学培养了学生的审美能力。版画和其他绘画种类的区别在于版画是一种通过媒介印刷的绘画种类，它的制作方法和使用的媒介呈现出多样性特征，呈现的画面具有间接的绘画性和复数性。

儿童版画教学培养了学生动手能力和创造能力，激发了学生对美术学习的兴趣。版画是一种将绘画和制作结合起来的绘画种类。版画的制作要经过一个非常复杂的过程：构思—画稿—刻制底版—印制—作品。其中包含了体验生活、收集搜索素材等活动，还要经过从构思向画稿的转换，由画稿再到最后作品的转换。版画制作过程中动手动脑、手脑并用的特性，使其具备了特有的动手功能和育人功能。版画作品的完成是在版材上，使用的是刻制工具而不是绘画工具，有了与画笔完全不同的接触体验，完全不同的使用方法和处理技巧，学生可以探索不同材料和制作技法，探索不同材料产生的不同印痕肌理效果，在作品创作上更具有创造性。正是这种动手能力和创造性像美术游戏一样的形式，把相对枯燥的教学内容进行“娱乐性包装”，给学生以轻松和快乐；选择和组合有趣味的教学信息，给学生以兴趣和吸引力，大大激发了学生美术学习的兴趣。

例如：在学生的版画创作中尝试了多种材料，其中大部分是适合儿童的简单易刻的板材，如纸板、吹塑板、PVC 板（聚氯乙烯板）等。学生将自己创作的形象用圆珠笔或硬质材料直接刻画到版面上，再进行上色、印刷，这种制作方法简单易掌握。除了基本材料之外，学生还主动探究创作，发现版画创作中丰富有趣的印痕，利用身边一切可以利用的板材，充分挖掘各种材质在版画中的运用。废旧的布片、树叶、网纱、旧卡纸、废旧报纸等等都成为学生可以利用的材料。学生在版画创作时将这些自身具有特殊肌理的物品进行摆放、组合、穿插、拼贴、

加工、塑造等来形成一些非常特殊的、斑驳的印痕效果。学生们游走在各种趣味印痕之中乐此不疲。

儿童版画教学加强了学生对文化的传承和交流，培养学生对传统民族文化的热爱之情。版画是我国的民族文化之一，历史悠久，历史文化也非常丰富，它和古代的篆刻艺术、拓碑、画像砖等都有一定的相通和关联。它不仅具有审美艺术价值，

还具有广泛的社会实用价值。通过儿童版画教学使学生了解版画丰富的历史文化知识，加强学生对传统文化的传承和交流。在儿童版画之版画藏书票的教学中引导学生把藏书票与读书、爱书、藏书结合起来，让学生感知藏书票中蕴含的深厚的文化底蕴。例如在学校开展为自己喜欢的图书做藏书票活动，开展快乐还书日活动，将自己制作的藏书票放在图书中和其他同学的交换，让藏书票起到文化交流的作用。

与光明街小学是孔子文化示范校相结合，在版画教学中，将孔子的文化、足迹作为版画的创作素材，编成小故事让学生用版画的形式呈现出来。在版画的教学中注入深层的文化积淀，让学生在传统文化的浸润中成长。例如：在学生进行版画创作时，将孔子"六艺"的内容和孔子故事用版画的形式呈现出来，让学生在做版画的同时加强对民族传统文化的认识和了解，从祖国艺术积淀的文化精粹中汲取民族的精神力量并养成民族的审美情趣。

儿童版画教学增强了学生对生活的观察和热爱。艺术来源于生活，同样儿童版画教学也要与学生生活实际联系起来，学生将一个个鲜活的生活情境和生活体验当做版画创作的题材，用版画作品来讲述身边发生的故事，使自己的作品更具有生命力和生动性。例如：有的学生是用版画刻画自己的校园生活，有的学生用版画表现自己有趣的生活故事，有的学生则用版画记录班级里发生的一些文明事件，并利用版画的复数性，印制出来在同学中间宣传校园文明。学生在制作版画时加强了对生活的观察从而更加热爱生活。

儿童版画教学加强了学科之间的交流和整合。儿童版画不仅是一门孤立的美术教学，版画教学还可以和各个学科联系起来，通过版画的创作也促进学生对其他学科的学习兴趣，培养了学生的综合素养。例如：有的学生将版画创作和自己的作文习作结合起来，为自己的作文添加版画的插图，使图画和文章相得益彰。

第五篇

流苏之颜

有这样一种树:

它属木樨科，是落叶乔木，适应性强，寿命长，成年树植株高大优美、枝叶繁茂，花期如雪压树，且花形纤细，秀丽可爱，气味芳香，是优良的园林观赏树种，不论点缀、群植、列植均具很好的观赏效果。既可于草坪中数株丛植；也宜于路旁、林缘、水畔、建筑物周围散植。

这就是流苏树!

趵突泉公园中有一棵高大的流苏树。它经历了时间的沉淀，已脱去稚嫩的外衣，变为数层楼高的参天古木。赶上流苏树满树白花的时节，在阳光的照耀下，流苏树便会笼上一层金色的光辉，煞是迷人。

近年来，槐荫教育内涵发展的执着追求，换来了区域教育质量的持续提升，换来了教育教学成果的涌现，换来了各级各类学校的特色发展，换来了一流教师队伍的蓬勃发展——

历经风雨，槐荫教育终得满树流苏芬芳，清丽宜人。

一、捧得芝兰嗅芬芳

五年走来课改路，一路歌来一路风。犹如芝兰长幽谷，尝尽多少霜雪露，而今终将芬芳吐！

一年一年斗转星移，一载一载桃李芬芳。槐荫区实施新课改以来，区域内众多学校均以课改为契机，找准切入点，努力在新课改方面形成自己特色，取得了显著成绩。

（一）“光明”风景，这边独好

在槐荫区与市中区搭界的地方，有这样一所袖珍学校：在校学生不足 500 人，而且，要找到它，必须在宿舍楼群中穿过长长的胡同，如果不仔细留意，这所学校还真不容易被发现。就是在这样一所学校，也在尝试着一场轰轰烈烈的改革。

1. 加强教育科研为课堂教学改革推波助澜

（1）教科研组织机构建设

要让教师从日复一日、年复一年的枯燥工作中解脱出来，就应该将他们引向科研的幸福之路。近年来，光明街小学一直把提升教师的科研水平作为教师发展的重点，努力使老师们成为专家型教师，通过课

题研究，寻求构建高效课堂的最佳方法手段。为此，光明街小学采取了一系列的措施，指导教师开展课题研究，成立了专门的学校教科室。

一次次的培训，一次次的听课研讨，使光明街小学教师明确了课题选题应该是课堂教学实践中碰到的真问题、实问题、小问题，很多老师在工作中反思自己的教学行为，从学生的实际出发，开展课题研究，提高课堂教学技艺及课堂教学水平。

（2）发挥龙头课题带动作用

“以课题带动教研，以课题提升课堂”，促进学校、教师的发展和教育质量的提高，是光明街小学教科研的理念。

2011 年 12 月 2 日，光明街小学召开了市“十二五”规划课题“基于目标的自主大课堂研究”教学研讨会。济南市教研室副主任李勇、语文教研员江洪春老师、英语教研员王亚春老师、数学教研员陆泽贵老师、体育教研员王建军老师及槐荫区教育局副局长李卫东、原区教研室主任晋萍，还有我区各学科的教研员老师们莅临本届教学年会。年会中，光明街小学 8 位教师展示了 8 节研究课，为课改提供案例，供老师们品评赏析。课后，市区教研员直面课堂，对 8 位老师的课进行了精彩点评，不仅充分肯定了学校前一阶段的研究成果，还为学校下一步的课堂教学指明了方向，既有理念的提升，也有概念的澄清，还有细节的指导。专家的专业引领，为光明教师的成长导航。在与市区教研室专家零距离的接触中，老师们深受鼓舞，信心倍增。尤其是青年教师，都表示今后要把课堂教学作为主阵地，不断磨砺自己，在课堂教学中成就自己与学生的精彩人生。

下午，光明街小学的老师们又共同聆听了市教研室李勇主任《教师专业化成长》的精彩报告。李勇主任诙谐幽默，深入浅出，旁征博引，两个半小时的报告容量大、领域广、案例多、内

涵深，引领老师们“跳出教育看教育”，在更高的起点上思考教育，思考教学，思考如何做一个幸福成长的教师。李勇主任的报告打开了老师们的心门，老师们在愉悦的精神享受中，思索着、感悟着、成长着……这次年会的成功举办又一次增强了学校的凝聚力，向心力，增加了老师们教学的自信心，也更为教师们的专业发展搭建起更加广阔的平台。

（3）教科研草根行动

光明街小学还深入开展教师小课题的研究实践，要求教师人人有课题，并做到理论研究与教学实践相结合，以课题推动教学改革，以课题促进自身专业化发展。倡导教师围绕自身教学中存在的实际问题确立研究课题，以确保科研行动的草根性、原创性，实现“实效科研”。光明街小学每学期邀请教育专家来校指导一至两次，为教师组织教育问题报告会和讨论会。每月一次组织全校教师进行教育科研活动，向全校教师普及教育科研理论及方法，发布教育科研信息及趋势。教师个人结合课堂教学实践中碰到的问题，结合自身教学改进目标，选择切口小、用人少、有实效的小课题，采用行动研究方法开展小课题的研究实践。组织开展形式多样的学习研讨活动。课题研讨活动有重点、有布置、有准备、有反馈。学校分管领导加强指导、督促，听取意见，协助解决研究中存在的问题。学期末进行课题研究阶段性总结，对课题研究成果进行评选和奖励。

2. 加大骨干教师、名师的辐射性，为课堂教学改革锦上添花

名校培养名师，名师支撑名校。一个好老师能撑起学校的一片天，成就一位好老师等于成就一批好学生。因此光明街小学非常重视对教师的培养，形成了梯队式的培养体系，通过各种形式的培训，切实提高教师的专业素质，提高课堂教育教学水平。

济南市光明街小学教师培训内容

全员培训	骨干教师培训	新教师培训	班主任培训
单周三 统一学习 双周三 分教研组学习	建立一份 成长档案	师徒结对，制定个人发展计划	优秀班主任讲座 低年级班主任沙龙
教学札记（35 岁以下每周两篇，其他每周一篇）	骨干教师 展示课	每月听师傅一节课并上一节汇报课。	班主任师徒结对 班会培训
读书笔记： 摘抄《论语》或撰写心得 摘抄教育教学先进理念 （每月各一篇）	承担一项研究课题 主持一次教学沙龙	学期末上过关课。	隔周班主任例会 高年级班主任沙龙 班主任座谈会
教学基本功培训（周五上午粉笔字展示，下午上交钢笔字一张。）	区级以上刊物发表文章一篇。	建立一份成长档案。	班主任手册
目标：建设一支激情、智慧、乐业、奉献的教师队伍，每位教师具有自主发展意识并善于团队合作，致力于不断提升自我及团队的专业精神、专业思维、专业品质。			

通过培训，学校涌现出了一批业务强，素质高的优秀教师。马文静老师是光明街小学一位普通的美术教师，她在“规范加特色”“合格加特长”的思想指导下，根据自身的特长和学校的整体情况，创立了“文静版画”工作室，确立了《趣味版画》的实验课题，开发了光明街小学的美术特色课程——《儿

童版画课》，有计划有步骤地开展版画普及教育，使版画走进光明街小学的美术常规教学中，丰盈了美术课程内容，培养了一批学有专长的美术人才。由于美术特色课程突出，2010 在全国第七届藏书票研讨会中，光明街小学荣获特殊贡献奖。2011 年 1 月，光明街小学承担了济南市中小学版画教学研讨会，取得了良好的成效。马文静老师也被聘为山东省高中美术教师培训教师并破格成为槐荫区第二批名师人选。

光明街小学有一位数学老师叫桑明，今年已经 43 岁，她是 2007 年从外校调来的。原来，她就是一名普通的数学老师，在校本培训的启迪中，她积极地进行课堂教学改革，成为我区数学领域的带头人。她的教学课得到了市区教研员的认可，成为槐荫区一位年龄最大的数学中心组成员，很多外校的老师前来听课，向她取经。桑明老师建立了自己的教学博客，写了《放飞我的教育梦想》《第五个面》等教育教学博文，前些日子省教育电视台对她进行了专访。在省"小学数学教师专业化成长课题研究"鉴定会上，光明街小学全体数学老师以教育试点的方式进行了专业化成长的心得交流，桑明老师提供了观摩课，受到了领导专家的好评。

姚荣荣是一名光明街小学的语文老师，同时还兼任品德与社会课。在搞好语文教学的同时，她带领品社教研组的老师开创了另一片崭新的天地。新课程改革以来，《品德与生活》《品德与社会》带给品生、品社教师全新的挑战。通过研究探讨，他们对课程的理念，承载的功能达成共识，密切与学校生活、学生生活实际相结合，创造性地使用教材，潜心研究教学内容，不断探索新的教学方式。教学中，不再拘泥于课堂这一小小的教学空间，而是结合教学内容带领学生走入社区，走进社会，使课堂更加开放。2011 年，光明街小学品德与生活、品德与社会教研组被评为市、区优秀教研组。

（二）一二三四五，奏出二十六中学课改新乐谱

济南第二十六中学在课改思想指导下构建了改革的基本框架，即围绕一个中心：课堂教学；试行两项改革：讲学稿和小组合作；落实三项工作：制度保障、课题研究、人人参与；明确课改四个原则：积极、有序、求实、创新；推行课改的五个步骤：学习体验—正式启动—逐步推开、全面参与—阶段总结—完善推进。

课堂教学是师生共度的生命历程。作为教师，提高自己的教学质量就是提高自己的生命质量。教师只有不断提高自己的课堂教学水平，才能真正“触摸”到教师职业的幸福。作为学校管理者，就要尽一切努力来帮助教师提高课堂教学水平。为此，济南第二十六中学整个学期开展听评课活动，先听“推门课”，再听“开门课”，然后进行“展示课”。每学期的“我的课堂我展示”活动是学校教学工作的一次盛会，是每位教师展示个人教学魅力的舞台。

教学校长在征求学科教研组长、年级组长、骨干教师、教师代表意见的基础上，根据学校学生和学校教学的实际情况，拟定学校课堂改革模式为“问题引领、教学合一”。

为了使课改工作更加科学化、规范化，学校讨论制定了《济南第二十六中学“问题引领、教学合一”课改方案》，根据方案组织多方人员反复商量讨论后，制定出台了《济南第二十六中学“讲学稿”使用规定》《济南第二十六中学关于实行“讲学稿”教学的若干规定》《济南第二十六中学关于加强集体备课管理的有关规定》《“讲学稿”课堂教学评价表（教师用表）》《小组合作学习方案》等课改相关文件。

观念是行为的指南针，因此，更新教师的观念是实施课堂改革的前提。而落实这一前提的基础是认真学习，在教师头脑中树立课改的基本理念。

1. 认真学习课改相关制度

学校通过全体教研大会、教研组分组学习会等，学习了《济南第二十六中学“问题引领、教学合一”课改方案》《济南第二十六中学“讲学稿”使用规定》《济南第二十六中学关于实行“讲学稿”教学的若干规定》《济南第二十六中学关于加强集体备课管理的有关规定》等规定，使课改观念深入人心，使教师初步了解课改的具体要求。

2. 学习先进课改经验

课改伊始，困难重重。教学思路、教学模式都需要进行探索。为了确保成功，学校安排所有的一线老师分批去课改先进地区，如杜郎口中学、东庐中学、青岛四十四中等进行学习培训，并积极组织教师参加课堂教学改革研讨会。

通过培训、学习，老师们开阔了眼界，消除了顾虑，激发了热情，开始全身心地投入到课改中，积极探索新的课堂教学模式，取得了明显的改变和提高。

（1）教师方面

①每次集体备课目的明确、任务明确，真正使集体备课落到实处。

②发挥组内每位教师的优势，是集体备课组智慧的结晶，是大家团结、资源共享结出的硕果。

③课改是教师教学思想的一次变革，它改变了过去“教师讲、学生听”的传统教学方式，使课堂更加注重学生的主体作用。

（2）学生方面

①使学生对新课的预习落到实处。过去一直要求学生课前预习，学生是否真预习了，无法检验，现在可以通过学生做讲学稿的情况检验学生的预习效果。

②是学生学习方式的变革。在过去的课堂模式下，学生只是被动的听，现在的课堂模式是学生通过小组合作学习，交流展示学习，学生真正成了课堂的主人。学生的疑难可以在组内解决，减轻了教师的负担。

③学生的能力得到多方面的发展，如语言表达能力、组织能力等。

④小组评价方式激励了每一位同学。

（3）课堂的变化

①课堂容量明显增大。

②学生的学习效率明显提高。

③学生的参与度明显提高。

尤其从 2010 年至今的学考情况可以看出了，课改不仅没有使二十六中的教学成绩下滑，反而使教学成绩年年提升，老师们尝到了甜头，积极性更高了。

二、桃李有言花更红

课改离不开学校领导的决策和顶层设计，更离不开一线教师踏踏实实、不断求索的努力付出。都说“桃李不言，下自成蹊”，可是，我们认为桃李有言，花会更红！

几年课改中，一线教师不断摸索，不断前行，收获了很多好的经验和方法。正是因为这些好的经验方法，才使得我们的课改之花，繁盛茂密。

（一）讲述课改故事，留下成长足迹

南辛庄小学在槐荫区的西南部，是南辛地区唯一的一所小学。因为老城区的拆迁，暂时在营东小学“寄居”。就是在这样的情况下，南辛庄小学也没有停止改革的脚步。

南辛庄小学拥有一支踏实肯干、任劳任怨、兢兢业业的教师队伍。但随着时间的推移，聘用制度的变化等因素的影响，也面临结构性缺编的困难，平均年龄达 37 岁，35 岁以上教师 40 人，占总人数的 63.5 %。这些教师在多年的教学工作中积累了很多丰富的教育教学经验，但朴实内敛的群体特性使大家疏于表达、积淀，更善于默默无闻地耕耘。如何让这样一支教师队伍敞开心扉，把沉淀于心的宝贵经验一一传授下来，为新生代们提供更多可以借鉴的东西呢？这成为摆在他们面前的一项课题。

20 世纪 80 年代，由加拿大的几位课程学者倡导的“叙事研究”，被作为教师的研究方法运用于教育领域。这几位课程学者认为：教师从事实践性研究的最好方法，是说出和不断地说出一个个“真实的故事”。这样的教育叙事研究，是教师了解教育和向别人讲述其所了解的教育的最重要途径之一。它比较容易被一线教师和研究者所掌握和使用，不像量化研究那样需要教师或研究者有较高的专业知识技能，非常适合我们学校教师的现状，于是南辛庄小学决定组织教师以“我

讲我的教育教学故事"为主题，开展校本研修活动，提升教师的教育教学智慧。南辛庄小学希望借助这一活动的开展，改变以往教师在教育研究中"被动"的地位，使教师从自己亲身经历的教育生活中"寻找""梳理"出自己的经典故事，在讲述教育教学故事过程中，成为一个真正面向自己教育实践的、积极主动的思考者和研究者。抱着试一试的想法，该校开展了这项活动。

1. 活动展开阶段

（1）写故事。首先在教学计划中对教师明确要求，每位教师每月上交两篇独立撰写的故事，在规定的教研活动和班主任活动时间，进行不同专题的故事交流活动。以这种小范围的碰撞，打开教师的内敛心态。通过一学期的活动，还真的在教师中发现了几位善于言辞的"能教师"，他们撰写的故事语言生动，事例鲜活有趣，教育教学方法巧妙，令人耳目一新。为了鼓励教师们多积累、多总结、多出故事、多写故事，南辛庄小学校长为老师们订阅了各种专业期刊，在教师节对教师表达问候时，校长为老师准备的礼物中，增添了一本饱含希冀与浓浓情意的"书"，借此让"书香"感染、熏陶每一位南辛人，力求把南辛打造成"书香校园"。

（2）讲故事。南辛庄小学还开展了以大教研组为单位的故事交流活动，使老师们能够增加互相了解、学习的机会，并邀请市区领导参加了他们的大组教研活动。各级领导对他们的教研方式给予了很多指导与肯定，坚定了他们将这一活动开展下去的信心。同时，南辛庄小学每周一的故事时间，都由一位教师主讲，又给老师们提供了一个锻炼的平台。

（3）搭台子。为了让更多写出好故事的教师有成就感，南辛庄小学决定创办校刊《润泽》，设立专门的故事交流栏目，刊登老师们的原创作品。并与槐荫区

《探索报》《济南教育》《山东教育》《中国教育教学研究》联系投稿，积极推荐该校教师的优秀作品。看到自己的文章刊登在这些报刊杂志中，教师的写作热情进一步被激发了起来。

2. 教师成长感受

活动开展三年来，校领导惊喜地发现，老师们在故事中逐渐成长：

（1）聚焦教育现象

活动开展过程中，老师们按要求定期撰写教育教学故事，学校适时邀请专家到南辛庄小学参与故事交流活动，使教师能够得到专家面对面的指导。老师们在撰写故事中，重新对自己的经历进行咀嚼、回味和反思；在整理自己思维的过程中，他们的真情得以释放，思想获得升华。每次的故事交流，都会成为老师们的真情互动，使大家引起共鸣、激发思考、引发感悟。经常性的交流活动，使更多的老师将目光聚焦到了教育教学现象中。在多次交流讨论的基础上，老师们研究探讨教育教学现象的兴趣得以强化，用日益敏锐的目光去发现教育问题。老师们由校本研修之初的“让我寻找”教育教学问题，变为“我要寻找”“我爱寻找”，并逐渐养成了与同伴共同研究探讨教育问题，讨论“疑难杂症”的研修习惯。

（2）热衷理性思考

要由“教书匠”转化为教师，使教师成为专业性较强的职业，教师就必须在日常工作中有自己的理性思考，就要具备教师特有的教育智慧。时常反思自己的教育教学行为，将经验逐渐提炼升华为教育教学理念，从理论上寻根求源，会使老师们变得更加睿智。让教师在活动中对自己的教育教学生活重新回味、咀嚼、反思，形成一个个令人为之感动，为之欣喜，为之沉思的小故事。在解读这些小故事的过程中，发生的是解读者与叙述者之间的心灵对话和交流，当老师们用心品味它们的时候，他们可以感觉得到：教师对自己生活经历、教学生活的叙述过程，就是他们展开研究的过程，就是他们进行理性思考的过程。在撰写教育教学故事时，老师们都会在故事的后半部分阐述自己的理性思考，而这种经常性的思考，伴随着研修活动的深入开展而日渐深刻。“一种思想与另一种思想碰撞，就获得两种思想。”在日常交流中，老师们享受着交换思想带给彼此的幸福，我们的教师集体进行思想的碰撞，使我们成了思想的富翁。

3. 享受教育过程

开展活动以来，在故事的交流与碰撞中，教师的教育教学智慧得以不断提升。看似平凡枯燥的教育教学过程，由于增添了几分思考而变得灵动鲜活了。大家在遇到一些棘手的事件时，少了以往的简单、冲动，多了几分冷静沉稳与思索，会多问自己几个问题：“这样做行吗？”“孩子们此刻更需要什么？”“还有更好的解决方案吗？”教育教学过程中的思维含量不断增加，艺术含量不断提升，教育智慧不断凝结，置身其中真的就有了一种享受教育的感觉。

南辛庄小学的研修活动就是通过教师讲述自己的教育教学故事，对教育理论、教育观念进行一种致力于解决实际问题的教育行动研究，从而尽可能地避免理论与实践的游离。南辛庄小学的老师们有了领导的支持、专家的指导，加上老师们的热情与执著，一定会在教育教学的研究之路上走得更加稳健。

（二）放慢匆忙的脚步，欣赏课改的风景

在阿尔卑斯山谷中一条风景极佳的大路上，竖立着一块著名的牌子，上面写着几个大字：“慢慢走，欣赏啊！”意在提醒人们不要只顾匆匆走路，而要时刻留意欣赏路边的景色。

对此，朱光潜先生写道：“许多人在这车如流水马如龙的世界过活，恰如在阿尔卑斯山谷中乘汽车兜风，匆匆忙忙地疾驰而过，无暇回首流连风景，于是这丰富华丽的世界便成为一个了无生趣的囚牢。这是一件多么惋惜的事啊！”

教育，本来是一道靓丽的风景，是一门值得细细品味的艺术。但是，多年来，在应试教育的重压下，第三十中学李秀举老师总感觉自己就像阿尔卑斯山上的游客，不曾停下匆忙的脚步去留意、去欣

赏、去品味。尤其课改两年来，崭新的模式，陌生的理念，使原本就缺乏自信、形色紧张的她，变得更加手忙脚乱，步履匆匆。紧张地备课、紧张地上课、紧张地批改、紧张地处理各类琐事、紧张地赶车、紧张地回家、紧张地做饭、紧张地辅导儿子做功课、弹琴、练字。更深夜半了，还要挑灯夜战准备明天的导学案。太阳还未升起，同样的日子又开始重复……甚至忙碌到连一句“匆匆，太匆匆”的喟叹都来不及发出，哪还有时间和心情抬头看看前进的方向，哪还来得及回首观望自己留下的那一串串深深浅浅的脚印，哪还有暇顾及路边那烂漫的花朵和鲜嫩的小草……

直到有一天，疲惫不堪的她累得实在挪不动前进的脚步，蓦然回首，却发现，课改带来的，原来不仅仅是忙碌和困惑，也不仅仅是痛苦和折磨，更多的，还有喜悦和感动，幸福和快乐。

1. 磨砺和提升

课改初期，李老师是在一种极其忙乱和恐慌中度过的。为了课改，她曾惧怕迷茫，不知所措；为了课改，她曾徘徊不前，抱怨退缩；为了课改，她曾痛苦煎熬，食不甘味；为了课改，她曾寤寐思服，辗转反侧。但是，几近崩溃的李老师从来没有停止过前进的脚步，总是千方百计让自己认清形势，转变观念，勇敢面对，迎难而上，多方学习，勤于反思，研究探讨，积累总结，认真钻研，反复琢磨，夜以继日，持之以恒……办公室里有她认真备课的执着，备课组里有她虚心求教的虔诚，课堂上有她不懈实践的汗水，教室里有她观摩学习的印证，公交车上有她凝神苦索的专注，书房里有她挑灯夜战的身影……

通过三年的磨炼，李老师的课堂教学能力、编制导学案的能力、组织小组合作的能力、总结反思的能力都有了很大提高。曾经让她手忙脚乱、顾此失彼的七大环节，现在已操作得游刃有余；课堂再也不是死气沉沉，杂乱无章，而是时时处处充满了生机、活力；学生成为课堂的主人，自主、合作、展示构成了每节课的主旋律；课堂上，她再也不是那个喋喋不休的讲解者、统治者，而是一个组织者、引领者、启迪者和参与者；学生的学习热情和积极性明显提高，责任心和各种能力都极大地增强了。

三年的课改，让李老师进一步明白了一个朴素的真理：看似一项非常简单的工作，要经过多少次的筹划，多少次的确认，多少次的验证，多少次的失败，才能做到让它顺利进行。只有跋山涉水、栉风沐雨、披荆斩棘，百折不挠去探索、去努力、去实践的人，才知道成功来的是多么不易。

2. 自信和自尊

多年来，故步自封的她一直在一种极度不自信甚至自卑的状态下工作、生活，几乎从未上过公开课，严重害怕有人听课，甚至连在正式场合说话的勇气都没有。课改以来，学校领导不定时推门听课，同事之间必须每周相互听课，所以，被人听课已成为家常便饭。更恐怖的是，由于学校课改工作走在了市、区课改的最前列，许多兄弟学校和外省学校纷纷前来听课学习。这种情况下，虽然胆怯的她每次都在内心苦苦哀求上帝，希望不要有人来听自己的课，但不幸的是，她的“诚心”似乎从来没有感动过任何人，所以学校每次有人听课她都是无一幸免。但所幸在李老师的精心准备下，每次讲课都能受到一定的好评，这无疑让向来缺乏自信的她找到了不少的信心和力量！

经过努力，曾经让李老师迷茫困惑的课改，现在终于有些清晰豁然了；曾经使她痛苦煎熬的课改，现在终于尝到甜头了；曾经以为自己永远做不好的事情，如今总算大有进步了。还有，学校每学期组织一次的大规模“过关展示课”中，李老师以一次良好、五次优秀的成绩名列前茅；还有，她所写的课改反思《天空没有翅膀的痕迹，但我已经飞过》受到同事和领导的好评，并在《济南教育》发表；课改论文《从心所欲不逾矩》获得省优秀成果一等奖；还有，在槐荫区组织的两届中学教师素质大赛中，李老师采用小组合作的形式用外校学生进行课堂教学，连续两次获得了一等奖的好成绩。

这看似不起眼的点点滴滴凝聚了李老师太多的心血，也让她认识到自己并没有想象的那么差！世界上还有什么事情比一个人找到自信和尊严更值得自豪和欣慰的呢？这，大概就是课改送给李老师的最好礼物。

3. 淡定和从容

成功的背后，总是少不了艰辛的付出，背水一战的豪情，和“不到长城非好汉”的决心。除了这些，之前，我们似乎还少了一份淡定和从容。过分的急于求成，过多地去关注结果，而忽略了过程中的点滴，忘记了有些事情需要的是时间和耐心。

子曰：“无欲速，无见小利。欲速则不达，见小利则大事不成。”

教育，本来是一门慢的艺术。课改，更不能急功近利。我们知道，杜郎口走了八年的历程，用了十年的探索才有今天的辉煌，而我们的课改又怎能太过于焦躁？

慢慢走，需要的是时间，需要的是不过分强求的豁达，需要的是宠辱不惊淡泊名利的气度；而欣赏，不只需要外在的感知，更需要一份平心静气的执着，需要时时刻刻都能感知事物美好的心灵，需要敏锐细腻而深邃的目光。只有这样，才有可能发现生活千姿百态的美，才有可能品味课改的醇美滋味。

所以，为了学生的健康成长，为人师尊，要“慢慢走，欣赏啊！”让学生看得到尊重，看得到从容，看得到优雅，看得到生活的情趣。

所以，为了自己生活的丰美，为人师尊，要“慢慢走，欣赏啊！”让我们看得到笑脸，看得到真诚，看得到成长，看得到教育的真谛。

所以，朋友啊，在匆匆赶路、挥洒汗水、辛勤耕作的同时，让我们学会平抚浮心，剔除燥气，偶尔放慢前行的脚步，回首一下来时的路，也许你会发现，幸福，原来就在路途的点滴之中。

（三）小组合作学习，幸福着“你”的幸福

2009 年，陈树洪校长带领三十中师生实行了轰轰烈烈的课堂改革，经过第一阶段过关达标，第二阶段规范展示，第三阶段创新个性，第四阶段优质优效，他们的课改从萌芽阶段已经走向了枝繁叶茂的盛夏。刘菁老师就是其中的一员，曾经的她，彷徨过、困惑过、痛苦过，但最终也融入其中并享受到了课改带来的希望、激动与幸福。

小组合作学习是三十中学课改中最闪亮的一面旗帜。在课改刚起步时，刘老师只是忙于适应小组合作这种教学模式，因此常常是为了合作而合作，忽视了小组合作的实效性。学生的主动合作意识不强，合作参与不足。小组活动时，由于学生的参与度不均衡，造成了“学优生讲，学困生听”的局面，表面上热闹、民主、活泼的合作学习气氛中，隐含着种种阴影。能力强的学生参与机会明显较多，在小组活动中抢

占话语权，起着主导作用。而能力较弱的学生则显得消极被动，不去积极参与、体验获得知识的过程，只等坐享别人的劳动成果。渐渐地，他们对小组合作学习失去了兴趣，表现得冷淡、麻木，直至放弃。轰轰烈烈的小组合作学习又变成了另一种形式的“一言堂”，失去了合作的意义与价值。

如何使每个学生在有限的45分钟时间内有充分的时间参与课堂活动，从而保持学习英语的积极性和兴趣，以获得最佳学习效果呢？如何在教学实践中培养学生良好合作学习习惯和能力，以便开展有效合作学习而不至于流于形式呢？北京师范大学、研究生导师章志光教授说：“竞争历来被当作激发斗志、争取成绩的手段之一，在竞争过程中学生的成就动机更强烈，学习兴趣和克服困难的毅力增强，在比赛的情况下，学习的效率有很大提高。”因此，把竞争引进小组合作的课堂教学。创设良好的竞争氛围，可以迅速调动学生学习的主动性和积极性，激发其学习英语的兴趣，提高课堂效率。于是，刘老师决定从评价上解决这些问题，在课堂上把小组合作与竞争机制有机地结合起来，使她的课堂有质有效。渐渐地，她把“组间竞争，组内合作”引入到课堂中的每个环节，收效很大。

在把小组合作与竞争机制有机结合的课堂中，每个小组成员都为了小组的集体荣誉而积极合作、共同讨论、交流信息，最后达成共识，这样合作学习就收到更好的教学效果。于斌、邸猛等几位同学的进步是有质有效课堂的突出体现。于斌和邸猛的英语成绩，由刘老师刚接过班来的不及格到学考成绩优秀，提升幅度非常大；在此之前，于斌是班上的纪律“老大难”，上课坐不住是他的突出表现，每位任课老师提到他就感到头疼；邸猛则是出了名的“话篓子”，坐在哪儿都能导致那一片上课讲话。不完成作业更是他们的家常便饭。展开组间竞争之后，只要他一次不完成作业就要给小组扣掉2分，上课精力不集中扣1分，上课说话扣1分，不真心参与小组讨论扣1分等，这样势必给整个小组的量化总分拖后腿，碍于面子并且怕组内同学的唠叨，更怕老师对于最差两个组的惩罚，他们的这些毛病逐渐减少，初三第一次质量检测，他们的成绩都有所进步。刘老师乘胜追击，又实行了“1+1课下帮扶”，1号带5号，2号带6号，3、4号互助，有明显进步的结对子同学各加1分，进一步提高了他们的学习积极性。初三上学期结束，于斌、邸猛的成绩都已及格，在给了他们极大的精神和物质鼓励后，她进一步思索更有力的竞争评价。下学期开始，她规定凡是自己做题，并向老师或组长正确讲解做题方法思路的加2分（当然可以事先请教），于斌、邸猛等几位同学非常积极，为给组里挣分，他们一闲下来就找几道题做做问问，这样既杜绝了他们的一些不良习气，又不知不觉地提高了他们的成绩。最终，班上的学习风气好转，同学们都能积极主动去学习了。学考成绩下来了，他们考出了连老师都不敢想的优异成绩，学生、家长、学校都感到非常满意。

路漫漫其修远兮，吾将上下而求索！这句话用在这里恰如其分。课改路，慢慢，欣赏，课改路，漫漫，赏芳。终究我们会体会到其中的乐趣，从而从内心收获那份幸福。

（四）三尺讲台上下，我与学子共舞

新课改五年过来了，已经在三尺讲台奋战了二十多个年头的昆仑小学的于翠菊老师就一个感想：我下岗了！特别是自己教了多年的班级，经过了最初与学生艰难的磨合，到了六年级的时候，于老师基本上处于一个“下岗”的状态。

课改之初，作为一名教数学多年的教师，于老师的思想并不先进甚至还有些保守。多年教学她总结出一套自己的方法，得心应手：上课时，口若悬河；练习时，严格要求；批改时，一丝不苟。

于老师最怕的就是上级领导和同行来听课。从接到消息起，就开始坐卧不安，把课备了一遍又一遍，改了一次又一次，请教了一个又一个；忐忑不安地上课，既要听学生的回答，又要判断听课老师的表情，既希望孩子有出彩的地方，又害怕自己备课没有备到；好不容易汗津津地讲完，到了评课更是如坐针毡，既希望大家提出自己课堂上的不足之处，又希望得到大家的肯定。

学生平日里更是上课如入牢笼，下课就像断线的风筝。自觉的孩子还好，学习稍不如意的孩子，40 分钟是如此难熬，不能随便地说话、乱动，必须动手写根本没兴趣的枯燥的数学。写了改，改了写，日复一日，年复一年，浑浑噩噩。有那么一日，老师说有人要来听课，怎么着也不能让老师丢人呀！学生们强打精神，积极努力地配合老师的课堂。下了课，大家简直是如释重负。

随着于老师学习的深入，听的课多了，想法也多了。她认为学习应该是一个快乐的过程，让孩子在学习中感受到数学的乐趣。基本知识，基本技能的掌握，也可以快乐地获得，同时普及基本的数学思想，获得基本的活动经验。于老师下决心彻底改变了。

老师的形象颠覆了，从站在讲台上喋喋不休的主宰者转变为一节课只出现几次的“旁观者”；学生的形象颠覆了，从课堂上循规蹈矩的听讲者变为课堂的主讲人。

一个又一个小小的身影在讲台上，慷慨激昂地进行一番讲解，你也许都不相信这只是六年级的小学生。有时，由学生讲解的题目反而更容易被学生理解；但遇到学生解决不了的，比如：一道难解的题，没有思路不要紧，教师可以用一个简单点的题引领大家来体会；如学生还不得要领，教师可以给一个再简单点的题。总之，要一步一步顺着解题的线走进老师的“圈套”。

在整节课中，真正的老师只是偶尔说了几句话，俨然一个“旁观者”。不过这几句话，内行的教师看来可是关键呀！孩子可能准备了半个小时，而老师却需要准备更多的半小时，拉出框架让学生自由地发挥，自己演绎精彩的数学课堂。

现在看来，于老师真是轻松了！可是这个过程一言难尽呀！从培养一个学生，到三个学生，延伸到更多的学生，普及到全班是怎样一个蜕变。教师的观念转变了，家长却成了一道过不了的坎！对他们来说，成绩就是硬道理，别的都不谈。约谈家长代表，全班家长会，学生展示课，作业展示，提高中等生参与学习的积极性。每天的小组合作中，逐步消灭一天产生的问题；围追堵截式的封杀学困生的惰性，发动全班的同学来与懒惰作斗争，让这种作风没有藏身之地。绝大多数的同学并不是智力上存在问题，而是长期养成的不良习惯造成了学习上的落后局面，她发动全班的同学对这种不良的习惯作斗争，让舆论逼迫它无用武之地。无论是教师、家长还是学生，甩开了成绩的包袱后，反而取得了更好的成绩。家长放心，教师、学生也把心都放在了肚子里！

课改五年，于老师骄傲地说：我下岗了，学生上岗了！期待，对每一个孩子都应该有所期许，期待他每天在努力，每天有一点进步，用耐心，用信心激励他，让我们师生一起静待花开！

（五）J.K.罗琳，让孩子走进魔幻世界

“耶！我们的《魔法四三班》出书喽！”“哈哈，毕业时送给母校的礼物，我们的《魔法四三班》绝对是独一无二的！”看着眼前这群意气风发的少年，透过张张笑脸、声声欢呼、缕缕墨香，德兴街小学阎秋老师的视线穿越了时光，回到了两年前她们班的作文课堂。

1. 写作文，一个世纪难题

课前十分钟，教室里真热闹。大家聚在一起兴高采烈地谈论着什么。阎老

师也凑上前去听了听，原来孩子们在谈论他们正在读的魔幻小说《哈利·波特》，一个个眉飞色舞，嘴里满是“霍格沃兹”“9¾车站”“魁地奇”……聊得特别起劲。

上课铃声响了，阎老师告诉大家这节课上作文课，话一出口，一分钟前还生龙活虎的孩子们，神情忽然晴转多云，像泄了气的皮球一样瘫坐了下去。“又写作文，唉……”教室里响起了三三两两的叹息声。可是又不能不写，一番指导过后，有的同学奋笔疾书；有的同学咬着笔杆，迟迟没有下笔；还有些同学则像挤牙膏一样，想一句，写一句。她来到作文“老大难”小博的身边，一节课过半，他还像尊塑一般呆在那里，见阎老师过来，眉头紧锁，显出满脸的无奈。阎老师努力地按捺着一腔怒火，让他放学后完成。

下课回到办公室，几篇“豆腐块”又故意气她似的跳到了眼前，看着那少得可怜的字数，阎老师真有一种想把它们统统丢进垃圾箱的冲动。唉，每次习作都要为这些不合格的作品生气，几十篇文章批完要花上很长时间，等发到学生手中也是瞥上一眼就被扔进抽屉洞。学生发怵写，老师头疼批，难道写作文真像有人调侃的那样，是个“世纪难题”？

窗外，孩子们又聚在一起，兴致勃勃地谈起了《哈利·波特》，笑得多开心！他们写起作文来也能这副表情该多好，阎老师暗暗思忖。

2. 魔幻写作，一枚美味的果实

“老师，想什么呢，这么入迷？”学生的话把阎老师的思绪从两年前重又带回到了现实。“老师，一会儿就要接受记者采访了，你也和我们一样激动吧？”“是啊！走，咱们一起去迎接记者叔叔吧。”齐鲁晚报社的李飞记者觉得《魔法四三班》是不错的新闻题材，要来学校对“小魔法师”进行一次专访。孩子们生平第一次接受采访，兴奋之余也有些许紧张。

李飞叔叔打开厚厚的黑色记录本，笑着问孩子们：“同学们，你们是怎么想到要创作这本书的呢？”

文静的李明鑫第一个发言：“之所以叫《魔法四三班》，是因为书是从四年级开始写作的。老师带我们一起阅读了《哈利 · 波特》，主人公哈利在霍格沃茨魔法学校六年的学习生活和冒险故事，深深吸引了我们。故事非常有趣、精彩，大家完全被迷住了。为什么我们不能创作类似《哈利 · 波特》的校园魔幻小说呢？当时，有几个同学提出来这个大胆的想法，阎老师非常支持我们。”

李叔叔一边在本子上飞快地记录着，一边抛出一个新问题：“写魔幻小说和你们平时写作文有什么不同吗？”

“当然不一样啦！”快言快语的冯至臻抢着说。“《魔法四三班》写起来更自由，可以展开想象的翅膀，不受拘束。我平时一上作文课就头疼，感觉无话可说。可是写小说就不同了，都是从每天观察到的事物中写起，写起来感兴趣，不需要刻板地依据固定的题目。”“没错！”曾经的作文“老大难”小博紧接着附和，“作文一般都是指定题目，感觉枯燥，凑字数很痛苦。写起校园小说来就不同了，常常写起来就收不住。”

“嗯，大家发言很踊跃啊。那么你感觉创作《魔法四三班》最大的收获是什么呢？”李叔叔环视着同学们发问。

“我先说说吧！”一拿起笔就文思泉涌的李泽阳说，“和同学们一起创作魔幻小说，我们能像 J.K. 罗琳一样大胆想象。在《魔法四三班》中，大家用丰富的想象创造出很多有趣的东西：有飞出教室玩耍的黑板，通往自由空间的隧道，复活的昆虫标本，治疗啃手指毛病的特效药水，把各种动物基因注入石榴树体内生成的‘树怪’等等。情节也很有想象力，一颗闪着银白色幽光的陨石从天而降，同学们解救了一名坠落地球的冥王星魔法师，故事由此展开。我们还创作了各种稀奇古怪、滑稽可笑的魔法和咒语，既出人意料，又令人捧腹大笑。”

“你说的 J.K. 罗琳是……”李叔叔一时没想起来。

“就是《哈利 · 波特》的作者。”耿昊回答，“老师常对我们说，要善于捕捉灵感，罗琳就是因为看到一个火车窗外戴着眼镜的小男巫，产生了创作灵感，才写出《哈利·波特》的。记得写《魔法四三班》时，我一整天都在寻找灵感，课间王明智冲大家做了个鬼脸，当时我的脑海中就有了《王明智的恶作剧》。"

"是啊，我们把生活中的见闻、经历都写进了故事里。"李宇涵接着说，"比如反映校园生活的《神奇的班车》《美味小饭桌》，倡导环保的《环保汽车》，反映国家大事的《5·12纪念日》，影射社会现象的《网虫的觉醒日》，贴近同学心灵的《友谊》《树怪三部曲》……只要在现实生活中巧妙地加上些魔幻元素，就能写出一篇有趣的魔幻故事呢！"

李飞叔叔一边频频点头，一边在笔记本上奋笔疾书。

"我来说说我的收获吧！"谌琦腼腆地一笑，"记得有一次，老师在课上给我们读了J.K.罗琳的一句话，对我启发特别大。她说：'我想象不出有什么比一个具有无限神力的英雄更无聊的了。你遇到了麻烦，你搓搓你的戒指，呼啦一下，一切全解决了，这无聊得令人难以忍受。'所以从那以后，我在写作时总是试着把故事编得复杂一些，曲折一些，有趣一些，出人意料一些，因为这样才能吸引人。"

看到这些平日里淘气、稚气的孩子，在记者的询问下像"小大人"一样从容、机智地回答问题，我心中不由地升起几分欣慰和骄傲。

《魔法四三班》的得力主编之一米欣禹举起了手，李叔叔笑着请他发言。"我觉得同学们最大的收获，就是学会了把作文写具体、写生动。我们写完一篇故事，同学之间要互相评价，每篇文章都要反复修改，大家掌握了不少把故事写生动的技巧。叔叔，我给你读几个片段，好吗？"

"好啊！"李叔叔饶有兴趣地点头。

"这是'巧设悬念'：下了课，同学们拿着石头去问阎老师，老师说这是一块魔法宝石。每个人都感到非常好奇，刘超凡几乎一整天都在想：这块魔法宝石有什么用？为什么会落在操场上？

"这是'一波未平，一波又起'：接下来，马老师让同学们练习跳远，有了李泽阳刚才的教训，同学们都不敢再用魔法了，只有赵泽芃还存在侥幸心理。

"这是'欲扬先抑'：咒语念完了，可是大家的盘子里的菜却一点变化也没有。几个人都感到失望极了，王明智垂头丧气地说：'看来我们只能吃白菜粉皮了。'当他拿起勺子吃了一口白菜时，眼睛突然瞪得和灯泡一样圆，再看看身边的几个同学，也都惊喜地张大了嘴巴。

“这是‘含蓄隽永’：‘再见了，同学们’的声音随风渐渐飘远，只留下一个伤心的男孩和他的同学们。

“这是‘蓄势陡转’：注射完这针‘特效药’后，他们却在瓶后找到了这样一段文字：本品为特效药，会促使动植物快速成活，生长，成年，衰老，有副作用，并且如果将动植物基因全部用完，不久，将会变成成活之前的样子。李泽阳与怪怪古读完，惊得目瞪口呆，但是已经太迟了。

“怎么样，叔叔，是不是现在就想来读读我们的书啦？”

米欣禹摇了摇手中的《魔法四三班》，脸上露出了调皮的笑容。

“真的很吸引人啊！”李叔叔称赞道。

“李叔叔，在共同写作的过程中，同学们之间的关系也更加密切了。一开始我以为没有人会写我，但是在谌琦的文章中，我被写成一个非常有爱心、爱帮助人的小魔法师，我感到很惊喜。这应该是写作之外的收获吧！”李明鑫笑着补充。

耿昊憨厚地点点头，说：“我赞成！大家通过《魔法四三班》表达自己善意的观点，有的故事写的是对友情的珍视，有的是对父母的感激，我们还可以从伙伴的文章中看清自己的缺点。在写故事、读故事的过程中，我们都受到了很多启发。”

“呵呵，你们终于找到写魔幻小说的终极意义了。”李叔叔打趣道，“这魔幻写作真是一枚神奇、美味的果实啊，不但激发了大家的想象力，让你们爱上了写作文，还是你们成长和友谊的见证。”

“叔叔，我们还要把《魔法四三班》当成毕业留念赠送给了母校和学弟学妹们。”米欣禹动情地说，“无论以后走得多远，这本书都是联系母校和我们的纽带，看到这本书，就会想起小学时这些阳光灿烂的日子。”

李叔叔点了点头，将这几句话飞快地写在了本子上。

3. 首席魔法师的魔杖

李叔叔把目光投向了阎老师：“您的学生真健谈啊，应该也和你们平时大量写作有关吧。现在该是你这位首席魔法师发言了，能不能谈谈指导学生创作魔幻小说的体会？”

“首席魔法师我可算不上，很多时候都是受到同学们丰富想象的感染和启发。”阎老师如是说，“其实每个孩子的头脑中仿佛与生俱来就有一个魔幻世界，我所能做的就是引领大家的创作热情。当有同学缺乏自信时，我用他们的同龄人——重庆南岸珊瑚实验小学四年级学生创作的《张宋演义》激励大家，同学们对完成一整本书的信心就树立起来了。为了让写作过程更加轻松愉快，我们把全班分成实力相当的两组，制定评价标准，以打擂台的方式让同学们用作品一决高下。孩子们都摩拳擦掌，跃跃欲试，他们自愿而不受强制，自守而不违规则，合作而不特立独行，在快乐的氛围中进步。老师的鼓励，我认为，对学生来说非常重要。文章可以反复修改，自信一旦挫伤，就难以修复了。因此，我把每一篇文章都看作学生智慧的结晶，即使很不成功也努力找出其中的闪光点，给予充分的肯定和赞扬。同学们汲取到向上的动力，就会更热情主动地去创作更精彩的故事。”

“我明白了，热情地引领、游戏中写作、不吝惜赏识和鼓励，就是你这位首席魔术师手里的三根魔杖啊！”李叔叔不愧是记者，迅速捕捉到了一大段话的主旨。

阎老师忍不住赞叹：“遇到知音了！我认为只要老师在写作教学中使用好这三根魔棒，每一个孩子就都能够像 J.K. 罗琳一样出色！”

采访在孩子的欢声笑语中结束了。送走了李飞记者，阎老师和学生们携手并肩走在校园的梧桐树下。魔幻写作，是他们心头一叶扬帆的小舟，阎老师愿和孩子们一起乘着它，渐渐驶近习作教学理想的彼岸……

三、桂花绽放十里飘香

“桂花绽放十里飘香，春风化雨百年树人。”槐荫区课程改革就像漫天的春雨，雨脚频频，温暖每一个渴望绿的生命，温暖每一棵渐冷摇曳的树。孩子们脸上荡漾着信心、快乐的笑容，孩子们真的变了：他们不再自卑、不再孤僻、不再怯懦，而是勇敢地表达、交流、展现。

（一）“小蜗牛”变回“小牛牛”

今年11岁的于杭平，在济南市小辛庄小学读五年级。看到这个题目你们一定会很好奇，“小蜗牛”变回“小牛牛”是怎么回事。

先说说“小牛牛”的来历吧。妈妈说于杭平小时候很可爱，总爱装作小动物的样子。有一次妈妈正在电脑上给他建儿童博客，于杭平在屋子里把小手放到头上学小牛的样子还“哞——哞——”叫着。妈妈说，博客的名字就叫“小牛牛”吧。

从那以后，每当他表现好的时候，妈妈总会说：“小牛牛真棒！”听到妈妈的表扬，于杭平心里美极了。

可是刚上小学的时候，他就很少听到妈妈这样夸自己了。取而代之的是：你这样慢腾腾，真像是“小蜗牛”。

唉，也不能怪妈妈这样说呀，于杭平的确是做什么都慢腾腾的。

不但如此，于杭平心里还住着一个“孙悟空”呢！课堂上老师在讲课，他的“真身”神游到九天云外去了；上课前他的小飞机做好了，下课后于杭平要拿到操场上玩；他还要做个小风车，用米老鼠的彩纸做……

就拿数学课来说吧，同学们的课堂作业都做完了，他的作业才做了一点点。只要老师稍不注意，于杭平心里的“孙悟空”又溜出来了。学校的合唱团唱的什么歌呀？社团里吹的什么曲子？操场上的同学们玩的什么游戏？于杭平好像什么都能听到。虽然于杭平人在课堂上，可是心正“耳听八方”。就这样，几道数学题他做了很久。课堂上，于杭平也没有心思举手发言。当妈妈知道后说：你这真是“小蜗牛”的速度呀！

可这些都是以前的事情了，现在“孙悟空”已经从他心里悄悄溜走了。

因为数学课越来越精彩了，“孙悟空”已经不能吸引他了。数学课，老师让他们自己制作小教具：彩色三角形、圆形、还有数字拼图小熊猫等，有趣极了，于杭平非常喜欢做。课堂上，于杭平和同学们自己动手拼摆，充分发挥了他们动手能力强的优势。“孙悟空”可比不上于杭平和同学的合作学习，他们分享自己的想法，互相学习，互相帮助。老师就像他们的朋友一样，跟他们一起讨论，一起想办法。这样的数学课，于杭平真是喜欢。

告诉你们，于杭平还是“小老师”呢！

老师经常告诉大家，你们才是这个课堂的主人，鼓励大家到讲台上给同学们讲数学题，于杭平心里既高兴又紧张。当他站在讲台上，看到老师温和的、鼓励的眼神时，他变得自信了，跟同学们交流，大胆地说出自己的想法。讲完题，他走下讲台，老师说于杭平讲得很好，同学们也用掌声鼓励他，他心里特别高兴！

于杭平现在越来越喜欢数学课，做作业的速度提高了，上课积极回答问题，回到家独立完成家庭作业。于杭平再也不让“孙悟空”住进他心里，他再也不愿意做“小蜗牛”了。

还有一件事让于杭平觉得很高兴，他要当数学课代表了。老师在班级里实行了全员课代表的制度，同学们都有机会来当数学课代表，做老师的小助手，给大家服务。于杭平也终于如愿以偿地当上了光荣的数学课代表。妈妈看到他的进步表扬说：你这“小蜗牛”终于变成名副其实的“小牛牛”了！

“小蜗牛”再见，于杭平是最棒的“小牛牛”！

（二）喜看稻菽千重浪，倾听幼竹拔节声

走进二十六中的语文课堂，你会发现：学生精神抖擞，活力无限。每一个学生都在积极地思考，积极地发言。是什么改变着他们？

走近二十六中的学生，你会发现：他们朝气蓬勃，个性张扬。每一个孩子的脸上都流露着自信，充盈着快乐。是什么改变着他们？

走近二十六中的老师，你会发现：他们满面春光，献身教育的精神溢于言表。是什么改变着他们？

是课改！是课改让二十六中的老师、二十六中的学生、二十六中的家长耳目一新。课改，换来了课堂内外的百花齐放、姹紫嫣红，教育的春天溢满校园。

时光荏苒，从初试课改到全面课改，二十六中已经历了五年的风风雨雨。蓦然回首，几度迷惑、几度辛酸、几度痛苦、几度快乐。下面用二十六中老师自创的一段相声《说课改》（节选）来说一说他们的课改历程吧。

甲：据我所知啊，咱们的课堂以前不是这个样子的。

乙：我刚来到咱们学校，你给我介绍一下以前咱们的课堂是什么样？

甲：老师经常满堂灌，学生学习接受慢，厌学情绪也难免，教育效果大减半。

乙：还挺押韵。

甲：老师作为课堂的主角，教学以说教方式为主，学生的学习积极性难免不高。你看，这样的课堂多让人揪心！

乙：是不大行！

甲：现在不一样啊。我们的课堂变了新的面貌。

乙：哦？什么面貌，说说看！

甲：现在教师备好讲学稿，合作学习来引导，学生参与热情高，课堂大家都叫好。

乙：变化太大了。

甲：你说这些可喜的变化应该归功于什么？

乙：应该归功于咱们槐荫区正在大力推进和实施的课堂教学改革。

甲：没错，自从咱们区推进课堂教学改革以来，我们学校就积极响应，确定了“问题引领，教学合一”的课改课题，不断探索实践。

乙：说干就干。

甲：其实，课改推行之初，我们也产生了一些困惑。

乙：什么困惑？

甲：讲学稿怎么编写呢？小组合作学生能适应吗？老师讲的少了，学生能真学会吗？……困惑多了去了。

乙：要说推行之初，我们有点困惑也是可以理解的。

甲：没错，但是我们没有被困难吓倒，相反，这更加坚定了我们刻苦攻坚的意志和信念。

乙：咱们都做了哪些工作啊？

甲：那可多了。首先要向走在课改前列的地区和学校虚心学习啊。

乙：没错。

甲：课改这几年，我们南下江苏，到东庐中学详细了解以讲学稿为载体的课堂改革；西到聊城，到杜郎口中学学习小组合作；东边去了青岛四十四中；北边去了鄂尔多斯的东胜区东联现代中学、实验中学、华研中学；还去了枣庄溪仲中学、广州开发区中学……

乙：好了好了，好家伙，快赶上西天取经了。

甲：没错，二师兄……

乙：你才猪八戒呢！

甲：不是……说错了，我是想说，其实我们就是在学取课改真经。在东庐中学、杜郎口中学等每一个走在课改前列的地方，都有我们二十六中人孜孜不倦的身影。

乙：学校的确给咱们提供了很多学习机会啊，不过咱可不能光说不练。

甲：那肯定的。2010 年上半学期起，我们学校由领导亲自带头实践，钟校长带着干部，每人首先提供一节课改研讨课，成为了第一批吃螃蟹的人。

乙：这叫身先士卒。

甲：2010 年下半年，咱们学校的课程改革可以说是全面展开，如火如荼啊。经验交流会、研讨示范课、讲学稿评比、课改之星评选、课改笔记撰写……全校师生忙得是不亦乐乎。尤其是集体备课的加强，给我们的课改提供了良好的“后勤保障”。

乙：没错。

甲：可喜的是，咱们的课改是日渐成效啊。看吧，教师课改文集《在探索中发展》出版了，济南市规划课题立项了。课改之花已经渐渐开遍了咱们二十六中的校园。

乙：卓有成效啊。

甲：现在我们的课堂，学生们大显风范，老师们退居二线。学生成为了课堂上的主人。小组合作、探究实践、师生交流、生生互助，多种多样切实有效的课堂形式让学生动了起来，让课堂活了起来。

乙：没错。

甲：您看，这样的课堂多美妙，这样的老师多潇洒！

乙：咱们学校如火如荼的课堂改革带来新变化，新气象。

甲：没错，功夫不负有心人。再看现在的二十六中，真可谓旧貌换新颜啊。更重要的是，咱们学校的教学成绩又登上了一个新的台阶啊。今年学考中，我们的成绩那是芝麻开花节节高啊。这都是老师们在课堂教学改革中尝到的甜头啊。

乙：说得好！

甲：不仅如此，各级领导也一直没有忘记咱们的努力和成绩。课改以来我们获得区委、区政府授予我校的“教学进步奖”“特别贡献奖”“教育教学成果奖”，槐荫区教育局授予我校“槐荫区教学先进单位”荣誉称号。这一系列的荣誉是对我们学校课改工作的最大肯定和鞭策啊。

乙：这都是从上到下共同努力的结果啊。

甲：没错。各级领导们的英明决策，全体教职工的无私奉献，家长们的理解支持，孩子们的勤劳认真，共同铸就了二十六中今天的成绩。

乙：说得好！

甲：最后，请允许我以一首诗歌来表达一下我对新课改实施的感激和喜悦之情。

乙：您还会做诗？

甲：那必须的，下雨天不打伞——我也是个诗（湿）人啊。

乙：您说。

甲：《七律·课改》。学校之本在课堂，课堂改革换新装。各级领导勤指导，师生共同克愁肠。问题引领激兴趣，教学合一谱新章。全校合力谋发展！

合：我校明天更辉煌！

这段相声道出了二十六中课改的历程，在课改中他们收获了很多，他们憧憬着在下一轮的课改大潮中，继续乘风破浪，与时俱进。他们更渴望在课改的试验田里撒下革故鼎新的种子，沐浴课堂高效的光辉，在素质教育的土壤里孕育吐苗、拔节成长。课改现在还有很多等待他们解决的问题，但在课改的路上留下他们共同探索的足迹。愿今天的耕耘，为不久的明天编织一幅“喜看稻菽千重浪，倾听幼竹拔节声”的丰收图。

（三）感谢你，小组合作学习

邸猛，第三十中学27级1班5组5号。原来他的成绩在班级属于下游水平，各科的学习都有很多困惑的地方。上课不容易集中注意力，很容易走神，自然也不会主动回答问题；在家也不会主动预习复习，对于不会的问题也不知道去请教学习好的同学。邸猛不会的问题越积越多，成绩一直没有进步。

数学和物理是他一直很苦恼的学科，语文和英语也总在及格边缘徘徊，这让邸猛不知道该怎么办才好。后来学校实行了教学体制改革——小组合作学习，他的学习成绩得到了很大提高。

进行小组合作学习后，他在课堂上遇到的困惑或者不明白的问题，都能在讨论时及时询问组长，组长也会很耐心地给他解答，如果邸猛还是不明白，组长会多次仔细地讲解，直到他明白为止。当老师再提出问题时，邸猛就能举手回答了，即使回答的不充分不完整，组里的同学也会进行补充，他记忆地更深更牢固了。而当邸猛上课走神的时候，组长和组里的同学都会及时提醒他，他的听课效率提高了很多。而且在组里同学们的帮助下，邸猛学会了如何有效地进行预习和复习。在独自预习的时候，遇到不会的问题就拿张纸记录下来，去了学校后在上课前与同学讨论，课后及时将学过的东西整理记住，这使他受益匪浅。同时，邸猛也学会了如何建立错题本，将错误的题目抄在错题本上，在最后复习的时候就看曾经错过的题目，这使他知道了自己的薄弱环节在哪里，从而对症下药，有效地解决。小组合作学习给邸猛带来许多帮助。

在大家的帮助下，邸猛也总结出了一些提高成绩的方法：

1. 培养自信心。要相信自身的潜能是巨大的，一旦调动出来，会让自己大吃一惊，应该抱着积极的心态，多鼓励自己，多说“加油，我还能做得更好”这样的话。

2. 培养良好的学习习惯，按部就班，持之以恒。成功的秘诀其实很简单，就是简单的方法，不停地去做。学习优秀的同学他们使用合理的学习方法，养成良好的学习习惯，年复一年地在学习中不断总结，改进学习方法，所以他们能在学习上取得好的成绩。

3. 建立大脑的知识构架。在学完每节、每章、每本书时，都要做一次系统的总结，如列总复习纲要；熟记纲要和熟记知识点同样重要，长期坚持会使你在学习上少走很多弯路。

四、听花儿芳香吟唱

“我的孩子确实变了，性格开朗了，思维活跃了，现在的学习兴趣明显地比以前浓了，学习成绩也提高了……”一位家长在“我们看课改”为题的座谈会上如是说。家长关注课改，不仅关注课堂，更关注活动，不再把眼光紧紧盯在成绩上，而是开始用发展的眼光，关注孩子的成长、精神状态。可谓是笑看花开更添香。

课堂改革，将我们槐荫人带进了学校发展的“高原区”，我们将立足实际，务实管理，更加扎实地推进我区的课堂教学改革工作，更好的落实“教好教会，学好学会”的教育理念。我们将让这芬芳流苏香气永盎然！

（一）家长“冷眼”看课改

“孩子学校实行课堂教学改革，当时以为，作为家长，也只是听听名罢了，至于改什么，那是老师的事，和家长没有什么关系，和孩子的关系似乎也不是很大。”匡山小学学生家长王强如是说。但随着家长常常闲聊，他也开始被影响，也咨询邻居一位即将退休的老师，看上去这位老教师对课改并不积极，不仅如此，还给他念叨：“无论怎么改，教好学生才是根本，教学的最终目的还是学生掌握知识，成绩才是重要的。课堂改的花里胡哨，学生成绩上不来，还不如不

改。”听她一说，王强心里更没了底，课改不会影响孩子学习吧？

不仅其他家长和他有同感，老师也疑惑，小学里面课改，中学呢？最终不是还得看分数？还不是一样要参加中考、高考？一样要过这独木桥？小学课改了，那么中学还是老一套，参加课改的孩子到了中学会适应吗？到时候孩子在学习上不会吃亏吧？盘旋在他脑海中的问题有很多，王强内心也很复杂，既好奇也担心。转念一想，担什么心，如果孩子的学习不理想，家长给补补不就行了？小学这点知识还是能应付得了的。

一学期的实践证明，他的担心是多余的。孩子几乎每天都会和他聊学校、班级、同学。比如，孩子告诉他，自己学校实行小组合作后，不少问题同学之间就相互解决了。孩子还说了一个最大的优点，小组合作后，组内学习稍微落后的同学，在组员的帮助下，进步很快。这些学生说，有时一个问题，同学讲的比老师讲的更容易接受。学困生进步了，优秀的孩子更是不甘落后，组与组之间也是暗暗竞争，铆足了劲儿的你追我赶，学习的氛围比之前浓厚了。听到孩子的讲解，王强不禁暗自松了一口气，可见，课改不仅没耽误学习，反倒更激起孩子的上进心了。

不仅是语数英学科，像综实、科学、品社等等，孩子也常会聊。综实课上做纸折花，做果酱，水果雕刻，包水饺等等，常常会让他惊诧于孩子的能力。科学课上的小实验，回家也会给他讲解，有时还会考考我：“爸爸，你说说，生活中你常见的斜面都有什么？你知道螺丝也是运用了斜面的原理吗？”品社课上学到的知识，回来也会考考他们：“洛杉矶光化学污染事件是生引起的？中国近代史签订的各个不平等条约是哪些？”

孩子回家后的变化，爸爸也是看在眼里，喜在心上。虽然看不到孩子回家有多少写的作业，但是会有搜集资料的作业，会有读书后和父母交流的作业，周末会有社会调查的作业。有的作业还要用 PPT（是微软公司出品的演示文稿软件）完成，孩子的能力得到大大提高。

孩子在学校还参加了社团活动：绘画、建筑模型、柔道、航空模型，因为喜欢，所以学习劲头很足，这几方面参加的各种活动，还获得全国、省、市、区等各种奖项。从三年级开始，每年六一儿童节以及学校组织的活动，孩子都是主持人，这也得益于孩子的语文老师。因为孩子告诉他，在他们的语文课堂上，凡是交流读书感受、观影感受、讲个故事等，老师都让学生在讲台前面对全班学生说，时间久了，学生的语言表达能力、胆量、台风，都得到锻炼。没有学生上台怯场的，临时上台都能讲个三分钟，中间还能幽默一把。这也是家长最欣赏的。学习知识是一方面，各种能力的提高比知识的获取更重要。

王强深深地感觉到他的孩子现在非常阳光，非常健谈，对一切新知识都感兴趣，这都得益于孩子学校坚持课改。孩子的改变是最有力的证据，他当初的担心早就变成了喜悦和赞扬。

（二）学校用心，妈妈放心

天下所有做妈妈的说起孩子，大概都会有“心中纵有万语千言却不知从何说起”的无限感慨吧。从出生到牙牙学语、蹒跚学步到幼儿园到小学.....其中的过程伴随着憧憬、期盼、焦虑、无力，你伴她（他）一同成长、一起经历，期间不知是你教会了她（他），还是她（他）教会了你。

有一个相貌中等、身材中等、智商中等、情商略高、性格内向、胆小怯懦的小姑娘，上小学正好赶上全国上下轰轰烈烈的中小学课程改革。对于一个对孩子充满了无限期待的妈妈来说，营东小学学生家长郭淑英心里的忐忑可想而知。不知道课改是什么，改成什么样子，改革会对孩子带来正面影响还是负面影响？万一改不好孩子岂不成了小白鼠？

生活在继续，六年里一路走来，转眼小姑娘就要毕业了。郭淑英回望发现，孩子在学校的几年中渐渐地发生了许多细微的变化。以前只喜欢看动物小说的她，床头旁、书桌上随手放着《希腊神话》《可怕的科学》《酷虫学校》《女孩青春期手册》《有趣的物理》……读书的内容不再单调，阅读的范围宽了，视野比以前开阔了，懂得也越来越多。记得好像是四年级的一天，她突然问：“妈妈你还记得小时候带我坐火车，火车站一进门放着的安检机器吗？”郭淑英眼前立刻浮现出女儿第一次见到安检机器的情景。大家都有经验，进火车站大厅要把身上所有的包都放在传送带上，包从机器的这边进另一边出。郭淑英在另一边拿了包，转身发现女儿撅着胖嘟嘟的小屁股，两手扒拉着帘子，脖子伸着不知在瞧什么。当时行色匆忙没多想，不过那可爱憨厚的一幕倒是令郭淑英印象深刻。她逗女儿："记得啊，你憨头憨脑的样子妈妈怎么能忘?"女儿不屑地说："什么呀，我那个时候好奇，妈妈的包去哪儿了? 里面是不是藏着一个人? 现在我明白了，那个安检机器的原理就是应用一个传感器和X射线，便能发现行李箱中的危险物品并发出警报。还有啊，妈妈你知道吗，楼道里的声控灯就是应用了声音传感器，你只要设定一个值……"后面的她听不明白了。女儿参加了学校的"机器人"社团，现在的很多词对她来说如闻天书。

有一次暑假，老师布置了一项社会调查的作业。小姑娘是6人组的小组长。首次当负责人的她，欢喜雀跃，激动异常，对老师布置的任务采取了立即执行的响应。假期刚刚开始，就把活动程序列了个表，首先安排老爸帮忙联系单位，然后挨个打电话通知同学几点钟在什么地方集合，几点接，午饭怎么解决，乘坐什么交通工具，需要带什么等等，安排得井井有条，回来还写了一份调查报告《工业废气对环境的污染和治理》。

郭淑英发现，孩子家庭作业的内容也发生了变化，每天坐在书桌前不仅仅是抄写字词，背英语、做数学题了。经常会有各科老师布置的社会调查、资料搜集，观察生活中的动植物等等。家里电脑桌面上有她自己的文件夹，里面有她做的音乐课件《Do Re Me》、语文课件《各具特色的民居》、观察研究报告《滴水观音的滴水时间》。其中一个文件里有很多分类：PPT背景、百科知识、边框素材、作文、学习、动物、动漫、搞笑……

回想几年前那个和人说话都不敢大声的姑娘越来越阳光的微笑，越来越自信的神态，当初的担心遥远的如同一个传说。

如果说以上都是课改带来的学习能力的提高。那么孩子在思想行为上的成长则更为有效。随着年龄的增长，也随着老师教育的重心转移，郭淑英从孩子身上更多的感受到学校对传统文化的重视。孩子每天早读都要读《论语》《弟子规》。生活中许多细节都能体现传统文化对孩子的影响。比如零食袋子，抓在手里一上午如果看不到垃圾桶，也不会随手乱扔；公交车上随时给老人让座；收养被遗弃的小动物；大人出门把她一个人留在家里，她还不忘反复提醒家人路上注意安全……

播种一种思想，收获一种行为，播种一种行为，收获一种性格。小姑娘入校六年，首先她成为了一个善良宽容、懂得尊重、有爱心的女孩。其次学校里采取的小组合作的形式是学生之间共同思考，进行思维碰撞，相互交流、互相帮助提供了一个很棒的平台。它使得一部分像我家姑娘一样性格内向、胆怯，课堂上总是缩在一角的学生有机会参与课堂。最后，现在的老师更注重学习习惯和能力的培养，比如合理安排学习时间、社会调查、资料搜集、电脑的应用，拓宽了孩子的眼界和知识面，增强了她们的自信心，对小孩子的性格起到了积极的影响。

曾经看到过这样一个故事：有一个人，在一口井旁，用一只铁皮水桶打水，人弯着腰使劲儿往上拉，可是拉上来一点它又掉下去。如此反反复复，人觉得真累但又不能松手。人又累又急问水桶："你为什么就是不上来呢?"水桶说："你也不看看你往我这里盛了多少水，这么重哪能上得去啊?"人说："我不是想让你快点上来吗?"水桶说："可是你没看见我晃晃荡荡的这么不稳定，我怎么能上去啊。"人觉得有道理，就倒掉一部分水，剩下的半桶水很轻松地就拉了上来，倒在地面上的大盆里。还在大盆里撒了些花瓣，水很清澈。水躺在大盆里，晒着暖洋洋的太阳，舒服极了。这样人和水桶都很高兴。我觉得教育教学的改革就是给学生倒掉半桶水，撒些花瓣，再晒晒太阳。

小姑娘要小学毕业了，郭淑英回首女儿一步步随着课程改革的脚步慢慢走来。由一个内向、胆怯的小女孩渐渐成长为开朗、自信、阳光的小姑娘，由衷感谢为了学生们苦苦追求、努力思索、费尽心力的的专家和老师们。

这些年槐荫区各中小学以新课程改革为契机，以对每一个孩子的终生发展负责为己任，全面实施素质教育，发展特色教育，让每一位学生都有自己的特长，使校园文化成为有本之木、有源之水，提升了学校的办学理念和办学品位。目前在槐荫区 59 所中小学中，将自主权还给学生的"高效课堂"已随处可见。3.6 万名中小学生享受着"我的课堂我做主"的乐趣，对他们来说遨游知识海洋是快乐和幸福的。在大家的共同努力下，我们取得了一个又一个的骄人成绩，如流苏悬垂，琳琅满目。

跋

陈培瑞

也许是我始终热恋着我的第二故乡——泉城这片热土吧，当我记忆中的老照片——土路横亘、尘土飞扬、乡村杂沓、土墙裸露、犁耕耩种、百姓清贫的泉城西部，换成眼前的新照片——高楼簇拥林立、马路笔直宽阔、西客站建筑群流光溢彩、百姓成为现代市民、高铁风驰电掣的泉城西部新城，心中惬意极了，好像我家的房子、我家的道路、我家的祖群，鸟枪换炮、平步青云；也许是我对教育情有独钟吧，当我看到济南西部新城悄然崛起的时候，顿时感到西部教育的机遇来啦。更令我欣喜的是，西部的教育决策者抓住机遇、以敏锐的战略目光、远见卓识的务实精神，以大手笔规划未来、描绘蓝图，以“西部速度”发展教育。短短十年，弹指一挥间，西部教育的战略布局赫然显现，新型社区，一座座“硬件”一流的学校相继建成，师生“一步登天”，大有“西风压倒东风”之势。这几年，我几乎走遍了槐荫的所有学校，无论是“巨型”学校，还是“袖珍”学校，其硬件设施均在较高起点上各展风采。犹如苏州园林与泰山竞秀，涓涓细流与滔滔黄河媲美。

然而，更美的是近年来槐荫教育的内涵发展，可谓群芳竞秀、各美其美。我作为一位置身其中的教研工作者，足迹所至，阅尽教苑春色。其间，耳闻目睹的许多故事，深深地印在我的脑海里。我多想写成报告文学，展现槐荫内涵发展的万紫千红。然而，吾已老矣，徒有美好的愿望而力不从心。

当我读过《陌上走笔》这部书稿，顿觉我的遗憾实属多余。不由轻嘲：吾乃残荷朽竹，杞人忧天，大可不必。荷残自有新荷绽，竹老自有新竹出。此书乃新竹一簇，小荷一方。吾观赏之，品味之，生出诸多感慨。

我读该书，从槐荫东西南北中设学布局趋于定位均衡的大手笔，仿佛感受到了教育决策者跟随西部新城崛起的脚步、着眼未来和全局，对教育布局结构所作的战略调整，以及注入的大量资金和精力。没有领导的战略谋划和高标准改造旧校和新建学校的果断举措，就不会有西客站毗邻饮马小学、经六路延长线北侧营市东街新校等一批拥有现代教学设施的新建学校的“横空出世”；没有领导推动教育均衡发展的决心和魄力，就不会有光明街小学、闫千户小学、槐荫中学等一大批学校的焕然一新。没有高标准的“硬件”设施作保障，就难以提升师生的士气，也难以促使学校转向内涵发展的轨道。

从槐荫区各学校悄然升温的“教研热”和诸多校长对教育科研的孜孜追求中，我仿佛感受到了升温“教研热”的“盗火者”和幕后推手。是“质量与特色”的“双轮驱动”，为学校提高质量和特色发展提供了强大的内驱力，是教科研“一把手工程”驱动“一把手”投入了“工程”。没有“双轮驱动”和“一把手工程”，就不会有营市东街小学特色课程“简约目标、重构课堂”、济南第三十中学“三步、七环”课堂教学模式、济南第三十七中学“自主多元”教学模式等一大批重大教改经验的脱颖而出。没有“一把手工程”就谈不上校长由行政管理向科研管理的“漂亮转身”。三国时代，魏蜀吴争雄，多方丞相运筹帷幄，方使众将大有用武之地。一方教育，须有高人谋划、方有大手笔问世。我想：这就是“领导力”吧！

我读该书，从篇篇章章的字里行间，仿佛看到了槐荫区教育内涵发展的一条开拓而成的清晰的辙印。这条辙印是：由课程改革之初的普及理念、搭设课程框架到课改中期的全面实施国家课程、开发特色课程，再到当今的完善课程体系、优化课堂教学、彰显办学特色。该书中有陈树洪、刘雅娟、王德梅、米广政、高斌、房彩霞、张艳、王真、沈磊等校长及教师撰写的文稿，以真情实感、鲜活案例，从不同角度印证了这条辙印。在这条辙印上，既有决策者投石问路、规划未来、开拓前进的辙印，也有众多学校确立办学目标、探索前进路径、曲折前行、由弱校到强校、由“无色”到特色的辙印；既有从萌生改革动机到付诸改革实践的辙印，更有教育科研由边缘化到广泛认可、成为强大引擎的辙印。这辙印是希望之辙，是艰辛之印，更是智慧之印。它来之不易，我们应当倍加珍惜。

我读该书，心中有槐荫印象和无数鲜活生命的底片，映入眼帘的不再是枯燥的字行，而是跳荡的生命音符、和谐的改革规律。仿佛看到了陈树洪痴迷改革、殚精竭虑、如老牛拉车般艰难前行的身影；仿佛看到房彩霞在办学共性与个性之间艰难取舍、最终找到平衡点而游走自如的脚步；仿佛看到卢坤视办学如生命、为拓展办学空间、披荆斩棘、巧妙周旋的巾帼风采；仿佛看到程涛致力经典教学、经历穿云破雾、柳暗花明之后而绽出的甜甜笑容；仿佛看到左媛致力楹联教学、从教材夹缝中寻找“由头”、而后生发演绎的灵动……还有一大批无法一一提及的拓荒者、耕耘者、守护者。他们是一群平凡的人，又是一批伟大的人。他们奔波于家庭和学校之间。上班路上还心事重重，进得校园，看到活蹦乱跳的孩子，听着富有生命气息的喧闹，立刻心旷神怡、乐而忘忧。犹如园丁走进自己的苗圃，一丛树、一簇花、一抹绿、一方荷，在园丁眼里都是一片风景、洋溢着勃勃生机。鲁迅曾形容自己“吃的是草，挤出来的是牛奶和血”。我们的老师们“吃的是盒饭，挤出来的是牛奶和血”。他们无法享受优厚物质待遇的幸福，也无法享受别墅、豪车的幸福。然而，他们却劳累着、快乐着，享受着付出生命、张扬个性、获得成功、体现生命价值的幸福。他们是茫茫草原上的毛尖草，扎根深处，积蓄能量，以沉默应付喧哗，靠深厚的基础，厚积而薄发；是生长山涧的毛竹，顶风雪、冒严寒，扎根山涧石缝，于地下慢慢生长、一旦钻出地面，便节节攀升；他们是雨林中的栾树，虽自身弱小，但相互交织，便可遮天蔽日。

愿槐荫教育如毛尖草扎根更深，如毛竹拔节更高，如栾树般相互合作，撑出更大的绿茵。

本书付梓之际特别鸣谢为槐荫区教育改革躬身实践、撰文记录的广大一线教育管理者和教师，他们是：张金宝、叶京彬、刘玫、杨江红、杜海峰、董传平、邱国华、张洪军、陈树洪、吴兴义、白元荣、钟欣、李其英、郭小红、邵雷、房彩霞、徐子春、董庆峰、高斌、刘永文、安士刚、苏传亮、史俊、夏存华、张鲁红、苏桂莉、段迎军、蒲常娟、张善亮、杨兆强、祖艳、张燕、米广政、姜艳艳、王德梅、朱祥旺、赵莎莎、程吉慧、李秀举、刘菁、于翠菊、阎秋、王强、郭淑英、高晶、范懿、李晓霞、张艳、于向阳、刘雅娟、梁晓娟、谭震、王真、王蕾、沈磊、马文静。

第一篇《毛尖草之歌》编辑整理：李成宝 、张莉；第二篇《毛竹之韵》编辑整理：陈娜、张凤燕；第三篇《沙柳之舞》编辑整理：胡希峰、朱文君；第四篇《栾树花语》编辑整理：王玲、郭红英；第五篇《流苏之颜》编辑整理：司凡、程吉慧。

（跋文作者系中国教育发展战略学会理事、山东教育科学研究所研究员）